DER DOLMETSCHER

Für meinen Vater, Adriano

ISABELLA PALLAVICINI

DER DOLMETSCHER

Bibliografische Information der Deutschen Nationalbibliothek:
Die Deutsche Nationalbibliothek verzeichnet diese Publikation
in der Deutschen Nationalbibliografie; detaillierte bibliografische
Daten sind im Internet über https://portal.dnb.de/ abrufbar.

© 2021 Isabella Pallavicini
Satz, Umschlaggestaltung, Herstellung und Verlag:
BoD – Books on Demand, Norderstedt

ISBN: 978-3-7534-3371-4

Inhalt

Kennst du das Land,
Wo die Zitronen blühn,
Im dunkeln Laub
Die Goldorangen glühn?
Ein sanfter Wind vom blauen Himmel weht,
Die Myrte still und hoch der Lorbeer steht,
Kennst du es wohl?
Dahin, dahin
Möcht ich mit dir, o mein Geliebter, ziehn!

Johann Wolfgang von Goethe: Mignon (1736)

Prolog

Sizilien, 1930

Cu è surdu, orbu e taci,
campa cent'anni 'mpaci.

Wer taub, blind und stumm ist,
lebt hundert Jahre in Frieden.
Sizilianisches Sprichwort

Luca und ich rannten, so schnell wir konnten.
»Dreh dich nicht um und folge mir! Unten im Dorf verstecken wir uns!«

Der steinige Weg mündete in eine enge Gasse. Im Schatten der ersten Häuserreihe hielten wir kurz inne und verschnauften. Eine dunkelrote Blutspur rann Lucas Wade entlang, darüber hatte sich trockener Staub gelegt.

»Mein Bein schmerzt! Savio, dieser *fanculo* hat mich mit seiner Steinschleuder genau am Schienbein getroffen. Wo sind die Bastarde? Wir werden uns rächen!«

Langsam schlichen wir an der Hauswand entlang. Das Tor zu einem Innenhof stand offen. »Hier rein, schnell!« Leise fiel das Tor hinter uns ins Schloss. Durch eine Ritze konnten wir die Gasse beobachten.

Ich war bei meinen Großeltern in Sizilien in den Sommerferien. Mein Vater war in jungen Jahren in die Schweiz ausgewandert, um in einer Textilfabrik zu arbeiten. Dort traf er meine Mutter, die aus Norditalien kam. Mein *Nonno* hatte meinen Vater eigentlich als Nachfolger seines Weingeschäftes, in dem er Marsala, den sizilianischen Likörwein, verkaufte, vorgesehen, aber mein Vater wollte in die Textilindustrie einsteigen. Ich konnte nie genau herausfinden, warum das so war. So kam es, dass Sizilien meine zweite Heimat wurde. Mir gefiel es, mit meinen Cousins und Cousinen zu spielen, von meiner *Nonna v*erwöhnt zu werden und im neuen Auto meines Nonno zu fahren. Das Baden im Meer und die langen, warmen Sommerabende waren für mich eine schöne Abwechslung zu den kühlen Sommern in der Schweiz. Wir Kinder hatten alle Freiheiten hier und jeden Tag erlebte ich ein neues Abenteuer. Immer waren wir irgendwo unterwegs. Wir spielten Verstecken in den Weinbergen, bauten Hütten und ritten auf Eseln. Mit meinem Cousin Luca verstand ich mich besonders gut, er war zehn Jahre alt, ein Jahr älter als ich. Er hatte mich ganz selbstverständlich in seine Bande, die *lupi,* aufgenommen. Cesare, ein Freund von Luca, hatte soeben die *orsi* kräftig verprügelt. Ich hatte mich auf Abstand gehalten, als sie Franco, den Anführer der *orsi*, in eine Falle lockten. Franco Soglieri war uns ein Dorn im Auge. Mit seinen Kumpanen hatte er es stets auf Lucas Bruder Roberto abgesehen. Roberto tat mir wirklich leid. Er verhielt sich ruhig und angepasst. Niemanden würde er etwas antun . In der Bande spielte er den Mitläufer und aus den Kämpfen hielt er sich raus, denn er war klein, mager und schwach. Ängstlich hielt er sich im Hintergrund. Luca machte es teufelsverrückt, wenn sein Bruder wieder zum Opfer der *orsi* wurde. Nun hatte er sich gerächt. »Rache ist süß«, belehrte er mich.

Jetzt waren die *orsi* hinter uns her. Leise verharrten wir hinter dem Tor.

»Sie kommen, diese Idioten!«, zischte Luca. »Aber sie werden uns nicht entdecken.«

Ich überließ Luca die Sicht auf die Gasse und lehnte mich angespannt ans Tor. Ich konnte Roberto gut nachfühlen. Auch mir waren diese Bandenspiele ebenfalls zuwider, aber ich wollte Luca nicht enttäuschen. Ich fühlte mich geehrt, dass er mich mitgenommen hatte, aber ich fürchtete mich. Ich hörte die Stimmen von Mario und Salvatore, die hinter Franco und seiner Bande herrannten und sie laut beschimpften.

»Ob Franco zurückschlagen wird?«, überlegte ich ängstlich.

»Sie denken wohl, dass wir zur Höhle gerannt sind. Wir haben sie wieder einmal überlistet.«

Wir warteten noch eine Weile, bis die Stimmen verebbten.

»Sie sind weg. Wahrscheinlich sind sie unten in der Nähe der Piazza. Komm! Wir überraschen sie dort!«, flüsterte Luca vergnügt.

In der Eingangsnische hinter dem Kirchenportal fanden wir das perfekte Versteck. Ein Geräusch ließ uns aufhorchen. Wir vernahmen Schritte, dann das Quietschen einer Bank. Luca schlich leise zum dicken Wollvorhang, der den Eingang der Kirche vom

Mittelschiff trennte, und öffnete ihn einen Spalt weit. Auf Zehenspitzen kam er zurück in die Eingangsnische.

»Der Priester. Er hat sich in eine Beichtbank gesetzt.«

Aufatmend kauerten wir uns in den kühlen Schatten der Kirchenmauern. Das schwere Eichenportal war leicht geöffnet. Wir spähten auf die Piazza. Unter dem Laubdach der Bar »Domenico« saßen alte Männer an kleinen Tischen und waren vertieft in ihre Kartenspiele. Der Perlenvorhang vor der Bar wiegte sich leicht in der Nachmittagsbrise. An der Ecke der Bar standen zwei Carabinieri und zogen genüsslich an ihren Zigaretten. Ein kurzes Auflachen dreier schwarz gekleideter alter Frauen ertönte. Sie saßen auf einer schäbigen Bank und unterhielten sich munter.

»Unsere ehrenwerten Freunde haben kapituliert«, hauchte Luca und seine Mundwinkel verzogen sich dabei zu einem schadenfreudigen Grinsen. Wir kicherten stolz und ich klatschte leise in die Hände vor Freude über unseren Sieg. Luca richtete seinen Blick zurück auf die Piazza. Dann wurde er auf einmal ernst.

»Enzo, irgendetwas liegt in der Luft. Schau dir das nur an. Die Piazza ist auf einmal fast leer.«

Tatsächlich. Die Kartenspieler waren auf einmal nicht mehr zu sehen. Auch die Frauen hatten sich in ihre Häuser zurückgezogen. Nur die Carabinieri am Ende des Platzes konnten wir noch ausmachen. Sie gingen gemächlich die Via della Madonna hinunter, dann waren auch sie aus unserem Blickfeld verschwunden.

»Es ist wahrscheinlich allen zu heiß«, meinte Luca und lehnte sich zurück. Er zog seine Mütze ins Gesicht und deutete mir damit an, dass er es vorziehe, jetzt in Ruhe gelassen zu werden. Ich rückte auch in die Ecke und spürte eine wohlige Müdigkeit in mir aufkommen. Doch kaum hatten sich meine Glieder entspannt, da ertönte plötzlich ein lautes Krachen.

»Was war das?«, rief ich entsetzt.

Es war, als hätte uns der Blitz getroffen. Das Echo des Knalls hallte in den engen Gassen rund um die Piazza, in denen es von den Häuserwänden zurückgeworfen wurde. Wir lugten vorsichtig durch den Spalt des geöffneten Eichentors und suchten mit unseren Augen den Himmel ab. Mir stockte der Atem vor Angst.

»Luca, was war das?«, schrie ich ihm erneut zu.

»*Sta zitto!* Das war ein Schuss!«

Ich blickte Luca fragend an.

»Die Bar«, raunte er.

Kaum hatte er das gesagt, da öffnete sich der Perlenvorhang der Bar und ein gut gekleideter, untersetzter Mann schritt auf die Piazza. Sein dreiteiliger Anzug war maßgeschneidert und die spitzen, schwarz-weißen Schuhe aus feinstem Leder.

Eine etwas übertriebene Kleidung für einen normalen Wochentag, stellte ich gedankenversunken fest. Er hatte die Hutkrempe tief ins Gesicht gezogen. Seine Augen konnten wir nicht erkennen. Er schritt langsam auf die Kirche zu. Mit dem rechten Zeigefinger stieß er lässig seinen Hut hoch. Jetzt erblickten wir für einen kurzen Augenblick die mandelförmigen, schwarzen Augen, die unter dichtgewachsenen Augenbrauen lauerten. Blitzschnell schlichen wir durch den Wollvorhang und versteckten uns hinter einen Marmorblock, auf welchem die Statue des heiligen Albertus Siculus stand. Jetzt vernahmen wir das Ächzen des Kirchenportals und fast gleichzeitig knarrte die Holzbank erneut. Wie versteinert kauerten wir hinter dem Marmorblock. Mir pochte das Herz bis zum Hals. Der Mann kam zielstrebig durch den Wollvorhang herein, während der Priester gerade aus seiner Beichtkammer trat.

»Signore! Sie haben mich aber erschreckt!«, rief er entsetzt.

»Ach, Padre, beruhigen Sie sich. Ich wollte Sie gerade aufsuchen, denn es ist an der Zeit, dass ich der Kirche wieder einmal eine Spende übergebe«, sagte der Mann in ruhigem Ton.

Im fahlen Licht zeichneten sich die beiden Gestalten nur schemenhaft ab. Als ein schwacher Sonnenstrahl auf den Priester fiel, sah ich sein verängstigtes Gesicht. Auf seiner Stirn glänzten kleine Schweißperlen. Seine Hände zitterten, als ihm der Mann einen Stapel Geldscheine überreichte.

»Hier, Padre!«, sagte er eindringlich.

»Das ist sehr großzügig von Ihnen, Signore!«, stammelte der Priester.

»Buon giorno!«, verabschiedete sich der Mann. Rasch verließ er die Kirche und überquerte die Piazza. Aus der Bar traten wieder die alten Männer, einer nach dem anderen. Sie setzten sich unter die Laube und führten ihr Kartenspiel weiter, als wäre nichts geschehen. Auch die drei Frauen kamen aus ihren Häusern und die Carabinieri tauchten wieder am unteren Ende des Platzes auf. Ihr Weg kreuzte sich mit dem des Mannes. Sie nickten einander stumm zu. Kurz darauf erschien ein schwarzer Wagen. Wir konnten gerade noch erkennen, wie der Mann hineinstieg und wegfuhr.

Sizilien, 1936

Enzo, wo bist du?«

Die Schritte näherten sich, das Rauschen der Rebenblätter wurde lauter. Ein Schatten huschte vorbei. Dann wurde es still. Durchs Blätterwerk konnte ich sie nun genau ausmachen. Sie schaute sich um, aber konnte mich nicht entdecken. Ich verharrte völlig bewegungslos in meiner Stellung. Bald hielt ich es aber nicht mehr aus und begann meinen Oberkörper zu strecken. Sie nahm das Geräusch wahr, konnte es aber nicht orten. Schnell bückte ich mich und suchte nach einem Stein. In Zeitlupentempo hob ich meinen Arm und schleuderte ihn blitzschnell in den Weinberg. Sie schreckte zusammen. Dann schlich sie leise davon, in die Richtung, woher der Aufprall gekommen war. Bald war sie zwischen den Blättern verschwunden.

Endlich war sie weg!

Ich suchte mir den Weg aus dem Weinberg hinaus. Er war wie ein Labyrinth, aber ich kannte jede Ecke. Luca und ich hatten hier früher Verstecken gespielt und waren um die Wette den Hügel hoch zum Olivenhain gerannt.

Unter dem lauten Zirpen der Zikaden schlenderte ich entlang der Olivenbäume. Hier hatten wir unsere Lausbubenstreiche ausgeheckt. Ich lehnte mich an einen knorrigen Stamm und hing meinen Gedanken nach. Die Sonne brannte heiß auf mein Gesicht und ich blinzelte in den azurblauen Himmel. Ein Schwarm Vögel zog dem Meer entgegen.

Meine Cousine Zia wollte dauernd mit mir spielen, als wäre ich noch ein kleiner Junge. Keinen Augenblick ließ sie mich in Ruhe. Sie klammerte sich an mich, als wollte sie mich nie wieder gehen lassen. Aber in vier Wochen musste ich abreisen. So war das nun mal. Ich überlegte, ob ich in Sizilien bleiben würde, wenn ich die Wahl hätte? Ach, warum beschäftigte ich mich auch mit Gedanken, die gar keinen Sinn machten. Ich gehörte nicht hierher oder zumindest nicht wirklich. Ich könnte mich hier wohl fühlen, die vielen Verwandten würden mich mit offenen Armen empfangen, beschützen und bewirten. Dennoch, meine Schule und meine Freunde würden mir fehlen. Ich wollte etwas erreichen, wie mein Vater. Ich wollte in seine Fußstapfen treten, in Deutschland studieren, Textilingenieur werden und dann eines Tages meine eigene Fabrik leiten. Dann würde ich ein Auto fahren und in Sizilien meine Traumvilla bauen, hoch über den Klippen von Taormina oder Agrigento. Im Sommer würde ich hier Urlaub machen. Meine Nonna würde weinen vor Freude und mein Nonno würde mir stolz auf die Schultern klopfen.

Ich setzte mich auf. Mein Blick fiel auf das gelbe Steinhaus meiner Tante Maria. Die grünen Fensterläden waren alle geschlossen, um die Mittagshitze abzuhalten. Eine von Reben überwachsene Veranda spendete Schatten, sie war in den Sommermonaten der Lebensmittelpunkt. Hier wurde am langen Tisch gegessen, getrunken und gefeiert bis in die späten Abendstunden. Jetzt am Nachmittag lag alles still und ruhig da, als ob niemand zu Hause wäre. Es wurde *una pennichella* gehalten. Mein Magen meldete sich stöhnend vor Hunger. Jetzt erst wurde mir bewusst, dass ich das ausgiebige Mittagessen verpasst hatte. Ärgerlich. Nun, ich könnte mich in die Küche schleichen. Es blieben ja immer irgendwelche Speisen übrig. Einen Teller Pasta könnte ich vertragen, entschied ich.

Ich ging durch den Garten, vorbei an überhängenden Tomatenstauden, dunkelgrünen Zucchini, langen Bohnenstangen und einem Gartenbeet voller Kräuter. Den Duft von Basilikum mochte ich am liebsten.

Die Tür stand offen, doch es war mäuschenstill. Leise ging ich durch den Flur und dann in die Küche. Ich erblickte einen Teller Pasta und einen Laib Brot auf dem Tisch. Bestimmt war es für mich aufgehoben worden. Wie nett von meiner Tante! Schnell zog ich eine Gabel aus der Schublade, holte ein Glas und füllte es mit Wein. Ich schätzte es, alleine und ungestört für mich zu essen. Das kam jedoch, wenn überhaupt, nur selten vor. Meist war es immer laut, alle redeten gleichzeitig und mehrheitlich wurde sowieso nur politisiert oder über andere gelästert.

Die Ruhe dauerte nicht lange an. Ich vernahm Schritte, die vom Flur her kamen, und ein leises Lachen. Bevor ich erkennen konnte, wer es war, standen sie schon vor mir.

»Enzo, wo hast du auch nur gesteckt? Wir haben dich überall gesucht!«, rief Zia.

Hinter ihrem Rücken tauchte ein Mädchen auf.

Scheu lächelte sie mich an. Aufgeweckt betrachtete sie mich mit ihren dunklen Augen, ihr dichtes schwarzes Haar fiel locker über ihre schmalen Schultern und umrahmte ihr hübsches Gesicht.

»Ciao«, sagte ich, den Mund noch voll.

Sie kicherte verstohlen.

»Wer bist du?«, fragte ich, ohne ihr allzu viel Beachtung zu zeigen.

»Oh, mein liebster Cousin scheint sich für dich zu interessieren!«, rief Zia begeistert.

»Ich bin Francesca, von nebenan.«

Zia lachte laut auf. »Von nebenan! Weißt du, Enzo, Francesca ist besonders bescheiden, nicht wahr?«

»Ja, ich bin die bescheidene Nachbarin!«

»Weißt du, Francesca, Enzo kann sich schlecht Namen merken und schon gar nicht die besonders wichtigen.«

»Lass mal, Zia, mach dich nicht lustig über mich«, erwiderte ich gelassen. »Sag schon, Francesca, aus welcher Nachbarsfamilie kommst du?«

»Aus der wichtigsten, reichsten, angesehensten in ganz Sizilien!«, rief Zia, bevor Francesca antworten konnte.

»Was für ein Vergnügen, dich kennenzulernen! Kommst du auch zur Familienfeier heute Abend? Ich würde mich freuen.«

Francesca stimmte dem zu und Zia lächelte mich selig an.

Sie versicherte mir immer, dass ich ihr Lieblingscousin sei.

Nachdem ich gegessen hatte, machte ich mich auf den Weg zum Haus meiner Nonna. Der steinige Weg schlängelte sich einen Hügel hinauf, auf dem ganz oben die stolze, herrschaftliche Villa meiner Großeltern stand. Schon seit Generationen besaßen sie das ausgedehnte Landgut mit Olivenhainen, Weinbergen und Zitrusplantagen. Ich pflückte mir eine Orange. Herrlich saftig und durstlöschend! Kein Wunder, dass sie Götterfrucht genannt wurde.

Ein Motorengeräusch ertönte und ich sah einen nagelneuen Lancia Astra um die Kurve biegen. Der hellgraue Wagen keuchte den Hügel hoch und hielt vor mir an.

»Eh, Enzo! Ciao! Ich habe dich kaum erkannt! Verbringst du wieder mal Urlaub bei deiner Nonna? Und, was macht die Schweiz?«

Ich konnte mich nicht an das Gesicht dieses älteren, tadellos gekleideten Herrn erinnern, aber nahm an, dass er einer der Nachbarn meiner Großeltern war.

»Die Schweiz? Ja, ist schon ganz in Ordnung. Mein Vater hat eine gute Stellung in einer Fabrik gefunden und meine Mutter arbeitet auch.«

»Die Mama arbeitet auch? Das ist ein anderes Leben, dort oben im Norden!«

Ich musste wohl den Wagen interessiert betrachtet haben, da er mir zurief: »Ein toller Wagen, eh? Das ist der neueste Lancia, ein Tipo Bocca Cabriolet«, erklärte er stolz.

»Ja, es ist wirklich ein toller Wagen.«

»Grüß deinen Papa von mir!«

»Von wem, wenn ich fragen darf?«

»Ach, Junge, Junge, du bist wirklich fast ein Ausländer hier. Lass ihn grüßen von Salvatore!«

Ich schaute ihn fragend an.

»*Ciao, ragazzo!*«

Der Motor heulte auf, die Räder drehten sich ein paar Mal im Sand, dann fuhr der Wagen an und verschwand hinter einer Staubwolke. Salvatore. Ich hatte keine Ahnung, wer das sein könnte. Wahrscheinlich gehörte er zu den wichtigen Namen, die es in dieser Gegend gab, wie Zia mir erklärt hatte. Ich rannte das letzte Stück hinauf zum Haus. Meine Nonna saß auf der Bank davor.

»Enzo, mein Liebling! Wo hast du auch gesteckt?«

»Ciao, Nonna! Ich war unten bei *zia* Maria und habe etwas gegessen. Danach habe ich Salvatore getroffen, er ist im Auto an mir vorbeigefahren.«

»Salvatore Soglieri.« Tonlos wiederholte meine Nonna den Namen.

»Er hat mir Grüße für Papa ausgerichtet. Ich kenne diesen Mann überhaupt nicht, aber er weiß alles über uns.«

»Mein Lieber, hier weiß jeder alles über jeden. Einige freuen sich darüber, andere sind neidisch. Das war schon immer so. Salvatore ging mit deinem Papa im *Convitti* in Palermo zur Schule. Salvatores Familie besitzt viele Ländereien in unserer Gegend. Er ist ein wichtiger Nachbar, mein Schatz.« Beschwerlich stand meine Großmutter auf und schlurfte ins Wohnzimmer. »Komm, Enzo, ich zeige dir etwas.« Sie nahm ein gerahmtes Foto vom Büchergestell und hielt es mir hin. Etwa fünfzig Jungen waren darauf abgebildet, stramm und in Uniform gekleidet, standen sie vor dem Convitto Nazionale di Palermo. Ich musste das Foto näher betrachten, um Papa zu erkennen.

Nonna zeigte mir, wo Salvatore stand. »Weißt du, mein lieber Enzo, hier gibt es keine guten Schulen wie in der Schweiz. Die Kinder, die etwas werden wollen und deren Eltern es sich leisten können, gehen ins Internat. Es ist wichtig, dass ihr eine Schulbildung bekommt. Ja, und Salvatore ist ein sehr wichtiger Mann. Ihm und seiner Familie gehören die Salzminen. Er macht ein Vermögen damit. Mit seinem neuen Wagen ist er dauernd nach Palermo unterwegs, um Geschäfte zu erledigen und sich mit anderen einflussreichen Leuten zu treffen.«

»Waren Papa und Salvatore gute Schulfreunde?«

Nonna schaute nachdenklich aufs Foto. »Nein, im Gegenteil, sie konnten sich nicht leiden und waren aufeinander neidisch.«

»Mein Papa, neidisch? Das kann ich mir gar nicht vorstellen! Er scheint immer so ausgeglichen, ruhig und überlegt zu sein, im Gegensatz zu meiner Mama.«

Nonna lachte auf. »Ach, deine liebe Mama! Umberto kann von Glück reden, dass er so eine tolle Frau hat. Auch wenn sie leider aus Norditalien kommt. Dein Papa mochte Salvatores Angebereien nicht. Ich glaube fast, Salvatore war mitunter ein Grund, weshalb dein Papa nach Mailand ging und sich fürs Textilfach ausbilden ließ. Er wollte ihm zeigen, dass er auch etwas erreichen kann.«

Meine Nonna deutete auf ein Foto an der Wand.

»Deine Cousins in New York, Vincenzo und Pietro, als sie noch in den Kinderschuhen steckten. Süß, nicht? Und schau dir an, wie sie jetzt aussehen! Vor einem Monat schickte mir Luciano dieses Foto.«

»Du meinst Vince und Pete? So werden sie in Amerika genannt.«

»Ich weiß, Enzo, aber ihre richtigen Namen sind immer noch italienisch.«

Das Restaurantschild fiel mir als Erstes ins Auge. *La Siciliana* stand in geschwungenen Lettern über dem Eingang. Vince lehnte im Türrahmen, gekleidet in einen tadellosen weißen Anzug. Er legte schon immer viel Wert auf sein Aussehen. Und er war sich seiner attraktiven Erscheinung bewusst. Überheblich schaute er auf seinen jüngeren Bruder herab. Pete blickte mit seinen scharfsinnigen Augen direkt in die Kamera. Schmächtig und klein erschien er neben seinem älteren Bruder, nichtsdestotrotz wusste ich, dass er sehr intelligent war. Vor drei Jahren waren sie in Sizilien zu Besuch. Ich verbrachte zur selben Zeit meinen Sommerurlaub hier. Luca und Vince gerieten sich dauernd in die Haare. Die beiden rivalisierten in jeder Hinsicht. Pete war hingegen sehr umgänglich und freundlich.

Auf einem anderen Foto posierte die ganze Familie vor einem roten Cadillac. Mit ihrer schwarzen Sonnenbrille, den rot geschminkten Lippen und dem seidenen Kopftuch sah meine Tante Alice wie ein Filmstar aus. Auch mein Onkel Luciano trug eine schwarze Sonnenbrille. Sein begeistertes Lachen verriet, wie stolz er auf seine neue Karosse war.

Es klopfte an der Tür. Anna schaute herein. »Signora, wann soll das Abendessen aufgetischt werden? Wir haben die Pasta vorbereitet, die Tomatensauce ist gekocht, das Gemüse geputzt und der Rollbraten im Ofen, ein *farsu magru*. Manolo hat auf dem Markt frische Sardinen und Wolfsbarsch gekauft. Wir braten sie in Butter und servieren frisches Brot dazu. Und zur Nachspeise gibt es Cassata und frische *cannoli* aus der Pasticceria Lungomare!«

»Wunderbar«, lobte meine Großmutter. »Lass mich sehen!« Sie stand auf und verschwand mit Anna in die Küche.

»Nonna, wo steckt eigentlich Luca?«, rief ich ihr nach.

»Keine Ahnung, Enzo! Luca ist immer irgendwo unterwegs, weiß Gott, was er wieder anstellt.«

Anna mischte sich ein. »Er ist zum Strand gefahren.«

Ich schnappte meinen Badeanzug, stieg aufs Fahrrad und radelte den Hügel hinunter. Ich liebte es, den Fahrtwind in den Haaren zu spüren. Entlang der Landstraße reihten sich die Weinberge, so weit das Auge reichte. Mein Großvater besaß eine der größten Marsala-Destillerien in Sizilien. Schade, dass die Weinlese erst im Spätsommer stattfindet, dachte ich. Luca hatte mir erzählt, wie alle in dieser Zeit gemeinsam anpackten und nach getaner Arbeit das ganze Dorf in Feststimmung schwelgte bei Wein, Essen, Musik und Tanz.

Das Fahrrad meines Onkels ratterte auf der windigen Straße. Ich keuchte auf ihm den letzten Hügel hoch. Jetzt war es nicht mehr weit, von hier an ging es nur noch abwärts. Ich ließ den Rädern freien Lauf und sauste in Windeseile auf die kleine Bucht zu. Vor mir lag das Meer. Tiefblau erstreckte es sich bis zum Horizont, ruhige, kleine Wellen bewegten sich darauf in der gleißenden Hitze. Der salzige Meergeruch stieg mir in die Nase. Ich legte das Fahrrad am Straßenrand ab. Ein steiler Fußweg schlängelte sich über die Klippen hinunter zur Bucht. Dann erkannte ich Luca drüben bei den Felsen und ging zu ihm. Er suchte nach Krebsen. Im Korb lagen bestimmt schon an die zehn Stück.

»Erst brauche ich eine Abkühlung, bevor wir fischen gehen«, meinte er. Sein muskulöser, trainierter Körper war braungebrannt. Luca konnte es mit jedem aufnehmen, er war ein richtiger Athlet.

»Um es in der Armee zu etwas zu bringen, musst du nicht nur intelligent sein, du musst ebenso ausdauernd und körperlich fit sein. Das gibt dir Durchsetzungskraft und einen klaren Kopf. Schau dir mal die vielen Offiziere an, die nichts anderes als Alkohol und Schlemmereien im Kopf haben. Sie tragen eine Wampe mit sich herum, sind von ihrem Wein benebelt und treffen die falschen Entscheidungen.«

»Und was hältst du von Mussolini?«, fragte ich.

»Ach, ich mache mir nicht zu viele Gedanken über die Politik. In der Armee erhalte ich die beste fliegerische Ausbildung, mehr interessiert mich nicht. Mein Vater ist zwar nicht begeistert, er möchte, dass ich seine Firma später einmal übernehme. Aber ich will Jagdflugzeuge fliegen. Die Geschwindigkeit und das Knistern in deinen Gliedern, wenn du durch die Lüfte fliegst, sind unvergleichlich. Ich bin schon jetzt süchtig danach!« Seine Augen funkelten leidenschaftlich. Es passte zu Luca. Er musste sich schon als kleiner Junge beweisen, war Bandenanführer, hatte sich oft quergestellt, um seinen Willen durchzusetzen. Ich erinnerte mich, wie wir auf unseren ersten Fahrrädern gemeinsam um die Wette gefahren sind. Er war immer schneller, geschickter und frecher. Ich liebte meinen Cousin über alles. Er war mir wie ein großer Bruder. Und ich bewunderte ihn.

»Wie steht dein Vater zu Mussolini?«, hakte ich nach.

»Öffentlich äußert er sich nicht darüber, aber im Geheimen hasst er die Faschisten. Er sagt es nie deutlich, aber er macht Anspielungen und ich verstehe ihn. Er macht sich Sorgen um die Zukunft. Er ist stets zurückhaltend und versucht es allen recht zu machen. Er will keine Probleme. Das nervt mich. Das dauernde Buhlen um die wichtigen Freunde. In meinen Augen sind es keine Freunde. Sie nutzen ihn nur aus. Für mich ist das ein Grund, weshalb ich mich gar nicht erst mit der Firma abgeben möchte. Ich würde damit in den Strudel der Gefälligkeiten hineinrutschen und es würde mich erdrücken.«

Ich wusste, wovon er sprach.

»Natürlich hat es Mussolini auf die Großgrundbesitzer, wie meinen Vater, abgesehen. Mussolini will eine Landwirtschaftsreform. Er will, dass die Großgrundbesitzer ihr Land an Bauern in Parzellen verpachten. Und dann hat er diese Wahnsinnsidee, wie mein Vater es nennt, sich ein Denkmal zu schaffen mit der Errichtung der *borghi*. Das ist ein Bauprojekt mit verschiedenen Gebäuden für die Bauernschaft. Alles gut und recht, sagt mein Vater, aber das führt nur ins Chaos. Und ich denke, mein Vater liegt da richtig. Komm, lass uns schwimmen gehen!«

Wir sprangen ins Wasser und schwammen um die Wette bis zum Felsen. Das Sonnenlicht spiegelte sich auf dem türkisblauen Wasser und fiel bis auf den sandigen Meeresgrund. Ich tauchte unter und entdeckte einen Seestern auf einem Stein. Ein Schwarm kleiner Fische zog vor meinem Gesicht vorbei. Gerade als ich auftauchen wollte, bemerkte ich etwas unter einem Felsbrocken. Ich schnellte an die Wasseroberfläche.

»Luca! Hinter dem Felsen bewegt sich etwas!«

Luca tauchte ab und schwamm um den Felsen herum. Eine Muräne schlängelte sich aus einer Höhle und verschwand hinter dem Felsbrocken. Immer wieder und wieder tauchten wir unter, um sie zu beobachten. Auch Langusten fanden wir. Luca griff mutig mit seiner Hand in die Felsspalte, aus der ein länglicher, wurmartiger Arm lugte. Eine Krake hatte sich dort hineinverkrochen. Kaum hatte Luca mit der Hand nach ihr gegriffen, da färbte sich das Wasser schwarz. Bald konnten wir kaum noch etwas erkennen. Luca hatte seinen Spaß daran, den Tintenfisch zu reizen.

Wir tauchten auf und schwammen zu einem Ruderboot, das in der Bucht lag. Luca zog es ins Wasser. »Lass uns zu einer Höhle fahren!«

Wir kletterten ins Boot und Luca legte sich in die Riemen.

»Sieh dir die Fischschwärme an! Gibt es eine Angel auf diesem Boot?«

»Nein, aber wir könnten nachts wiederkommen und mit einem Netz *calamari* fischen. Im Schein der Fischerlampe schwimmen sie in Scharen dem Licht entgegen. In einer Woche ist Vollmond, das ist der beste Zeitpunkt. Dann ist auch das Meer ruhig.«

Wir umrundeten mit dem Boot einen Felsvorsprung und Luca ruderte langsam in den Eingang einer großen Höhle. Das Wasser plätscherte gegen die Felswand, an deren scharfen Kanten kleine Krebse hingen. Das Rudergeräusch klang hohl und man konnte ein Echo vernehmen. Auf einmal wurde der Gang enger. Luca zog jetzt die Ruder ein und ließ das Boot lautlos weitergleiten. Lichtspiele tanzten über den weißen Steinformationen. Das Sonnenlicht vermochte die Höhle weit hinein zu erhellen.

»Augen zu, Enzo, in zwei Minuten kommt die Überraschung!«

Ich hielt meine Hände vor das Gesicht.

»Und jetzt, aufgepasst! Augen auf!«

Ich kam aus dem Staunen nicht mehr heraus. Eine Grotte von der Größe einer Kathedrale öffnete sich vor uns. Ganz hinten erstreckte sich ein kleiner Sandstrand. Luca steuerte das Boot darauf zu. Wir stiegen aus und bewunderten die Schönheit der Steinformationen, als wären wir in einem Gotteshaus.

»Hast du diese Höhle gefunden?«

»Ja. In einer Nacht, als Roberto und ich fischen waren. Das Meer war stürmisch und wir hatten Mühe, in die Bucht zu gelangen. Wir ruderten aufs Geratewohl in die Höhle hinein und fanden den kleinen Strand. Während des Sturms stieg das Wasser ein wenig an, aber das war kein Problem. Der Höhleneingang ist so hoch, dass man jederzeit wieder hinausfahren kann.«

Nach einer Weile setzten wir uns ins Boot, stießen ab und glitten durch den Ausgang in die Abendsonne.

Die Tische waren weiß gedeckt, Laternen erhellten den herrlichen Sommergarten und Aperitif wurde ausgeschenkt. Mein Nonno Vittorio saß auf der Veranda. Er war seit meinem letzten Besuch gealtert. Seine Hüften machten ihm zu schaffen und seit einiger Zeit brauchte er einen Gehstock. Nichtsdestotrotz führte er sein Marsalageschäft wie eh und je mit Enthusiasmus, er besuchte die Keltereien, degustierte oder ließ sich im Fuhrwerk durch die Weinhänge kutschieren. Er genoss es in seinen fortgeschrittenen Jahren, sein Marsala-Imperium zu bewundern und mit Genugtuung festzustellen, dass sich die jahrelange harte Aufbauarbeit gelohnt hatte. Der süße Tropfen wurde bis nach England exportiert. Er konnte sich jetzt im Erfolg sonnen und sich am Ansehen, das er dadurch erlangt hatte, erfreuen. Der Wohlstand brachte ihm einflussreiche Freunde und Beziehungen in Politik und Wirtschaft. Stattlich gekleidet, in weißen Leinenhosen und mit spitzen Schuhen, rauchte er eine Zigarre und unterhielt sich mit seinem Freund Michele Fiori und dessen Sohn Antonio. Der ältere Herr war Besitzer der größten Thunfischfabrik auf Sizilien. Er hatte kürzlich die

Geschäftsleitung seinen Söhnen Antonio und Giuseppe übergeben. Michele und Vittorio kannten sich schon seit der Kindheit, beide hatten in jungen Jahren hart gearbeitet, um die Geschäfte ihrer Väter voranzutreiben. Während mein Großvater den Anbau und die Verarbeitung des Marsalaweines vergrößerte und ihn weit über die Landesgrenzen hinaus exportierte, schaffte es Michele, aus einem kleinen Fischergeschäft die erste Thunfischfabrik aufzubauen. Seine einzigartige Methode, Thunfisch in Dosen zu konservieren, war eine bahnbrechende Innovation, die Sizilien einen großen wirtschaftlichen Aufschwung bescherte. Seine Söhne Antonio und Giuseppe hatten weiter investiert und kürzlich eine Reederflotte an der Adria erworben. Antonio genoss offensichtlich das Leben in der gehobenen Gesellschaft. Er liebte gutes Essen, teuren Champagner und besaß eine unstillbare Leidenschaft fürs Meer. Seine freie Zeit verbrachte er auf einer Luxusyacht, mit der er rund um Sizilien segelte. Er kannte jeden Hafen, jede Bucht und tauchte in Höhlengängen nach Langusten und Hummern. Einmal im Jahr verabschiedete er sich für ein paar Wochen und unternahm einen Segeltörn zum Festland an der Amalfiküste entlang und ankerte neben dem internationalen Jetset in Positano oder Sorrent, wo er sich mit Kunden aus aller Welt traf und sie auf seine Yacht einlud. Stolz führte er sie dann nach Elba und Sardinien, wo Golf gespielt und mit Engländern, Franzosen und Deutschen Geschäfte abgewickelt wurden. Dass er noch Junggeselle war, schien ihn kein bisschen zu beunruhigen, im Gegenteil, er schätzte es, dass ihm die Frauen zu Füßen lagen.

Braungebrannt, von kräftiger Statur und maritim-sportlich gekleidet, unterhielt sich Antonio mit dem ebenfalls anwesenden Luigi Gentile, einem Bankdirektor aus Palermo. Luigi Gentile war ein interessanter Gesprächspartner, nicht nur, weil er politisch und wirtschaftlich auf dem Laufenden war. In seiner Freizeit widmete er sich außerdem der Literatur und schrieb Romane. Er wirkte sehr vornehm und geistreich. Er kleidete sich in edle Stoffe und ließ seine Anzüge beim Konfektionshaus Brioni in Rom anfertigen. Die Familie Gentile war sehr angesehen in der gehobenen Gesellschaft Palermos. Mit seiner Frau Gabriella verstand sich meine Nonna bestens. In Palermo gingen sie gemeinsam Kleider und Schuhe einkaufen, tranken Kaffee und tauschten den neuesten Stadtklatsch aus. »Trotz des Ansehens und Reichtums sind die Gentiles eine gute Familie, wirkliche Freunde, auf die man sich verlassen kann«, bezeugte meine Nonna. »Sie sind ehrlich und respektvoll geblieben.«

Antonios Bruder Giuseppe und seine Frau Laura traten jetzt in die Runde. Man begrüßte sich freudig. Giuseppe war seinem Bruder Antonio wie aus dem Gesicht geschnitten, trotzdem waren sie so unterschiedlich wie Tag und Nacht. Während Antonio für die Firma Fiori die Beziehungen zu den Kunden im In- und Ausland pflegte, kümmerte sich Giuseppe um den Fabrikalltag. Er mochte nach wie vor das Fischen mit der Angel vom Ruderboot aus. Und bis vor Kurzem war er bei jedem großen Thunfischfang dabei gewesen und hatte mitangepackt. Er liebte den Kontakt mit den Fischern.

»Na, Luigi, wie laufen die Bankgeschäfte?«, erkundigte sich Giuseppe bei dem Bankdirektor.

»Ach, es könnte besser sein. Die Aktienmärkte erholen sich nur langsam. Die Regierung erlässt zu viele Restriktionen. Und die Steuern sollen erhöht werden. Zum Teufel mit den Faschisten! Sie ruinieren uns noch! Die Landreformen bringen nur Unruhen und wer liefert letztlich dem Staat das Kleingeld?«

»Du sagst es, Luigi!«, erwiderte Vittorio. »Ohne uns wäre das Land schon längst bankrott. Schließlich haben wir am meisten zum Aufbau nach den Kriegsjahren beigetragen, die Wirtschaft wieder auf die Beine gestellt und den Handel vorangetrieben. Was wären wir ohne unsere Exportgüter! Die Krise vor sechs Jahren hat uns fast alle umgehauen, doch wir haben die Geschäfte wieder angekurbelt. Und schau dir den Norden an, nichts als Probleme. Die Fiatwerke verzeichnen einen Rückgang von vierzig Prozent. Wir können wenigstens unseren Marsala an die reichen Engländer exportieren.« Er hob sein Glas.

»Salute, auf den besten Marsala der Welt! Ah, hier kommt mein Enkel aus der Schweiz!«, hörte ich meinen Großvater sagen, als ich auf die Terrasse trat.

»Sag mal, Vittorio, hat dein Sohn Umberto vielleicht Beziehungen zu den Schweizer Banken? Wir würden ihnen gute Geschäfte bringen, nicht wahr, lukrative Geschäfte! Wir wären bestimmt willkommene Kunden«, witzelte Antonio.

»Im Ernst, wenn uns die Faschisten das Leben weiterhin erschweren, müssen wir um unser Geld bangen«, entgegnete Luigi.

»Sichere Geldanlagen sind in diesen Zeiten gefragt.«

Ich warf einen Blick in die Küche. Unter Tante Marias Anweisungen hantierten die Hausangestellten eifrig und stellten die köstlichsten Speisen zusammen. Der frische Duft von Braten und Rosmarin erfüllte den Raum. Es wurden Pastateige gerollt, geschnitten, im Wasser gekocht und dann mit Tomatensauce angerichtet. Hähnchen wurden mit Zitronen und Kräutern gebacken, Fische gegrillt und ein Rindsbraten in Rotwein gekocht. Ich liebte dieses geschäftige Treiben. Ich schnappte mir ein Glas Wein und setzte mich an den Tisch.

Anna, die Köchin, brachte die Vorspeisen: *Arancini*, kleine gefüllte Reisbällchen, Oliven, Tomaten, Sardellen und *Sfincione*, frisches Brot mit Olivenöl. Meine Cousins Roberto und Luca saßen am unteren Ende des Tisches. Die beiden Brüder konnten nicht verschiedener sein. Luca war groß gewachsen, von kräftiger Statur, selbstbewusst und vorlaut. Er sonnte sich im Ansehen seiner Familie. Mit seinen siebzehn Jahren schien er schon ein kleiner Herr zu sein. Rauchend führte er das Wort, ließ keine andere Meinung zu und wirkte großartig, eindrücklich und redegewandt. Ehrgeizig und draufgängerisch, wie er war, würde er mühelos sein Ziel erreichen. Er wollte ganz hoch hinaus, das sagte er immer. Sein wildes, lockiges Haar zeugte von unbändiger Abenteuerlust und seine dunklen, mandelförmigen Augen wirkten verführerisch schön. Als kleines Kind schon hatte er stets im Mittelpunkt gestanden und seine offene, herzliche Art machte ihn überall beliebt. Jeder schloss ihn gleich ins Herz. Trotzte er oder wollte er seinen Willen durchsetzen, so ließ man ihn stets gewähren. Man fand es lustig, wenn er wütend auf den Boden stampfte, man hob ihn hoch, küsste seine süßen Locken und verzieh ihm alle spitzbübischen Einfälle.

Neben ihm saß sein Bruder Roberto, schmächtig, still, in sich gekehrt. Als Kind hatte er sich hinter Büchern vergraben und gerne alleine in seinem Zimmer gelesen. Oft war er auch krank. Ein schwaches Immunsystem sei daran schuld, meinten die Ärzte. Mit zehn Jahren entkam er gerade noch dem Tod, als er vier Wochen lang mit einer Lungenentzündung im Bett rang. Wie durch ein Wunder sank sein hohes Fieber langsam, der Husten verebbte und nach über vier Wochen fühlte er sich endlich wieder gesund. Danach las er oft in der Bibel und interessierte sich immer mehr für geistliche Literatur. Später verschrieb er sich ganz dem Studium der Bibel und der Kirchengeschichte. Schon seit Jahren diente er in der Messe und unterstützte den alten, gebrechlichen Dorfpfarrer. Im Convitti di Palermo wohnte er als Internatsschüler, der beste seines Jahrgangs, und war bemüht, nach Abschluss ins Priesterseminar in Rom eintreten zu dürfen. Trotz seines bescheidenen Auftretens verfolgte er einen Karriereplan: den Vatikan. Ganz unscheinbar, aber beharrlich träumte er vom Aufstieg in den Klerus. Leise und distanziert unterhielt er sich mit Silvana, der Tochter von Giuseppe Fiori. Sein Blick fiel kaum auf das Mädchen, als würde er sich sonst einer Gefahr nähern. Luca spielte sich ihm gegenüber oft auf und stellte ihn bloß, wenn es um Frauen ging. Irgendwie tat er mir leid, er schien so ganz und gar in seinem Schatten zu stehen, obwohl die Eltern unglaublich stolz darauf waren, einen zukünftigen Priester in der Familie zu haben. Er würde in die Fußstapfen seines Großonkels treten, der Priester in der Provinz war. Und wie sein Großonkel würde auch er die Familie unter den Schutz der Kirche stellen. Der leitende Pfarrer Don Pascuale der Basilika in Palermo hatte Kontakte zu Rom und bereits sichergestellt, dass Roberto dort ins Priesterseminar eintreten konnte.

»Na, Enzo, wie war die Krebssuche gestern?«, mein Onkel Toni setzte sich neben mich.

»Toll, *zio*!«, entgegnete ich ihm.

Onkel Toni war ein liebenswürdiger Mensch. Er war die rechte Hand im Geschäft meines Großvaters, denn keiner der Söhne wollte ins Marsalageschäft einsteigen. Mein Vater ging in den Norden, um das Textilfach zu erlernen, und Onkel Luciano war nach Amerika ausgewandert. Toni hatte bereits als Junge in den Reben und der Kelterei meines Großvaters gearbeitet. Nachdem er meine Tante geheiratet hatte, übergab Nonno ihm eine führende Stellung. Jetzt leitete er praktisch das ganze Unternehmen, aber für ihn blieb mein Nonno nach wie vor der Boss. Toni traf keine eigenen Entscheidungen, stets hielt er Rücksprache. Mein Nonno konnte von Glück sprechen, denn Toni war für ihn wie ein Sohn geworden. Die Zusammenarbeit im Marsalageschäft hatte die beiden Männer zusammengeschweißt. In einer Angelegenheit jedoch waren sie sich uneinig und es kam oft zu heißen Diskussionen. Toni wollte sich gegenüber der Mafia querstellen und keine Zahlungen mehr leisten. Mein Nonno hingegen wollte einfach in Ruhe gelassen werden, deshalb bezahlte er immer, was verlangt wurde. Er wollte sich auf keinen Fall mit der Mafia anlegen. Er konnte Toni nur schlecht davon überzeugen, dass er keine Wahl hatte, im Gegenteil, wenn er nicht mitmachte, dann brächte er sich selbst, die ganze Familie und das Geschäft in Gefahr.

»Du solltest mal mit mir die Kelterei besuchen, solange du noch hier bist.« Toni schaute mich interessiert an.

»Gerne, *zio*. Ich wollte schon immer mal mehr über euer Marsalageschäft erfahren. Luca will halt meist zum Meer, aber ich werde ihn umstimmen.«

»Ach, Luca hat leider kein Interesse daran. Er ist wohl damit aufgewachsen, aber er hat andere Ideen im Kopf. Und er ist ein Schwärmer. Mir wäre es lieber, er würde an seine Zukunft denken. Eine Militärlaufbahn bringt gar nichts, im Gegenteil, wenn die politischen Probleme sich zuspitzen, dann, wer weiß ...«

Eine freundliche Frau mittleren Alters erschien in der Tür, eingehakt in den Arm meiner Tante Maria. Sie unterhielten sich herzlich und ausgelassen.

Luca winkte mir zu. Ich setzte mich neben ihn.

»Das ist die Mutter von Francesca, Carlotta Rizzotto«, flüsterte er geheimnisvoll.

»Und wo ist ihr Mann?«

»Leonardo Rizzotto wurde vor ein paar Jahren bei einem Autounfall getötet. Eine tragische Geschichte.« Während Luca leise weitererzählte, beobachtete ich meine Cousine Zia. Sie plauderte angeheitert mit ihrer Freundin Francesca. Ein zierliches, jüngeres Mädchen ging mit ihnen. Sie schlenderten entlang der prächtigen Bougainvilleabüschen. Das Mädchen pflückte eine Blüte und steckte sie verträumt in ihr Haar.

»Wer ist das hübsche Mädchen neben Zia und Francesca?«, fragte ich Luca.

»Das ist Francescas jüngere Schwester, Carina. Ich finde, sie ist das schönste Mädchen Siziliens!«, schwärmte er.

»Luca, du bist verliebt! Hab ich recht?«

»Kommt, setzt euch, Kinder!« Meine Nonna griff nach ihrem Stock. Maria half ihr aus dem Gartenstuhl. Dann blieb sie einen Augenblick stehen. Mit Genugtuung beobachtete sie ihre Familie, die sich zum großen Tisch begab. Mein Nonno Vittorio setzte sich, wie immer, ganz an das oberste Ende, rechts und links neben ihn gesellten sich seine Besucher. Es wurde geschmaust, getrunken, gelacht. Luca gab Zigaretten aus, ich rauchte mit, obwohl mir der Tabak ganz schön in der Kehle kratzte. Die leichte Abendbrise fühlte sich angenehm kühl an.

Nach Mitternacht fuhr ein Wagen vor. Ein kleingewachsener, jüngerer Mann stieg aus. Toni lief schnell zu ihm hinüber.

»Was willst du? Wir sind beim Abendessen!«, fuhr er ihn schroff an.

»Ach, komm schon, Toni, ich möchte Vittorio kurz sprechen.«

»Lass ihn doch in Ruhe, es ist schon spät, du kannst morgen kommen!«

»Eh, *non capisci*, es ist wichtig!«

Toni kam zurück und flüsterte Nonno etwas ins Ohr. Darauf erhob sich mein Großvater und ging zum Auto. Im Halbdunkel sah ich nur die Umrisse der beiden Gestalten, die sich nun leise unterhielten. Nach einer Weile kam mein Nonno zurück und setzte sich wieder an seinen Platz oben am Tisch. Das Auto fuhr langsam zur Einfahrt hinaus.

Michele Fiori schaute Vittorio fragend an.

»Carlo Gambino will mich morgen treffen. Es geht um die Exportkosten. Hat er mit dir auch gesprochen?«, fragte Nonno angespannt.

»Nein, aber er wird es bestimmt demnächst tun. Was können wir dagegen unternehmen? Er wird die Kosten erhöhen wollen und das, was sonst noch dazugehört«, meinte Michele bedrückt.

»Ja, wahrscheinlich. Ich lass dich wissen, was er will.«

»Danke, Vittorio. Auf dich konnte ich schon immer zählen.«

Die Kirchenglocken weckten mich aus dem Schlaf.

»Enzo, Zeit zum Aufstehen!«

Tante Maria stand an der Tür des Schlafzimmers. Sie war elegant gekleidet und bereit, zur Sonntagsmesse zu gehen. Ich stürzte mich aus dem Bett, reinigte mich kurz über der Waschschüssel und zog mir ein weißes Hemd über. Die gütige Antonia hatte bereits auf dem Küchentisch einen Kaffee für mich bereitgestellt. Luca hupte. Ich trat ins grelle Sonnenlicht.

»Gut geschlafen und ausgeruht?«, fragte er grinsend. »Alle sind schon zur Kirche gefahren. Wir müssen uns beeilen.«

Der Wagen quietschte um die kurvige Straße. Nach kurzer Zeit trafen wir auf dem Vorplatz ein. Wir sprangen aus dem Auto und schafften es gerade noch, uns rechtzeitig in die hinterste Bank zu schieben. Der alte Priester trat durch die Kirchentür, hinter ihm ging Roberto, feierlich ein Kreuz tragend. Ihnen folgten zwei Ministranten. Die Menschen erhoben sich und stimmten in den Gesang ein.

Luca stupste mich an. »Schau, Francesca ist hier! Und neben ihr sitzt ihre hübsche Schwester Carina.«

Meine Augen wanderten in die fünfte Bankreihe. Zwischen den schwarz gekleideten Frauen machte ich Francescas Profil aus. Die aufgesteckten Haare ließen ihre hohen Wangenknochen erscheinen. Die dunklen Augen ruhten andächtig und traurig auf dem Gesicht des Paters. Ihr melancholischer Blick stimmte mich nachdenklich. Ich erinnerte mich an das Gespräch mit Luca am Vorabend. Vor einem Jahr war ihr Vater, Leonardo Rizzotto, in einem Autounfall getötet worden. Ob sie jetzt gerade an ihn dachte? Francescas Vater war politisch aktiv gewesen im Kampf gegen die Mafia. Sein Tod hatte großes Aufsehen erregt, denn Freunde behaupteten, er sei ermordet worden, die Mafia habe sein Auto mit einem Sprengsatz versehen. Es wurden Untersuchungen angestellt, aber am Ende resignierte die Mutter und wollte nur noch ihre Ruhe haben, denn die Kriminalpolizei konnte ihren Mann nicht mehr lebendig machen. Sie hatte sich damit abgefunden, den Rest ihres Lebens als Witwe zu verbringen. Ihre Töchter umsorgten sie und das ließ sie den Schmerz ertragen. Damals hatte sie es nicht geschafft, ihren Mann davon zu überzeugen, dass die Politik ein gefährliches Eisen sei und man sich schnell daran verbrennen könne. Und das, was sie stets befürchtet hatte, war dann ja auch eingetreten. Sie fühlte sich wie gelähmt, den Tatsachen ausgesetzt, die sie hätte verhindern können. Doch welche Frau durchblickte nicht die Fehden und Machtansprüche der Männer in dieser Gesellschaft, konnte aber kaum etwas dazu sagen, im Gegenteil, sie wurde angehalten, ihren Mund zu halten, ihren Verpflichtungen nachzugehen und ihre persönliche Meinung war in keinem Fall erwünscht. Sie hätte sich nicht nur unbeliebt gemacht, sie hätte auch ihren Mann bloßgestellt, was wohl das schlimmste Vergehen überhaupt gewesen wäre. Und das hätte wiederum zur Folge gehabt, dass ihr Mann in Wut geraten wäre, was er an ihr ausgelassen hätte, aggressiv, ohne Rücksicht, skrupellos, genau wie die Männer, die ihn vernichteten, nur hinter verschlossenen Türen, im eigenen Haus. Eine aus gesellschaftlicher Sicht ganz legitime Handlung hätte für Francescas Mutter das Ende bedeutet. So war sie besser still geblieben und hatte tatenlos zugesehen, wie ihr Mann mit zunehmenden politischen Errungenschaften im Parlament mehr und mehr einer feindlich gesinnten Opposition ausgeliefert war. Drohungen gegen ihn wurden öffentlich ausgesprochen, doch er nahm es mit Gelassenheit im Glauben, er könne sich den Gegnern stellen. Bald wurden die Morddrohungen schriftlich mitgeteilt, was Carlotta Rizzotto sehr beunruhigte. Und doch ließ sich ihr Mann nicht davon abhalten, weiterzumachen, als ob nichts geschehen wäre. Die Spannung zwischen ihr und ihrem Mann war gewachsen, er war zusehends aggressiver geworden, wenn man ihn darauf ansprach. Er wollte es nicht wahrhaben, dass er mehr Feinde als Freunde hatte.

Die Messglocke erklang. Nach dem Gebet spendete der Priester die Kommunion, wobei Roberto ihm den Wein hinhielt. Die Bewegungen des Priesters waren besonnen und kontrolliert. Die schwarz gekleideten Frauen knieten leise betend in den Bänken. Auf der anderen Seite befanden sich ihre behäbigen Ehemänner. Auf ihren Gesichtern spiegelte sich Langeweile und die Sehnsucht nach dem Moment, da sie aufstehen konnten, um in die Bar zu gehen.

»Morgen findet die Thunfischjagd statt. Ich treffe Matteo vor der *Tonnara* in Favignana um sieben Uhr. Kommst du auch?«, flüsterte Luca.

Luca hatte mir schon oft davon erzählt, vor allem von dem blutigen Abschlachten der Thunfische. Manchmal wurde mir allein schon übel vom Zuhören, aber ich konnte es ihm auf keinen Fall ausschlagen. Es war schließlich Männersache, daran teilzunehmen, und ich wollte nicht als Weichei dastehen.

»Ich möchte während meiner Ferien eine Kelterei mit deinem Vater besuchen. Wirst du mich begleiten?«

Luca schaute mich ungläubig an. »Da gehst du lieber alleine hin, Enzo. Keltereien sind mir zu langweilig.«

»*Nel nome del Padre, del Figlio e dello Spirito Santo. Amen.*«

Die Messe war beendet. Das Läuten der Kirchenglocken war für die Männer das erlösende Geräusch. Sie steuerten ungeduldig dem Ausgang entgegen. Hinter ihnen scharten sich die Frauen, leise flüsternd.

Luca zupfte mich am Ärmel. »Warte!« Seine Augen suchten Carina in der Frauenmenge. Er zwinkerte ihr zu. Sie lächelte verlegen.

»Bist schon wieder am Schäkern, kleiner Bruder?«, ertönte es hinter ihm. Zia schaute ihn gespielt vorwurfsvoll an. »Unterlass das, Luca! Es ist nicht angebracht, Frauen in der Kirche zuzuzwinkern.«

Die Mattanza

Auf dem Vorplatz der *Tonnara Fiori,* der großen Thunfischfabrik, herrschte geschäftiges Treiben. »Eh, Luca! Toll, dass du da bist! Und du hast deinen Cousin mitgebracht? Ciao, ich bin Matteo.« Matteo umarmte erst mich freundschaftlich mit seinen muskulösen Armen, danach ebenso herzlich Luca. Matteo war der Enkel des Fabrikgründers und ein guter Freund Lucas. Er freute sich ungemein, dass ich an der *mattanza,* wie die traditionelle Thunfischjagd vor den Küsten Siziliens und Sardiniens genannt wird, teilnehmen würde, und er war sichtlich stolz darauf, mir die Fabrik zu zeigen. Luca begrüßte Gioacchino, einen der ältesten Fischer. Er trug blaue Überhosen und saß gebückt auf einer hölzernen Kiste am Eingangstor. Sein wettergegerbtes Gesicht ließ die vielen Jahre auf See erahnen. Seine tiefblauen Augen waren trotz seiner 78 Jahre wach auf uns gerichtet. Er lächelte uns gutmütig zu, als er hörte, dass es meine erste *mattanza* sei.

Riesige Schornsteine ragten über dem imposanten Fabrikgebäude empor. Hinter dem eisernen Eingangstor erstreckte sich ein Innenhof, der von hohen Pinien gesäumt war. Der Bau war auch innen eine eindrückliche Erscheinung. Gotische Bögen durchzogen die hohe Decke. In den schmiedeeisernen Fenstern war in der Mitte ein F zu erkennen. Wir kamen zum Vorraum, der einen Ausgang zum Meer hatte. Dicke Seile hingen von der Decke.

»Die Träger schleppen die Thunfische durch das Tor hier herein. Die Fische werden dann geköpft und an den Seilen zum Ausbluten aufgehängt.«

Im nächsten Raum, der *batteria*, reihten sich über Kohlenfeuern aufgehängte Kupferkessel aneinander.

»Hier wird der Thunfisch gekocht, wobei wir alles verarbeiten: die Augen, das Blut, das Öl und die Knochen. Es wird nichts weggeworfen«, erklärte Matteo. Er führte uns weiter zur *galleria*, an deren Eingang eine Statue der Jungfrau Maria stand.

»Hier füllen die Arbeiter die Fische mit Olivenöl in Dosen. Es gibt zwei Sorten Dosen. Die gelben, die *Ventresca*, enthalten das Bauchfleisch. In die grünen Dosen, die *Tarantello*, kommt das seitliche Fleisch des Fisches.«

Matteo zeigte uns auch die Tischlerei, wo hölzerne Frachtkisten gebaut wurden.

Das Büro des *Rais*, zu dem wir jetzt kamen, war eine kleine dunkle Kammer.

Von Luca hatte ich erfahren, dass der Rais nicht nur der Chef war, der die Mannschaft der Fischer anführte, die Reusen beaufsichtigte und entschied, wann der Thunfisch getötet wurde. Rais war ein alter Begriff aus dem Arabischen und bedeutete so viel wie Sultan.

Über dem wackeligen Tisch hing eine Glühbirne und im fahlen Licht erkannten wir die imposante Figur. Ein Mann mittleren Alters, mit Händen so groß wie Tigerpranken stützte sich über der Morgenzeitung ab. Zigarettenqualm hing tief in der Luft. Clemente war seit zwölf Jahren Rais auf Favignana.

Er genoss nicht nur Ansehen bei den Fischern und den *tonnarottis*, die gesamte Bevölkerung behandelte ihn ehrfurchtsvoll. Die Thunfischfänge waren stets sehr hoch ausgefallen, was der Thunfischfabrik Fiori einen wirtschaftlichen Aufschwung beschert hatte. Durch die zahlreichen lukrativen *mattanzas* konnte sich die Firma verdoppeln, die Exportquoten stiegen und damit die Gehälter der Tonnarottis. Die Menschen von Favignana konnten sich glücklich schätzen angesichts ihres so erlangten Reichtums. Die traditionelle soziale Stellung eines Rais war ohnehin schon sehr ansehnlich, jedoch bei Clemente ganz besonders, da vor allem die älteren Einwohner von Favignana die erfolgreichen Thunfischfänge seinen übermenschlichen Fähigkeiten zuschrieben. Er selbst war jedoch bescheiden geblieben. Als der Besitzer der Thunfischfabrik, Michele Fiori, ihm zum Dank eine Wohnmöglichkeit auf seinem herrschaftlichen Gut zur Verfügung stellen wollte, lehnte Clemente es ab. Er bevorzugte es, in einem kleinen Häuschen im Hafen zu leben, gleich neben der Tonnara. Sein jüngerer Sohn Maurizio arbeitete seit vergangenem Herbst in der Tonnara. Er half mit, die Netze wieder in Stand zu setzen, sie mit Leinenschnüren neu zu verknüpfen, einzufetten, sie dann auf dem Hügel vor dem Hafen auszulegen, die Schwimmer anzubringen, danach die Netze aufs große Langboot zu verladen und sie am richtigen Ort vor der Küste zu versenken. Es bereitete Clemente Freude, zu sehen, dass die Fischer diese harte Arbeit nicht scheuten, im Gegenteil, sie waren stolz darauf, Teil dieses alljährlichen Spektakels zu sein. Sie waren tief verwachsen mit der mythologischen Bedeutung und der uralten Tradition des Thunfischfangs. Während der *mattanza* wurden sie eins mit dem Thunfisch, mit seinem Leben, seinem Lieben und Sterben, dem Werden und Vergehen. Es war ein immerwährender Kreislauf, der sich mit dem Höhepunkt der *mattanza* auf wunderbare Weise schloss.

»Luca!«, ertönte die tiefe Stimme Clementes. Er richtete sich mächtig hinter dem zierlichen Holztisch auf und umarmte Luca.

»Ich habe meinen Cousin Enzo mitgebracht.«

Clemente reichte mir seine kräftige Hand. Ich fühlte mich ganz klein und unscheinbar neben ihm.

»Morgen findet die *mattanza* statt. Ihr könnt auf der Vascello mitfahren«, sagte er stolz.

Luca zwinkerte mir zu. »Das ist eine Ehre, Clemente!« Er stellte zwei Flaschen Marsala auf den Tisch. »Ein kleines Dankeschön.«

Später saßen wir in der *locanda*, wo sich die Tonnarottis nach der Arbeit trafen. An den kalkweißen Wänden hingen Fotos. Matteo zeigte auf ein Bild, das aus allen hervorstach. »Das ist mein Vater, nachdem er den größten Thunfisch aller Zeiten gefangen hatte.« Ich traute meinen Augen kaum: Da stand ein junger, hochgewachsener Mann, der in der Hand den Kopf eines Riesenungetüms hielt. Einen Fuß hatte er auf den Körper des Fisches gestellt, der auf dem Boden lag. Der Thunfisch war größer als der Mann selbst, der angestrengt in die Kamera blickte.

»Das ist ja unglaublich!«, rief ich aus.

»Der Thunfisch war über 200 Kilo schwer«, erzählte Matteo stolz. »Es war Knochenarbeit, ihn ins Boot zu hieven. Die Tiere schlagen wild um sich, auch wenn sie schon in der Todesstarre sind.«

Ich hoffte insgeheim, dass ich das Spektakel aus der Ferne würde beobachten können, um nicht von Thunfischflossen über Bord geworfen zu werden.

»Kaum 400 Fische haben wir vor zwei Wochen gefangen. Das war eine Enttäuschung«, beklagte sich Matteo.

»Morgen soll es viele geben. Clemente war heute mit Maurizio draußen. Sie haben die Fische gezählt. Über zweitausend sollen in die *bastardella* geschwommen sein.«

Ich schaute Luca fragend an.

»Die Thunfische werden in einen Netzkäfig unter Wasser gelenkt. Der Netzkäfig besteht aus verschiedenen Kammern, in denen die Fische bis zur *mattanza* gefangen gehalten werden. Die *bastardella* ist die letzte Kammer vor der *camera morta,* der Todeskammer. Diese Kammer hat einen Netzboden, der dann in der *mattanza* gehoben wird. Lass dich überraschen!« Luca grinste.

Am nächsten Morgen ging es los.

»Du wirst begeistert sein! Wir werden in der Vascello, dem größten Langboot der Flotte, bis zur *camera morta* fahren. Von dort aus können wir das Geschehen aus nächster Nähe beobachten«, erklärte Luca.

Kurz vor Sonnenaufgang versammelten sich alle in der Tonnara. Als der Rais durch den gebogenen Eingang hereinkam, herrschte urplötzlich Stille. Hinter ihm gingen sechs Männer versonnen zum Ende der schwimmenden Mole, wo Langboote verschiedener Größe lagen. Der Rais setzte sich mit den Männern in das kleinste von ihnen. Mit ihren schwieligen Händen tauchten sie die Ruder ins Wasser. Ein Geruch von Salz und Fisch erfüllte die Seeluft. Das Boot des Rais fuhr voran, die anderen bildeten dahinter eine Linie, jeweils Heck an Bug. Ein kleiner Schlepper, der einzige mit einem Motor, zog uns aufs Meer hinaus. Mit jeder Bewegung fühlte ich, wie wir uns dem besonderen Ort mitten im Meer näherten. Es war, als würden unsere Boote von den Thunfischen angezogen, gleich einem unausweichlichen Magneten. Die Spannung stieg und ich dachte, die Thunfische würden die Boote hinter sich herziehen. Die Sonne brannte bereits erbarmungslos auf uns herab.

»Hoffentlich werde ich nicht seekrank.«

Der Rais begann seine Litanei auszurufen: *»Na sar virriggira a matri ri dii ri Tràpani!«* Es war ein Ave-Maria für die Muttergottes von Tràpani. Daran reihten sich das Vaterunser und Gebete an die Heiligen mit der Bitte um einen guten Fang.

Die Tonnarottis antworteten: »Heiliger Schöpfer, wir bitten dich nach unserem Tod um ewigen Frieden!«

Ich war ganz eingenommen von dem Gesang. Herzzerreißend war das Schreien der Männer.

Luca wandte sich mir zu: »Wir nähern uns den Netzen. Diese werden in wochenlanger Arbeit zusammengeknüpft und in einer bestimmten Anordnung entlang der Wanderroute der Thunfische im Meer versenkt. Durch die Öffnung eines Netzkäfigs unter Wasser werden die Thunfische in die Falle gelockt. Der Netzkäfig besteht aus mehreren Kammern, in denen die Thunfische in Gruppen aufgeteilt festgehalten werden, bis zum Tag des Tötens. Zwischen den Unterwasserkammern befindet sich ein zusammenschiebbares Netztor. Wenn es geöffnet wird, sinkt es herab und rollt sich auf dem Meeresboden zusammen. Mithilfe von Seilen können die Männer es wieder zuziehen und schließen.«

Unser Boot positionierte sich an der *camera morta*, der Todeskammer. Die Fischer zogen das Netz hoch und befestigten es an ihren Booten. Das Netz reichte in der Mitte bis zu dreißig Meter in die Tiefe. Auf jeder seiner Seiten formierten sich drei bis vier Boote. Das Viereck war nun nur noch nach Osten offen. Die Männer beobachteten die Thunfische und warteten, bis sie hineinschwammen. Als die Fische sich in der Kammer des Todes befanden, wurde ein Boot an der östlichen Seite des Vierecks platziert, um es abzuriegeln. Nur der Rais befand sich noch in der Mitte des Vierecks. Er hob die Arme und gab das Kommando zum Hochziehen, worauf das Netz von vierzig Männern an der Seite ihrer Langboote gleichmäßig heraufgezogen wurde. Dabei sangen die Tonnarottis mit lauten Stimmen ein fremdartiges Lied. Während sie brüllten, zogen sie das Netz immer weiter aus dem Wasser.

Plötzlich tauchten flitzende Schatten auf. Die Wasseroberfläche begann sich zu kräuseln und zackige Rückenflossen glitten durch das Wasser. Das Schreien der Männer wechselte in heisere Rufe, je mehr Fische zu erkennen waren. Das immer schnellere Herumsausen der Thunfische ließ die Stimmen der Tonnarottis ekstatisch werden. Je größer die Fische waren, desto lauter und leidenschaftlicher brüllten die Männer. Der Rais gab den Befehl zum Töten, worauf die Männer ihre Gaffen wie mit einer Hand zückten und mit aller Kraft auf die Tiere einschlugen. Die Gaffen hakten sich in das feste Thunfischfleisch, die Gischt verwandelte sich in rosaroten Schaum und unter rhythmischen Rufen wurden die Fische aufs Schandeck gehievt. Panisch schlugen die Flossen der Tiere um sich, wild zitterten sie unter dem Schmerz der Gaffen, die in ihren Leibern steckten. Einige Männer fielen übereinander, als sie versuchten, den schlagenden Flossen auszuweichen. Der Gestank von Blut, gemischt mit Fischöl, breitete sich wie eine Wolke über uns aus. Mir wurde übel beim Anblick des vielen Blutes, das barbarische Rufen und Schlachten erfüllte mich mit Abscheu. Ich klammerte mich an die Reling und ließ mich mitreißen in ein Gefühl von Zeitlosigkeit, wo Leben und Tod so nahe beieinander lagen.

Lucas dunkle Augen blieben wie versteinert auf dem Gemetzel hängen. Sein Oberkörper hing über den Bootsrand, so konnte er den Thunfischen in die Augen blicken. Ich spürte, wie die Fische vibrierten und in Todesangst um sich schlugen. Das Blut quoll aus ihren Kiefern, in die die Tonnarottis ihre Gaffen steckten. Immer mehr Blut floss ins Wasser, das sich erst rosa, dann rot und schließlich dunkelrot färbte. Die dicken Oberarme der Männer griffen nach den blutenden Leibern und zogen sie auf das Langboot. Ein Geruch aus Schweiß und Salz vermischte sich mit dem Blutgestank der verletzten Fische. Mir war, als würde sich mein Magen umdrehen. Die starren Augen der Riesenfische erschreckten mich, ich drehte mich um und kotzte über das Heck des Langbootes. Während ich über der Reling hing, zogen die Männer das Netz in rhythmischen Rucken immer weiter hinauf. Der Boden des Netzes war schon sichtbar. In der immer kleiner werdenden Mulde schlugen die letzten Thunfische um sich.

Der Rais stieg als Erster aus dem Boot und watete durch die blutrote Brühe. Zwei weitere kräftige Männer folgten ihm und gemeinsam packten sie die letzten Thunfische mit ihren Gaffen. Die Fische kämpften um ihr Leben. Einer der Männer wurde mit der letzten Gewalt einer Schwanzflosse geschlagen. Er schnappte nach Luft und schleppte sich quälend zum Langboot. Die Fische rangen unermüdlich um ihre Freiheit, während die Männer an den Netzen rissen und zogen, bis das Zucken endgültig erstarb. Unter Gejohle und Freudengeschrei sprangen die Tonnarottis in das Blutwasser und wälzten sich darin. Sie feierten den Sieg, den Triumph und suhlten sich in Übermut.

»Wie können sie nur in dieser Blutlache baden?«, fragte ich Luca entsetzt.

»Enzo, komm schon, mach nicht so ein Gesicht! Das ist das höchste der Gefühle, in dieses heilige

Wasser zu tauchen. Vergiss nicht, bevor die Fische gefangen wurden, haben sie sich hier gepaart. Die Tonnarottis gehen diesem Gefühl nach, wenn sie ins Wasser springen. Man sagt, es verleiht außergewöhnliche Kräfte, wenn man im Blutwasser der *mattanza* schwimmt.«

»Und warum springst du dann nicht auch hinein? So wie ich dich kenne, würdest du dich bestimmt gerne mit Liebeswasser benetzen«, neckte ich ihn.

»Das ist den Tonnarottis vorbehalten. Leider!«

Studienbeginn in Cottbus, 1941

Ein wolkenloser, sonniger Herbsttag hüllte die Wälder in goldene Farben. Neugierig beobachtete ich die Landschaft, die am Zugfenster vorbeizog und jetzt langsam in offenes Ackerland überging. Zwischen gelben Stoppelfeldern leuchteten Sonnenblumen. Grüne Kohlköpfe reihten sich in langen Bahnen auf den Feldern. Der gleichmäßige Rhythmus der rollenden Räder versetzte mich in eine angenehme Müdigkeit.

Die Erinnerungen an die vergangenen Wochen ließen mir keine Ruhe. Immer wieder kreisten meine Gedanken um den Brief mit der Bestätigung meiner Aufnahme an der Textilingenieurschule, meine Freude darüber, dann das Packen. Mama verabschiedete sich mit gemischten Gefühlen von mir. Sie machte sich Sorgen, dass ich in einem Kriegsland studieren wollte. Dazu kam die Trauer über den Verlust unseres geliebten Vaters.

Er war immer sehr schwächlich, oft erkältet gewesen und seit ich mich erinnern konnte, hatte er gehustet. Die Ärzte machten sein schwaches Immunsystem dafür verantwortlich. Täglich trank er ein Glas Rotwein, das sollte gut fürs Blut sein. Er liebte es einfach, sein Glas Rotwein am Abend nach einem langen, anstrengenden Arbeitstag in der Fabrik. Es gehörte zu unserer sizilianischen Tradition. Eines Nachts kam plötzlich das hohe Fieber. Mama rief sofort den Arzt, der meinen Vater gleich ins Krankenhaus überwies. Schwach, bleich und kraftlos lag er im Krankenbett. Ich erinnerte mich noch genau, wie er sich gefreut hatte, mich zu sehen.

»Mein lieber Enzo, ich bin so stolz auf dich! Du bist geschickt und du hast ein schnelles Auffassungsvermögen. Du wirst es zu etwas bringen.«

Die Sterilität des Krankenhauses und die weiß gekleideten Schwestern und Ärzte fand ich bei den Besuchen irgendwie unangenehm. Am schlimmsten aber war der Anblick meines Vaters. Kein Funke, kein Licht war in seinen Augen zu erkennen, nur eine große Müdigkeit und Erschöpfung blickte mir entgegen. Nach ein paar Tagen schien sich seine Situation gebessert zu haben. Er konnte wieder aufstehen und fühlte sich allmählich kräftiger. Doch ganz plötzlich erhöhte sich das Fieber wieder, innerhalb einer Stunde war es so hoch, dass wir von der Krankenschwester gerufen wurden. Meine Mama ging hin und blieb bei ihm. In den frühen Morgenstunden verstarb er.

Ich weinte bitterlich, weil ich mich nicht mehr von ihm hatte verabschieden können. Mama hatte mich kurz davor angerufen und hastig gesagt: »Komm so schnell du kannst.« Meinen kleinen Bruder ließ ich schlafen. Irgendwie ahnte ich das Schlimmste, wollte es aber nicht wahrhaben. Hastig zog ich mich an, warf mir den Mantel über und lief so schnell ich konnte zum Krankenhaus. Ich kam um Minuten zu spät. Der Anblick meines toten Vaters versetzte mich in Schock, mein Hals war wie zugeschnürt, ich brachte keinen Ton heraus und die Tränen rollten in Strömen über mein Gesicht. Ich fühlte mich elend. Mein Vater war tot. Nie mehr würde ich mit ihm den geliebten Spaziergang entlang des Baches machen können, seine beruhigende Stimme hören, wenn er mich am Morgen zum Aufstehen aufforderte. Nie mehr würde ich mich mit ihm über die neuesten Webmaschinen unterhalten können, seinem Schatz an Fachwissen lauschen, wie ich das Handwerk erlernen und beherrschen, vielleicht sogar Neues entwickeln und alles über die Maschinen lernen könnte. Ich hatte seine Faszination fürs Textilhandwerk gespürt, wenn mein Vater mir davon erzählte. Ich konnte dabei förmlich die Vielfalt der Stoffe fühlen. Damit war es vorbei. Keine spannenden Gespräche, keine aufmunternden Worte mehr.

»Alle Fahrkarten vorzeigen, bitte!«

Die Stimme riss mich aus meinen Gedanken. Der Schaffner wurde von zwei SS-Soldaten begleitet. Hastig griff ich in meine Westentasche. »Hier, bitte!«

Der Schaffner schaute sich die Fahrkarte genau an. »Sie kommen aus der Schweiz. Haben Sie eine Einreisebewilligung?«

Ich griff wieder in meine Tasche und reichte ihm meinen Reisepass mit dem Einreisedokument. Auch die SS-Soldaten schienen sich für meinen Pass zu interessieren.

»Sie sind italienischer Staatsbürger und reisen aus der Schweiz ein? Ah, hier das Visum. Ein Studentenvisum. Werden Sie in Cottbus studieren?«, fragte der kleinere SS-Soldat.

»Ja, an der Fachhochschule für Textilingenieure.«

»Wie lange werden Sie bleiben?« Der Größere der beiden schaute mich mit durchdringendem Blick an.

»Zwei Semester.«

Die Soldaten winkten ab und gingen weiter.

»Noch dreißig Minuten bis Cottbus Hauptbahnhof!«, rief der Schaffner aus.

Ich packte meine Dokumente weg. Erleichtert beobachtete ich die Landschaft, die sich nun nicht mehr so ländlich zeigte. Reihenhäuser und kleine Fabriken zogen vorbei, dazwischen lagen Straßen und Wege. Zwei Autos und einen Militärlastwagen konnte ich auf der Landstraße ausmachen, dann noch ein Fuhrwerk, ansonsten waren die Leute per Fahrrad oder zu Fuß unterwegs.

Quietschend fuhr der Zug in den Cottbuser Hauptbahnhof ein. Ich schaute zum Fenster hinaus. Soldaten verabschiedeten sich von ihren Geliebten, von Frauen und Kindern, neue Soldaten kamen an. Es regnete. Ich zog meinen Koffer vom Gepäckgestell und drängte mich durch die Menge.

Mit der Straßenbahn fuhr ich bis zum Potsdamer Platz, von dort aus ging ich noch fünf Minuten zu Fuß bis zum Bonnaskenplatz. Ich bestaunte die herrschaftlichen Häuser und die großen Gebäude. Nur schade war, dass die Kaufläden alle geschlossen oder leer zu sein schienen. Entlang der Kaufhausstraße standen vor einer Bäckerei etwa fünfzig Frauen in einer Warteschlange. In ihren Händen hielten sie Essensmarken.

Ich konnte es kaum erwarten, im Vorlesesaal der

Fachhochschule für Textilingenieure zu sitzen und etwas über die neuesten technischen Errungenschaften zu erfahren, zu studieren, wie die verschiedensten Stoffe hergestellt wurden, und dann die Herstellung der Dessins genauer kennenzulernen. Diese Ausbildung würde mir alle Möglichkeiten für eine Berufslaufbahn eröffnen.

Frau Pöllnitz, meine Zimmervermieterin, begrüßte mich freundlich und führte mich in mein Zimmer. Es war geräumig, ausgestattet mit Kleiderschrank, Schreibtisch und Waschtisch.

»Ab 17 Uhr müssen wir verdunkeln. Bitte denken Sie daran. Bei Fliegeralarm laufen Sie schnell in den Keller, die Hausbewohner finden sich dort alle im Luftschutzkeller ein. Das Abendessen wird gleich serviert. Darf ich Sie in zehn Minuten zu Tisch bitten?«

»Ja, gerne.«

Frau Pöllnitz verließ das Zimmer. Ich wusch mich über der Waschschüssel, was nach der langen Reise gut tat. Während ich meine Haare kämmte, betrachtete ich mein Spiegelbild. Meine schmale lange Nase hatte ich nie gemocht. Dafür konnte ich mich mit den langen Wimpern und den dunklen, mandelförmigen Augen sehen lassen. Eigentlich waren meine Gesichtszüge fein, fast aristokratisch, doch die Nase störte mich trotzdem. Ich strich ein wenig Pomade auf meine kurz geschnittenen Haare, zog ein frisches Hemd über und machte mich auf ins Wohnzimmer. Der Geruch von Kohlsuppe verbreitete sich. Mir wurde ein Platz zugewiesen. Am Tisch saß bereits ein junger Mann. Wir begrüßten uns. Lars kam aus Norwegen.

»Wie war die Zugfahrt?«, fragte er.

»Problemlos. Ich musste in Leipzig umsteigen. Die Bahnhöfe und die Züge waren rappelvoll.«

Lars erzählte mir, wie er von SS-Leuten ausgefragt wurde. Sein Reisepass und Visum wurden genau untersucht.

»Es war mir nicht wohl dabei. Bestimmt dachten sie, ich sei ein Spion!«

Wir lachten. Lars und ich verstanden uns auf Anhieb. Wir plauderten ausgiebig. Auch er wollte an der Fachhochschule studieren. Er erzählte mir von seiner Familie in Norwegen. Sein Vater war in einer Tuchfabrik tätig, seine Mutter arbeitete als Krankenschwester, zusätzlich waren sie noch Selbstversorger. »Wir haben in unserem Garten eine Schweinezucht und der Rasen wurde zu einer Gemüseplantage umfunktioniert«, sagte er in einem ironischen Ton. »Und was führt dich nach Cottbus?«, fragte er mich interessiert.

»Mein Vater war in der Textilindustrie tätig. Er arbeitete in einer großen Weberei, wo auch ich meine Lehre absolviert habe. Ich will mich irgendwann vielleicht selbstständig machen und deshalb möchte ich mir mehr Kenntnisse aneignen. Leider ist mein Vater vor sechs Monaten an einer Lungenentzündung verstorben.«

»Ach, schrecklich! Das tut mir leid.«

»Ja, es war ein Schock für mich, meinen kleinen Bruder und für meine Mutter. Erst dachte ich, dass ich mein Studium deswegen um ein Jahr verschieben sollte, aber meine Mutter meinte, sie komme schon durch. Sie näht Kleider für Kinder und verdient sich so ein wenig Geld.«

»In der Schweiz ist die Lebenssituation bestimmt noch nicht so schlimm.«

»Es geht, wir haben mittlerweile aber auch Lebensmittelmarken und die Konsumgüter sind stark eingeschränkt. Hast du die langen Warteschlangen bei den Fleischern und Bäckern hier gesehen? Ich frage mich, wie das weitergeht. Frau Pöllnitz meinte, sie habe genug Marken für uns, sodass wir einmal in der Woche Fleisch essen können. Das Problem seien der Zucker und der Kaffee. Ich habe Schokolade aus der Schweiz mitgebracht.«

Wir unterhielten uns noch lange in den Abend hinein und ich hatte das Gefühl, bereits einen neuen Freund gefunden zu haben.

Am nächsten Tag liefen wir die Kaufhausstraße entlang zum Potsdamer Platz. Vor dem Krämerladen standen die Leute wieder in einer langen Warteschlange. Um die Ecke kamen wir an einer Gärtnerei vorbei. Viele Blumen gab es hier nicht, aber umso mehr Obstbäume, Tomatenstauden, Bohnenstangen und Salatsetzlinge. Die übrigen Schaufenster der einst geschäftigen Einkaufsstraße waren halb leer und machten einen trostlosen Eindruck. Wir gingen über den Marktplatz. So weit unsere Augen reichten, sahen wir Kartoffeln, Karotten, Kohl und Rüben.

Mir kamen die Märkte in Sizilien in den Sinn. Die Gerüche der verschiedenen Gemüse- und Obstsorten, die Farben der Tomaten, Paprikas und Zucchinis, ein Schlaraffenland sondergleichen. Überall durfte man etwas kosten. Am liebsten ging ich zum Salami-und-Oliven-Verkäufer. Wenn ich nur daran dachte, lief mir schon das Wasser im Munde zusammen. Dann erst die frischen Hähnchen, die Fische und Meeresfrüchte ... Ruckartig wurde ich wieder in die Gegenwart geholt, als plötzlich ein SS-Beamter vor uns stand und fragte, was wir hier täten. Wir zeigten ihm unsere Ausweise und danach ging er weiter.

»Was wäre mit uns passiert, falls wir Deutsche wären? Hätte er uns gleich eingezogen in den Krieg?«, fragte Lars leise.

»Glücklicherweise konnten wir unsere Ausweise und Visa vorweisen, ansonsten hätte er uns vielleicht nicht geglaubt. Komm, wir beeilen uns besser. Dort vorne um die Ecke ist die Fachhochschule.«

Der große Vorlesesaal glich einem Bienenstock. Es wurde angeregt diskutiert, dazwischen hörte man kurze Lacher. Die Studenten schienen bester Laune zu sein. Beim Läuten des Gongs drängten wir uns in den Saal. Der Dozent kam mit zackigen Schritten durch die Tür und schmetterte sie hinter sich zu, damit auch alle hören konnten, dass er da war. Sofort stellte sich absolute Ruhe ein. Wir wurden kurz begrüßt und dann mussten wir uns mit Namen und Herkunftsland vorstellen. Viele Menschen aus nordischen Ländern wie Island, Schweden und Norwegen waren mit dabei sowie ein Mann aus Afghanistan und zwei Studenten aus Sudetendeutschland. Ich freute mich besonders über vier andere Landsleute, die sich wie ich aus der

Schweiz hier zum Studium eingefunden hatten. Mein Sitznachbar Wolfgang kam aus Cottbus. Er erzählte mir von seinem Vater, der ein Schneidergeschäft in der Stadt führte. »Wenn es dir abends langweilig wird, dann komm mit zum Kolpingverein. Wir spielen Karten und machen Musik.«

Ich sagte begeistert zu, denn ich wollte meine Abende nicht alleine in meiner Kammer verbringen. Wolfgang klatschte in die Hände, als er hörte, dass ich sogar eine Geige mit dabeihatte.

Die Schule gefiel mir, besonders die Fächer Dessinatur und Appretur.

In der folgenden Woche begann ein Praktikum in einer der umliegenden Webereien. Ich stellte bald fest, dass ich einer der bestausgebildeten Schüler war. Da ich seit meinem fünfzehnten Lebensjahr in der Fabrik gearbeitet hatte, erst als Hilfsarbeiter, dann als Lehrling, war ich mit meinen Erfahrungen vielen anderen voraus. Ich kannte mich aus mit Webmaschinen, Zwirnmaschinen und Dessinatur war für mich kein Fremdwort. Ein Professor nahm mich beiseite und sagte mir leise, dass ich ja ausgezeichnete Kenntnisse habe und das Praktikum wahrscheinlich eher langweilig für mich werden könne. Er überlege sich, ob er mich anstelle des Praktikums in einem anderen Bereich einsetzen solle.

»Ach, wie entzückend von Ihnen, Enzo, dass Sie mir so wunderschöne Blumen bringen! Bitte, treten Sie ein und nehmen Sie Platz! Wolfgang wartet schon ganz ungeduldig auf Sie.«

Wolfgangs Mutter empfing mich mit einem herzlichen Händedruck. Sie war vornehm gekleidet und mit beschwingten Schritten führte sie mich durch den gekachelten Eingang. Die Wände strahlten in hellem Weiß und die Decken waren mit Stuckaturen verziert. Das geschmackvoll eingerichtete Haus strahlte Eleganz und Wohlstand aus. Antike französische Möbel zierten die Eingangshalle. An der Wand hing ein venezianischer Spiegel, umrahmt von Kupferstichen, die das Webhandwerk und die Spinnerei darstellten. Eine herrschaftliche Glastür führte in den nächsten Raum. In der Mitte des Raumes stand eine antike Büste auf einem Louis-XV-Tischchen. Ich vernahm Wolfgangs Stimme, gleichzeitig ertönte das Klacken seiner Krücken. »Enzo! Schön, dass du dich zu uns gesellst. Komm, setz dich! Wir genehmigen uns erst mal einen Willkommenstrunk!«

Er öffnete eine Vitrine und holte zwei mit Gold verzierte Kristallgläser hervor. Die Glastür schwang auf und eine pummelige ältere Frau erschien. Freundlich lächelte sie uns an: »Sie sind wohl unser Schweizer Gast! Willkommen! Was kann ich euch zu trinken bringen?«

»Bring uns doch bitte einen Sekt, Frieda! Danke.«

Wir machten es uns am langen Tisch gemütlich. Wolfgang erzählte mir von seiner Arbeit im Atelier seines Vaters. Vor Kriegsbeginn hatte er vor allem Anzüge und Abendkleider für die reichen Kundinnen und Kunden aus ganz Deutschland angefertigt, seit zwei Jahren jedoch musste er nun Offiziersbekleidungen und Uniformen für höhere Militärs nähen. Ein Glück, sagte er, denn so wurde sein Vater nicht eingezogen. Und da Wolfgang eine Behinderung hatte, bestünden auch für ihn keine Bedenken, dass er an die Front müsse. Viele seiner Freunde jedoch waren im Einsatz und ich spürte die Besorgnis in seiner Stimme.

»Wir können uns glücklich schätzen, dass wir uns unserem Studium widmen können. Ich bin gespannt auf unser Praktikum nächste Woche«, sagte ich.

»Das könnte für dich vielleicht sogar eher langweilig werden. Die anderen deutschen Studenten kommen alle direkt vom Abitur. Sie haben keine Ahnung von Webmaschinen geschweige denn von der Arbeit in einer Fabrik. Du wirst ihnen bestimmt etwas vormachen können! Und in Sachen Webstühlen kennt sich wahrscheinlich keiner so aus wie du«, meinte Wolfgang enthusiastisch.

»Lars, der Norweger, der wie ich in der Bonnaskenstraße ein Zimmer bewohnt, hat auch Erfahrung in der Fabrik seines Vaters gesammelt. Er fertigt besonders feine Wollstoffe an. Ach ja, und Ismail aus Afghanistan erzählte mir, dass er in England bei Christy gearbeitet habe.«

»Christy scheint eine weltweit bekannte Firma zu sein. Was stellen sie her?«

»Soviel ich weiß, vor allem Frottierwäsche.«

Die Glasflügel schwangen wieder auf und die Haushälterin Frieda brachte Teller und Besteck. Geschickt deckte sie den Tisch, dann trug sie Platten mit Aufschnitt und Käse auf und brachte frisches Brot, Schweineschmalz und Tee. Mein Hunger machte sich bemerkbar. Frieda läutete die Glocke, um alle zu Tisch zu bitten.

Ich wurde von den anderen Familienmitgliedern herzlich begrüßt. Wolfgangs Vater setzte sich oben an den Tisch. Er war ein zierlicher Herr im mittleren Alter. Sein leicht ergrautes Haar war streng nach hinten gekämmt und an den dünnen Haarsträhnen glänzte Pomade. Seine feinen Gesichtszüge wirkten weich und ausgeglichen. Er sprach in leisem Ton und seine sauber manikürten Hände lagen ruhig auf dem Tisch. Neben ihm zur Rechten saß Wolfgangs Mutter. In ungezwungener Art führte sie die Konversation an der Tischrunde und lockerte die Stimmung mit humorvollen Beiträgen auf. Ihr freundliches Wesen ließ mich auf Anhieb wohl fühlen in diesem vornehmen Haus. Sie erzählte mir von Wolfgangs Geschwistern, seinem Bruder Wilhelm, der eine Offiziersausbildung machte und zurzeit in einer militärischen Einheit in Brandenburg stationiert war.

»Wir hoffen, dass er nicht an die Front muss. Die Situation in Russland ist erschreckend und ich bete, dass er nicht dorthin eingezogen wird«, sagte sie besorgt.

»Bitte lass uns nicht darüber sprechen«, wendete Wolfgangs Vater ein. »Luise kommt am Wochenende. Sie muss sich aufs Abitur vorbereiten. Ich freue mich, unser Mädchen hier zu haben.«

Wolfgangs Schwester Luise besuchte ein Internat und kam nur einmal im Monat übers Wochenende nach Hause.

»Meine Schwester ist eine gute Klavierspielerin.

64

Wir musizieren oft gemeinsam im Orchesterverein. Und eine Geige können wir noch gut in unserem kleinen Orchester gebrauchen«, meinte Wolfgang.

»Ach, Sie spielen Geige?«, fragte seine Mutter interessiert.

»Ja, zu Hause spiele ich im Orchester. Wolfgang ist ganz begeistert, dass ich meine Geige mitgenommen habe. Ich freue mich natürlich auch, im Kolping-Orchester zu spielen.«

»Komm am Sonntagabend in die Stefanskirche. Wir treffen uns ab 19 Uhr zur Orchesterprobe. Ich besorg dir die Noten!«

Die Stefanskirche war ein neugotischer Bau mit bunten Fenstern und einer schweren Eichentüre am Haupteingang. Wolfgang plauderte gerade vergnügt mit seinen Freunden, als ich in die Sakristei trat.

»Enzo! Da bist du ja! Freunde, wir erhalten Verstärkung! Wie sieht es aus, Enzo, erste oder zweite Geige?«

»Hallo! Zweite Geige passt schon für den Anfang«, erwiderte ich.

»Dann stelle ich dir mal die erste Geige vor: Franz Schulze«, rief Wolfgang begeistert.

»Oh, da bin ich ja aber schnell zur ersten Geige aufgestiegen. Enzo, ich übergebe dir gerne die Verantwortung für die erste Geige.« Franz schaute mich fragend an.

»Franz, du musst ja nicht gleich unseren neuen Musiker einschüchtern. Keine Angst, Enzo, wir spielen hier ohne Rangliste.«

»Genau, draußen vor der Tür gibt es genug Hierarchie. Hier herrscht die Anarchie!«

»Julius, hör mal, übertreiben musst du jetzt aber auch nicht! Enzo, darf ich dir vorstellen: Julius Binder, Oboe.«

»Hallo, Enzo, nett, dich kennenzulernen.«

»Ich bin Monika Lange, mit der Klarinette, das ist Elsbeth Fischer.«

»Hallo, Enzo, freut mich, ich spiele auch Klarinette«, begrüßte mich Elsbeth.

»Bassgeige Heinz Köhler, hier! Hallo, Enzo.«

»Und zuletzt stelle ich dir meine geliebte Schwester Luise vor!«

»Hallo, Enzo! Ich habe schon viel von dir gehört«, sagte sie.

»Ich hoffe, nur Gutes«, grinste ich.

»Sicher.« Luise lächelte mich freundlich an.

»Die weibliche Verstärkung könnte besser sein, Luise, was ist mit deinen Freundinnen Klara und Barbara? Kommen sie nicht mehr?«

»Ach, Klara hat sich entschieden, vermehrt in der Bundesjugend mitzumachen.«

»Puh, soll sie sich doch absetzen! Hat sie sie nicht alle?«, rief Julius.

»Julius, nicht so laut, pass auf, was du sagst. Behalte mal für dich, was du denkst«, tadelte ihn Wolfgang.

»Mensch, nicht mal eine eigene Meinung darf man haben. Ich meine nur, es ist echt schade, dass sie nicht mehr zum Musizieren kommt.«

»Na, Julius, du hast sie wohl gut gemocht, die Klara.«

66

Gelächter ertönte und Julius versuchte gelassen seine Wangenröte zu verbergen.

»Natürlich, Leute! Nur jetzt, da ich weiß, dass sie bei der Hitlerjugend mitmacht, muss ich echt zugeben, dass ich froh bin, sie doch nicht geküsst zu haben. Verräter will man nicht küssen!«

Wir plauderten noch eine Weile, dann setzten wir uns und spielten ein paar Stücke von Mozart und Schubert. Erst spätabends verließen wir die Kirche und begaben uns zu Wolfgangs Haus. Dort ging es dann auch bei den folgenden Treffen fröhlich weiter, manchmal saßen wir bis Mitternacht zusammen und diskutierten über Gott und die Welt.

Frau Pöllnitz hantierte in der Küche, während das Radio leise lief. Deutsche Marschmusik ertönte. Ich setze mich an den Frühstückstisch, kurz danach gesellte sich Lars zu mir. Im Hintergrund hörten wir weiter das Radioprogramm: *Wochenschau, 8. Oktober 1941: Großkundgebung im Berliner Sportpalast zur Eröffnung des dritten Kriegswinterhilfswerkes. Der Führer selbst war, während neuer, großer Operationen an der Ostfront, nach Berlin gekommen, um anlässlich dieser Veranstaltung zum ganzen deutschen Volke zu sprechen.*

Man hörte laute Zurufe und Klatschen.

Zunächst gab Reichsminister Dr. Goebbels einen Rechenschaftsbericht über das Kriegswinterhilfswerk 1940/41. Während im Jahre 1933 rund 358 Millionen Reichsmark gesammelt wurden, wuchs die Summe der Spenden in fortlaufender Steigerung bis zum Kriegswinterhilfswerk 1940/41 auf 916 Millionen 240.000 Reichsmark an. Dann traf der Führer vor den Sportpalast, der alten Kampfstätte der Berliner Nationalsozialisten, ein.

Das Volk jubelte, Musik und Zurufe ertönten.

In seiner großen Rede hielt der Führer eine vernichtende Abrechnung mit den bolschewistischen Kriegsverbrechern. Der Führer betonte, dass bis zum heutigen Tage jede Aktion des Ostfeldzuges genauso planmäßig verlaufen sei wie in Polen, in Norwegen, im Westen oder auf dem Balkan. Über eines aber habe man sich getäuscht: die gigantischen Vorbereitungen der Sowjetunion gegen Deutschland und Europa. Das könne man heute aussprechen, da dieser Gegner bereits gebrochen sei und sich nie wieder erheben werde.

Applaus erscholl.

Gegen diesen grausamen, bestialischen und tierischen Gegner mit seinen gewaltigen Rüstungen hätten unsere Soldaten gewaltige Siege erkämpft. Keine Worte könnten ihren Leistungen gerecht werden. Was die Frontopfer betrifft, so sagte der Führer, können diese überhaupt durch nichts vergolten werden. Das, was die Heimat leiste, müsse vor der Geschichte dereinst genauso bestehen können. Jeder wisse, was in dieser Zeit mit Recht von ihm gefordert wird und was zu geben er verpflichtet ist.

Dann ertönte die Nationalhymne ...

Lars und ich aßen in Stille unser Frühstück. Frau Pöllnitz hörte immer sehr aufmerksam die Wochenschau. Ich beobachtete sie, während sie den Abwasch erledigte, und spürte ihre Angespanntheit beim Verlesen der neuesten Kriegsmeldungen. Sie beklagte sich oft über die Essensmarken, die stets kläglicher wurden, und ihr war es nicht recht, dass sie uns nur einfache Mahlzeiten kochen konnte. Ich mochte sie. Sie war fürsorglich und sehr um uns Studenten bekümmert. Mir tat sie leid, dass sie täglich Stunden damit verbrachte, in der Warteschlange zu stehen, um Lebensmittel für uns zu besorgen. Lars hatte kürzlich ein Paket mit einem großen Kübel Schweineschmalz erhalten. Da er aus Norwegen kam, neckten wir ihn, ob er sicher sei, dass es Schweineschmalz und nicht etwa Lebertran sei. Er teilte den großen Topf mit mir und Frau Pöllnitz. Beim Abendbrot strichen wir uns davon eine dicke Schicht aufs Brot.

Die Wochen, die ich nun schon in Cottbus verbracht hatte, waren nur so dahingeflogen. Ich fühlte mich wohl bei Frau Pöllnitz, die Lesungen an der Fachhochschule waren interessant und das Praktikum war wirklich eine Leichtigkeit für mich. Jedes Mal, wenn Frau Pöllnitz die Wochenschau hörte, dachte ich insgeheim, wie glücklich ich mich schätzen konnte, dass ich nicht ins Kriegsgeschehen eingebunden war und studierte.

Über Nacht hatte es geschneit. Die Fenster waren mit Eisblumen bedeckt. Der Schnee auf den Dächern von Cottbus glitzerte im fahlen Sonnenlicht. Es war Sonntag. Ein paar wenige Fußspuren konnte ich auf dem Gehsteig erkennen. Die Straßenbahn zog kaum hörbar dahin. Es war Anfang Dezember und viele Studenten sprachen davon, über Weihnachten nach Hause zu fahren. Auch ich hatte das geplant, jedoch nicht damit gerechnet, dass mich mehrere Leute ersuchten, »Geschenke« aus der Schweiz mitzubringen.

Klar, ich wollte auf jeden Fall einige Stangen Zigaretten, Schokolade und Kaffee mit zurücknehmen. Doch die »Geschenke«, die meine Freunde wollten, hatten einen ganz anderen Wert. Erst fragte mich Wolfgang, ob ich ihm eine goldene Uhr mitbringen könne. Ich konnte mich nicht erinnern, wie es kam, aber es war wie verhext, einer nach dem andern fragte mich nach einer Uhr, so auch Frau Pöllnitz, die Bibliothekarin an der Fachhochschule, die Materialverwalterin, auch Wolfgangs Mutter lobte die Qualität der Schweizer Uhren. Ich bekam einen Auftrag von insgesamt zehn Uhren, die ich besorgen musste. Dann wollten die Mädchen Strümpfe und Seidenstoff. Luise bat mich um zehn Meter rosafarbenen Seidenstoff! Wie sollte ich es nur schaffen, alles ins Land zu bringen? Nun, ich wollte es tun für die Menschen, die zu meinen Freunden geworden waren und die mir in ihrer Heimat ein neues Zuhause ermöglicht hatten.

Die wöchentlichen musikalischen Treffen waren eine unterhaltsame Abwechslung zum intensiven Studentenalltag. Ich gewann neue Freunde und bald auch eine neue Freundin. Luise und ich trafen uns ab und zu für einen Spaziergang. Als ich mich am 22. Dezember von ihr verabschieden musste, war ich schon traurig.

»Es sind ja nur zwei Wochen, Enzo«, versuchte sie mich aufzumuntern. Wir versprachen, einander zu schreiben.

Am 3. Januar würde ich zum Schulbeginn an der

Fachhochschule zurückkehren. Doch es sollte alles anders kommen ...

Liebe Luise, Basel, 25. Dezember 1941
zu Hause angekommen, finde ich ein Schreiben vor, das mich über alles in Wut versetzt und frustriert. Das Auslandministerium schickt mir einen Brief der italienischen Armee mit der Aufforderung zum sofortigen Einzug. Da ich italienischer Staatsbürger sei, wenn auch wohnhaft in der Schweiz, müsse ich meiner Pflicht folgen und nach Italien fahren. Ich sprach umgehend bei der Behörde vor, denn ich möchte mein Studium nicht abbrechen und auch meine Mutter und meinen kleinen Bruder nicht alleine lassen. Aber alle Argumente, die ich vorbrachte, wurden abgewiesen. Mir wurde gesagt, dass ich das Studium nach dem Krieg wiederaufnehmen könne, und es wurde mir versichert, dass meine Mutter eine Witwenrente erhält, solange ich kein Einkommen habe. Ich bin immer noch wütend und will es einfach nicht akzeptieren, dass ich bereits nächste Woche nach Italien fahren soll. Ich finde es gemein, dass man mich so bevormundet und mir vorschreibt, was ich zu tun habe. Vor allem bestürzt es mich, dass ich nun, aus heiterem Himmel, das Studium aufgeben soll, da es mir doch so vorkommt, als hätte ich erst damit begonnen. Und dich werde ich besonders vermissen. Ist es nicht ein trauriges Schicksal, dass man so plötzlich getrennt wird von allem, was man liebt? Ich habe mich so heimisch gefühlt bei euch, es war mir, als hätte ich ein neues Zuhause gefunden, eine neue Familie, und durch die vielen Gespräche mit Wolfgang und meinen Mitstudenten entdeckte ich wirklich eine Leidenschaft für das Textilfach

und das Studium, das nun so abrupt beendet wird. Ich kann es nicht fassen! Dazu kommt, dass ich mir überhaupt nicht vorstellen kann, in der italienischen Armee zu funktionieren. Ich habe ja gar keine Rekrutenschule besucht, geschweige denn je ein Gewehr benutzt. Dass ich da jetzt mitmischen soll, geht mir ganz und gar gegen den Strich. Ich will mit dem ganzen Kriegsgeschehen nichts zu tun haben. Diese ungewisse Situation macht mich echt nervös und ängstigt mich. Ich muss am Montag nach Novarra ins Piemont fahren, um dort beim Armeearzt vorzusprechen. Ich werde den Arzt dazu bewegen, mich als kriegsuntauglich einzustufen! Das ist mein Plan.

Drück mir die Daumen, dass ich bald wieder in Cottbus sein kann, und grüße mir deinen Bruder Wolfgang ganz herzlich!

In Liebe, Dein Enzo

Beginn des Militärdienstes
in Rom, 1942

Der Armeearzt drückte sein kaltes Stethoskop auf meine Brust.

»Alles bestens. Sie sind gesund und kräftig und können morgen gleich mit der Rekrutenausbildung beginnen.«

»Besteht die Möglichkeit, dass Sie mich als unfähig einstufen könnten?«, fragte ich.

Der Arzt schaute mich überrascht an. Er war mittleren Alters, klein und hager. Am Kragen seines Kittels standen dünne Haarsträhnen ab. Sein ausgemergeltes Gesicht war von tiefen Falten überzogen.

»Ich bin in der Schweiz geboren und aufgewachsen. Außer den Ferien, die ich bei meinen Verwandten in Italien verbringe, habe ich keinen Bezug zu diesem Land. Dazu kommt, dass ich mein Studium abbrechen und meine erst kürzlich verwitwete Mutter und meinen kleinen Bruder alleine lassen müsste. Wenn ich hier im Militärdienst bin, kann ich mich nicht um sie kümmern geschweige ihnen finanzielle Hilfe leisten. Und es besteht ja auch in Italien ein Gesetz, dass der älteste Sohn einer Witwe keinen Militärdienst leisten muss. Es ist mein Recht, *Dottore*!«, versuchte ich ihn zu überzeugen.

»Mein Lieber, wir sind im Krieg und da gelten andere Gesetze.« Nervös spielte er mit seinem Stethoskop, dann wandte er sich ab und setzte sich an den Schreibtisch.

Das Unverständnis des Arztes machte mich wütend.

»Ich bitte Sie eindringlich, stellen Sie mir ein Arztzeugnis aus, das meine Unfähigkeit belegt! Ich leide auch öfters an Erkältungen.«

Ungeduldig erhob er sich und seine Stimme wurde laut. »Es tut mir sehr leid für Sie und Ihre verwitwete Mutter, aber meine Hände sind gebunden. Ich muss meiner Pflicht folgen. Mein junger Herr, wir befinden uns im Krieg! Sie können sich glücklich schätzen, dass Sie in Italien bleiben können und nicht an die Ostfront geschickt werden.«

Verärgert und mit einem Gefühl der Machtlosigkeit saß ich im Zug nach Rieti. Ich war zur Luftwaffe eingeteilt worden, um während der kommenden zwei Monate eine Rekrutenausbildung zu absolvieren. Dieser verdammte Krieg! Ich habe doch überhaupt nichts damit zu tun. Ein Hosenscheißer war er, dieser Armeearzt, der Angst um seinen Ruf hatte. Er war schuld, dass ich mein Studium abbrechen muss! Ich hätte ihn bestechen sollen. Wir sind doch in Italien, Mensch, jetzt ärgerte ich mich noch mehr darüber, dass ich nicht auf den Gedanken gekommen war, ihm mit einem großzügigen Geldbetrag zu schmeicheln. Bestimmt hätte er es angenommen und mich laufen lassen. Ich Dummkopf! Geld hatte ich ja doch dabei, genug sogar. Je mehr ich über die Situation nachdachte, umso aufgebrachter wurde ich. Ich hätte mir die Haare ausreißen können, dass ich meine Zukunft so unüberlegt ans Militär und an den Krieg verschenkte. Verbittert stellte ich fest, dass ich die Situation nicht ändern konnte. Diese Chance war verpasst!

Ich versuchte mich mit der Vorstellung zu beruhigen, dass der Armeearzt mich wegen Bestechung hätte anzeigen können. Man hätte mich in den Knast gesteckt oder, noch schlimmer, in ein Arbeitslager.

In der Rekrutenschule in Rieti, nordöstlich von Rom, wurden uns beim ersten Morgenappell alle Reisepässe und Identitätskarten weggenommen. Ich erhielt nun einen Ausweis der italienischen Armee.

Die Zeit dort verging langsam und mühsam. Die einzigen erfreulichen Momente boten die Briefe von Luise. Sie schrieb mir oft und auch ich ihr. Ich freute mich sehr, wenn Post von ihr eintraf, und ich konnte es kaum erwarten, in einer ruhigen Pause ihre ausführlichen und unterhaltsamen Briefe zu lesen. Wolfgang schrieb auch immer ein paar Zeilen dazu, welche mich jedoch mehr schmerzten als freuten. Die interessanten Vorlesungen, die er bis ins Detail beschrieb, verstärkten noch mehr meinen Wunsch, möglichst schnell wieder dorthin zurückzukehren.

Die Briefe meiner Mutter wirkten tröstend und ermutigend. Sie schrieb, dass ich mir keine Sorgen machen solle und dass sie alles ganz gut alleine schaffe. »Konzentriere dich auf das, was du tun musst, dann wird die Zeit schnell vorbeigehen und der Krieg hoffentlich bald ein Ende nehmen.«

Die Einteilung der Rekruten wurde vorgenommen.

Ich wurde vom Luftfahrtministerium als Dolmetscher nach Rom zum Flughafen Centocelle beordert.

»Willkommen in Rom, Enzo Dorigo! Ich bin *Tenente* Rossi. Ich freue mich, dass Sie bei uns sind. Setzen Sie sich. Möchten Sie einen Kaffee?«

»Gerne!«

Der Leutnant rief nach seiner Assistentin, dann offerierte er mir eine Zigarette. Er lehnte sich gemütlich in seinen Bürostuhl zurück. Was für eine nette Begrüßung von meinem Vorgesetzten! Er blickte interessiert durch seine schwarze Hornbrille und lächelte.

»Sie kommen aus der Schweiz und haben Verwandte in Sizilien, habe ich gehört?« Er schien gut informiert zu sein. »Ich bin froh, jemanden an meiner rechten Hand zu haben, der Deutsch spricht. Es gibt Schwierigkeiten zwischen unserer Einheit und den Deutschen. Ich bin überzeugt, dass Sie da ein gutes Verhältnis schaffen können. Bitte teilen Sie mir mit, wie sich die Gespräche abspielen. Wenn Ihnen etwas auffällt, sagen Sie es mir.«

»Ja, auf jeden Fall, Herr Leutnant!« Ich fragte mich, was das sollte und ob ich jetzt zum Spion ernannt wurde.

Als könnte er meine Gedanken lesen, sagte er: »Machen Sie sich keine Sorgen, es geht wirklich nur um einen guten Umgangston. Maurizio wird Sie in Ihre Arbeit einführen.« Er überreichte mir einen Umschlag. »Darin finden Sie Ihren Dolmetscherausweis. Tragen Sie ihn stets bei sich und weisen Sie sich damit aus.«

Das Gebäude für die Lebensmittellagerung befand sich gleich neben dem Militärflughafen Centocelle. Maurizio stand dort am Eingang. Er war kleiner als ich, wirkte aber kräftig und stark.

»Schön, dass du perfekt Italienisch sprichst. Ich musste mich bisher mit einem Deutschen herumschlagen, der nur vorgab, Italienisch zu sprechen. Ich konnte jedoch kaum verstehen, was er sagte. Stell dir vor, er hat sich bei Tenente Rossi beschwert, dass ich ihn nicht verstehe.« Maurizio machte eine abschätzige Handbewegung. »Der Deutsche schrie mich an und sein Kollege lachte mich aus. Ich wusste, dass sie über mich lästerten. Dann sagte er so etwas wie *Aslok*.«

Ich konnte einen Lacher nicht verkneifen. Die Art und Weise, wie Maurizio das Schimpfwort aussprach, war zum Schreien lustig.

»Lach mich nicht aus!« Maurizios Wangen röteten sich. Wütend funkelten seine schmalen dunklen Augen unter den buschigen Augenbrauen, die über der Nase zusammengewachsen waren. »Nun sag schon, was meinte er damit?«

Ich spürte, wie er einem Wutausbruch nahekam, aber was konnte ich schon dagegen tun?

»*Fanculo*.«

Maurizios Nacken verkrampfte sich. »Ich werde dem Deutschen nächstes Mal eine in die Fresse hauen!«

Verärgert schritt er vor mir durch die Lagerhalle. Jetzt war mir klar, warum ich die Gespräche abhören sollte. Das Verhältnis zwischen den Deutschen und

Italienern war bedenklich. Beide Seiten verhielten sich respektlos, und das nur wegen sprachlicher Barrieren. Das war doch lächerlich! Ich sah den aufgebrachten Maurizio vor mir, der einem zackigen Deutschen gegenüberstand, und erkannte: Es war nicht nur die Sprache, vielmehr das Aufeinandertreffen zweier unterschiedlicher Kulturen. Südländer trafen auf Nordländer. Italienisches Temperament stieß auf deutsche Arroganz. Ich warf einen kurzen Blick auf die unvollständigen, unleserlichen Inventarlisten und konnte mir ausmalen, wie die Deutschen darauf reagierten. Erst recht die deutsche Wehrmacht, in der Korrektheit und Perfektion oberstes Gesetz war.

Ich wusste gleich, dass ich mich mit den Deutschen anfreunden würde. Ich sprach nicht nur ihre Sprache, ich verstand ihre Natur und ihren Sinn für Ordnung und Zuverlässigkeit. Genauso erkannte ich mich selbst in den Italienern. Ihre Lebensart war mir vertraut. Lebensfreude und Herzlichkeit waren mir in die Wiege gelegt worden. Mir war in diesem Augenblick bewusst, dass ich nicht nur beide Sprachen beherrschte, ich trug zwei Heimaten in mir. Fühlte ich mich in der einen zu Hause, sehnte ich mich gleichermaßen nach der anderen.

»Reg dich nicht auf, Maurizio! Ich werde mich von nun an um die Deutschen kümmern.«

Maurizio blieb stehen. »Ich bin wirklich sehr glücklich darüber. Bestimmt kannst du für deine Dienste eine kleine Gegenleistung erwarten.« Er kniff dabei ein Auge zu.

»Klar, das mach ich doch. Zigaretten vielleicht?«

Ein Lächeln huschte über sein Gesicht.

»Komm, ich zeige dir die Lagerhallen!«

Er erklärte mir ausführlich, wo welche Lebensmittel gelagert wurden. Einmal die Woche wurden frisches Gemüse, Kartoffeln und Eier geliefert. Ich musste die Lieferscheine kontrollieren und den Deutschen die gewünschten Lebensmittel aushändigen.

Wir erreichten eine große Lagerhalle, in der sich die Kisten meterhoch der linken Wand entlang stapelten.

»*Maurizio, ciao! Come va?*«

Maurizio winkte dem Fahrer zu. »*Ti piace la macchina?*«, witzelte er. »Mein Freund Tomaso. Er fährt die halbe Arbeitszeit auf dem Transportwagen herum. Hier werden tonnenweise Lebensmittel rangiert, aussortiert und auf die Wagen verladen. Hinter dem Gebäude stehen die Lastwagen, die das Material an die Truppen verteilen. Manchmal musst du hier Inventar aufnehmen beziehungsweise kontrollieren, wo welche Ladung hinkommt. Die Deutschen holen dann die Lebensmittel ab.«

»Wo befindet sich das Büro?«, erkundigte ich mich.

»Im zweiten Stock. Dort wirst du die meiste Zeit verbringen, nehme ich an, denn es gibt viel Papierkram zu erledigen. Aber wenigstens müssen wir nicht im Dreck herumtoben wie die Infanteristen.«

»Ja, ich bin ganz deiner Meinung. Ich finde es auch nicht schlecht, dass ich hier arbeiten kann. Muss ich den Papierkram übersetzen?«

»Keine Ahnung! Das kann dir Tenente Rossi genauer erklären. Ich sehe schon, du wirst ein guter Verbindungsmann, Enzo!«

Maurizio schien auf einmal guter Laune zu sein. Er erzählte mir, dass seine Familie in Rom wohne und seine Eltern im Zentrum ein Hotel führten.

»Das ist ja praktisch. Du kannst Urlaub gleich um die Ecke machen. Ich habe einen Cousin hier in Rom. Er ist Priester im Vatikan.«

Maurizio blieb abrupt stehen und schaute mich unvermittelt an. »Dein Cousin ist Priester im Vatikan? Da kannst du dich glücklich schätzen! Familien, die eine Verbindung zum Vatikan haben, sind in Rom sehr angesehen«, sagte er ehrfürchtig.

Ich hatte jetzt einen Stein bei ihm im Brett.

Die Bürotätigkeit war eine leichte Arbeit und mir blieb genügend freie Zeit, die Stadt zu erkunden. In einem klapprigen Bus fuhr ich in Richtung Zentrum. Die sommerliche Wärme ließ Urlaubsstimmung in mir aufkommen.

Durch die schmutzigen Fensterscheiben konnte ich das Kolosseum erkennen. Ganz spontan stieg ich an der nächsten Bushaltestelle aus und holte mir eine Eintrittskarte. Durch die Ausgangsbögen zu den Tribünen drang das warme Sonnenlicht. Ich stellte mir vor, wie sich die Menschenmassen durch diese Gänge gedrängt hatten, wie sie sich nach außen auf die Tribünen schoben und in Ekstase mit den tausenden anderen Menschen vermengten, wie sie kreischten, als die kraftvollen, muskulösen Gladiatoren erschienen. In dem Moment, in dem einer von ihnen in die Arena trat, war er der Held, der Angebetete, das lustvolle Objekt. Wie fühlte er sich unter den gierigen Blicken der Zuschauer? Die lauten Zurufe spornten ihn an, er wusste, es ging um Leben und Tod.

»Verzeihung, Signore, wir schließen in zehn Minuten!«

Schade, dachte ich. Aber ich werde zurückkommen und mir alles in diesem gewaltigen Bau anschauen. Ich ging zum Ausgang und stieg in den nächsten Bus zum Petersdom.

Der Petersplatz war belebt. Soldaten standen um den Obelisken herum, der das Zentrum des Platzes dominierte. Eine Gruppe von Ordensschwestern versammelte sich an einem Brunnen. Gegenüber, auf der anderen Seite, genau symmetrisch angepasst, lag der andere Brunnen. Kinder rannten um ihn herum und jagten die Tauben.

Ich war überwältigt. Riesige Säulenarkaden bogen sich wie schützende Arme um den Platz und führten symmetrisch zum Dom. Der Klang der tiefen Glockenschläge verbreitete sich majestätisch über die gewaltige Fläche. Ein Bogen korinthischer Säulen bildete die Fassade der Peterskirche. Darüber erhoben sich dreizehn Statuen, die die Apostel mit Christus und Johannes dem Täufer darstellten. Staunend wandelte ich durch die Kolonnade zu den Treppen, die zum Eingang der Domkirche führten. Das große Kirchenschiff war von breiten Gängen umgeben. Ich blieb vor der Pietà stehen. Bisher hatte ich die Marmorskulpturen von Michelangelo nur von Bildern gekannt. Meine Mutter bewahrte ein kleines Bild der

Pietà in ihrem Gebetbuch auf. Allein schon dessen Abbildung hatte mich fasziniert. Die Skulptur jedoch in Wirklichkeit und von Nahem zu betrachten, war großartig. Was für ein Meisterstück! Jede Ader, jeder Muskel war perfekt aus dem Stein herausgemeißelt. Die Trauer Marias über den Tod ihres Sohnes sprach aus ihrem Gesicht und der tote Körper Jesu war unglaublich realistisch dargestellt.

Ich schritt vorbei an der Petrus-Statue und gelangte unter die Kuppel. Winzig klein fühlte ich mich unter diesem monumentalen Gewölbe. Auf goldenem Hintergrund zeigten große Mosaike die vier Evangelisten. Kaum vorstellbar, wie damals diese Kuppel gebaut und in schwindelerregender Höhe ausgestaltet wurde. Ich ging zum Baldachin, der das Grab des Apostel Petrus überspannte. 77 Öllampen reihten sich darum. Das Lichtermeer verströmte eine andächtige Atmosphäre. Ich setzte mich auf eine Bank und dachte an Roberto, der hier seinen Wirkungsort hatte. Fast etwas neidisch fühlte ich mich ihm gegenüber. Er war in dieser Oase von Harmonie und Stille tätig, während draußen der Krieg tobte. Dann aber schwand der Neid so schnell, wie er gekommen war, denn trotz allem wollte ich nicht Priester sein. Es war eine Bestimmung und Roberto war wie geschaffen dafür.

Ich ging zurück über den Platz und bog neben der Via Romana in eine schmale Gasse ein. Ein Schweizer Gardist stand dort in blauer Uniform vor einer unscheinbaren Eingangstür.

»Guten Tag. Ich habe eine Verabredung mit Monsignore Roberto Dorigo.«

Man führte mich durch einen langen Gang. Rote, dicke Teppiche verschluckten das Geräusch unserer Schritte. Die Atmosphäre war ruhig, still, fast andächtig.

Roberto empfing mich mit überschwänglicher Herzlichkeit. »Darauf müssen wir anstoßen, dass mein Schweizer Cousin in Rom stationiert ist!« Er holte zwei Gläser und eine Flasche Grappa aus dem Schrank.

»Schweizer bin ich immer noch nicht, sonst wäre ich nicht hier, Roberto. Aber ich freue mich natürlich, dich zu sehen und alle Neuigkeiten über unsere Familie zu erfahren. Trotzdem wäre ich lieber in Deutschland geblieben, um mein Studium zu beenden.«

»Ich kann dich gut verstehen. Wir alle hassen diesen Krieg. Luca ist als Jagdpilot unterwegs. Er ist bei der Jagdfliegerschule in Castiglione stationiert und hat eine leitende Funktion in seinem Regiment«, erzählte er.

»Dann hat er es geschafft, sein Traum ist wahr geworden. Schon als kleiner Junge sprach er davon, Pilot zu werden.«

»Die Familie ist stolz auf ihn, außer mein Vater, du weißt schon, er mag es nicht, dass Luca sich im Militär einen Namen macht. Für Luca ist es reine Karriere, er gibt nichts aufs Militär. Er hat einfach Spaß am Fliegen und du kennst ihn ja: Er ist ein Träumer. Er mag ja die Deutschen nicht und schon gar nicht die Faschisten. Aber er ist total angetan von den Jagdflugzeugen und sieht darin keine Gefahr. Im Gegenteil, er denkt sich nicht viel dabei. Es ist diese Geschwindigkeit und die Freiheit in der Luft, die ihn faszinieren. Es ist wie eine Droge für ihn. Kürzlich war er übers Wochenende hier. Er hat nur so geschwärmt von seiner Arbeit. Ich mache mir ein wenig Sorgen um ihn, aber es hat keinen Sinn. Er ist nun mal der Draufgänger.« Roberto schenkte uns nochmals ein. Wir tranken den Grappa in einem Zug. Er erzählte von seiner Arbeit, vom Vatikan, dem neutralen Fleck inmitten des Kriegsgeschehens. »Wenn du irgendwelche Probleme hast oder wenn dir etwas zustoßen sollte ... hier bist du sicher!«

»Danke, Roberto. In der Lebensmittelzentrale wird nicht viel los sein. Ich bin ja eigentlich froh, dass ich in einem Büro sitzen kann und nicht für den aktiven Dienst eingeteilt wurde. Nur, die italienische Militärpost scheint gar nicht zu funktionieren. Die Briefe meiner deutschen Freundin benötigen fast einen Monat, bis ich sie erhalte und meine Briefe scheinen überhaupt nicht anzukommen. Es ist ärgerlich. Man schreibt etwas, was dann aber nach zwei Monaten schon so veraltet ist, so dass es gar keinen Sinn macht, es überhaupt mitzuteilen. Ich muss mir etwas ausdenken.«

»Was gäbe es denn sonst für einen Weg? Vielleicht mit der Luftpost der Fliegertruppen. Aber wie soll das funktionieren?« Roberto lachte laut auf. »Entschuldige, Enzo, ich will mich nicht lustig machen. Nur, ich kann dir da leider auch nicht helfen. Man müsste ja gerade einen deutschen Postkonvoi erwischen, der dir deine Briefe nach Deutschland mitnimmt. Vielleicht kann dir die deutsche Einheit bei der Lebensmittelzentrale weiterhelfen? Oder du übergibst deine Briefe einem Soldaten, der sie dann für dich verschickt.«

»Roberto, du hast mich eben auf eine sehr gute Idee gebracht! Ich brauche sie gar nicht einem deutschen Soldaten zu übergeben, ich werde sie eigenhändig per deutscher Armeepost verschicken. Klasse, ich danke dir! Ich muss gehen. Hör mal, ich führ dich aus, in die Trattoria dell'Orso, am Samstagabend!«

Ich freute mich so sehr über die Idee mit dem Briefversand, dass ich mich gleich auf den Weg machte. Als Roberto die deutsche Post erwähnte, erinnerte ich mich, dass sich beim Hauptbahnhof ein deutscher Armeebriefkasten befand, gleich neben dem Seiteneingang. Ich wollte mich beeilen, damit ich einen Brief noch fertigschreiben konnte, und dann ab die Post!

Liebe Luise, Rom, 14. Juli 1942

ich hoffe, dass dich dieser Brief nun schneller erreicht. Ich werde ihn in einen deutschen Militärbriefkasten am Hauptbahnhof in Rom stecken. Mein Cousin Roberto hat mich auf die Idee gebracht. Bitte berichte mir, wann du ihn erhalten hast. Ich hoffe, es geht dir besser. Wie lange musst du noch Bettruhe halten? Ich denke oft an dich und wünsche mir, dass du dich schnell von deiner Grippe erholst.

Meine Arbeit im Büro ist nicht anstrengend. Es gibt viel Papierkram zu erledigen, ich muss Inventare der Lebensmittel aufnehmen und Übersetzungen machen. Heute habe ich meinen Cousin Roberto, der Priester im Vati-

kan ist, getroffen. Das war eine schöne Abwechslung. Ich wünsche dir von ganzem Herzen gute Besserung. Es muss bestimmt langweilig sein, die Tage im Bett zu verbringen. Grüße deinen Bruder Wolfgang auch ganz herzlich von mir.

In Liebe, Dein Enzo

Ich schob den Brief hastig in einen Umschlag, zusammen mit den anderen Briefen. Dann holte ich ein Fahrrad aus dem Lagerraum und fuhr zum Hauptbahnhof. Ein Zug aus Mailand war eben eingetroffen. Menschen drängten sich mit Gepäck zum Ausgang, andere drückten sich durch die Waggontüren und wer schnell genug war, erwischte noch einen Sitzplatz, bevor der Zug weiter nach Kalabrien fuhr. Ein junger italienischer Soldat hing aus dem Fenster, um seine Frau zum Abschied zu küssen. Ich schob mein Fahrrad vor mir her. In dem Gewimmel konnte ich den Briefkasten kaum ausmachen. Dann erinnerte ich mich, dass er hinter einer Säule angebracht war. Perfekt. Das Fahrrad lehnte ich an einen Pfosten. Ich schaute mich kurz um, dann zog ich den Umschlag aus meiner Jackentasche und schob ihn durch den Schlitz. Ich blickte nochmals aufmerksam um mich. Niemand schien es bemerkt zu haben. Beschwingt und guter Dinge radelte ich zurück zu unseren Baracken.

Maurizio saß gemütlich auf seinem Bett.

»Enzo, komm, setz dich zu mir. Hast du vielleicht eine Zigarette für mich? Ah, *amico*, du bist uns ein Juwel!« »Gestern hat mir Gustav zwei Päckchen zugesteckt. Kennst du Gustav?« »Ja, *Gustavo*. Er hat mir eine Tafel Schokolade geschenkt, einfach so. Er sagte, die Militärschokolade sei nicht essbar. Ich fand sie alleweil noch genießbar, sogar meine Mama hat davon gegessen.«

»Das wird ja wohl etwas heißen, wenn deine Mama davon gegessen hat«, schmunzelte ich.

Befriedigend lauschte ich Maurizios Geplauder. Seit ich die Gespräche mit den Deutschen führte und dolmetschte, zeigte er sich von seiner umgänglichen, freundlichen Seite.

Ein barsches Klopfen ließ uns aufschrecken.

»*Entre!*«, rief Maurizio und sprang auf.

In der Tür stand Corporale Nunzio. »Enzo Dorigo, machen Sie sich sofort auf zum Kommandoposten!«

Maurizio schaute mich fragend an. Ich grüßte straff und folgte dem Korporal. Sein schneller Marschschritt verunsicherte mich. Kein Wort wechselte er mit mir. Im Hauptquartier stand ich Tenente Mazarone und vier anderen Militärs gegenüber.

»Enzo Dorigo, Sie werden der Spionage verdächtigt. Corporale Zizzi hat Sie dabei ertappt, wie Sie Ihre Korrespondenz über die deutsche Militärpost erledigten. Erklären Sie sich! Sie gehören der italienischen Armee an und haben nichts mit der deutschen Post zu tun!«

Mein Gott, schoss es mir durch den Kopf. Es hat mich tatsächlich jemand verpfiffen!

»Ich ..., ich habe nur einen Brief an eine Freundin in Deutschland aufgegeben«, versuchte ich mich unsicher zu erklären. Die vier Soldaten lachten auf.

»Ruhe!« Der Leutnant schaute mich durchdringend an. »Eine deutsche Freundin? Das müssen Sie mir genauer erklären!«

Es war mir peinlich, die Einzelheiten zu schildern, und ich kam mir vor wie ein Schuljunge, der sich einen schlechten Streich erlaubt hatte. Nur, es wurde ernst. Man beschuldigte mich der Spionage. Ich wurde 24 Stunden unter Arrest gehalten, in einer Militärbaracke unter Aufsicht zweier Soldaten. Abends musste ich in einem zweistündigen Verhör die Geschichte meiner Familie und meiner Kindheit erzählen, die Namen und Wohnorte aller Verwandten in der Schweiz und in Italien angeben.

Wenn das nur nicht noch mehr Konsequenzen haben würde und ich im Knast landete. Langsam bekam ich es mit der Angst zu tun. Das Schlimmste, was ich mir vorstellen konnte, war, dass meine Familie in den Schlamassel hineingezogen wurde. Als ich die Namen meiner sizilianischen Verwandten nannte, wurde der Korporal hellhörig.

»Vittorio Dorigo ist Ihr Großvater?« Der Korporal schmunzelte. »Der Dorigo-Marsala ist der beste im Land.« Er räusperte sich und sein schnauzender Gesprächston wechselte im Nu in eine freundliche Stimmlage. »Nun, Enzo, Ihre gesetzwidrige Handlung hat Konsequenzen. Wir werden Sie versetzen. Wir können Ihre sprachlichen Fähigkeiten anderswo gut gebrauchen. Das Luftfahrtministerium beordert Sie nach Lampedusa. Dort wird eine Radarstation der Deutschen aufgebaut. Sie werden als Dolmetscher eingesetzt und müssen die italienische Einheit in den Gebrauch dieser Anlage einführen. Der deutsche Radarspezialist wird sie vor Ort in Kenntnis setzen. Und wenn Sie das nächste Mal nach Sizilien fahren, bringen Sie mir eine Flasche Marsala Ihres Großvaters mit. Das ist ein Befehl!«

Endlich wurde ich entlassen. Ich fühlte mich elend. Man behandelte mich wie einen Straftäter. Schon vor Jahren waren unter Mussolinis Militärregime Verbrecher nach Lampedusa verbannt worden, einem Eiland vor der Küste Afrikas, abseits jeglicher Zivilisation. Ich konnte es nicht fassen, dass ich dorthin abgeschoben wurde.

Ich packte meine Sachen und verabschiedete mich von Maurizio.

»Der Leutnant will dich noch sehen, bevor du gehst. Ach Mensch, Enzo, ich werde dich vermissen! Jetzt muss ich mich wieder mit den Deutschen rumschlagen. Ich hoffe, sie werden dich bald zurückbeordern. Komm doch auf einen Urlaub zu mir nach Hause. Du kannst jederzeit bei meiner Familie wohnen.«

»Das werde ich gerne machen, Maurizio. Pass auf dich auf!«

Niedergeschlagen trottete ich zum Büro des Vorgesetzten.

»Es tut mir leid, dass Sie versetzt werden. Was für eine Bloßstellung, da Sie doch jetzt ein freundschaftliches Verhältnis zwischen den militärischen Einheiten hier in der Zentrale geschaffen haben. Ich bedaure es wirklich, Sie nach Lampedusa abgeben zu müssen.«

Er sah müde und überarbeitet aus. Es war mir peinlich und wieder überkam mich das ärgerliche Gefühl, zu viel aufs Spiel gesetzt zu haben. Freundliche Vorgesetzte wie Leutnant Rossi waren rar gesät. Auch Maurizio, der Jähzornige, hatte sich mehr und mehr entspannt. Er wollte sogar ein paar Brocken Deutsch lernen, vor allem weil es ihm den Vorteil brachte, etwas von den Soldaten zu bekommen. Bald merkte er jedoch, dass auch die Deutschen nur Menschen waren, junge Männer wie er. Er hatte auch mich und Gustav einmal zu sich nach Hause eingeladen. Wir wurden so herzlich empfangen und bewirtet, als gehörten wir zur Familie.

Ich trat von einem Fuß auf den anderen. Mir war bewusst, dass Leutnant Rossi äußerst enttäuscht über mich war. Trotzdem hatte ich gute Karten in der Hand. Er brauchte mich als Dolmetscher genauso wie die militärische Einheit in Lampedusa. Sie waren alle abhängig von uns Übersetzern.

»Ich würde mich freuen, wenn Sie mich bald wieder zurückbeordern könnten. Bestimmt werde ich nur für kurze Zeit auf der Insel gebraucht. Ich nehme an, Sie können das veranlassen.«

Der Leutnant schüttelte den Kopf. »Was auch immer vorgefallen ist, ich weiß, dass Sie ein intelligenter junger Mann sind. Sie sind ein Talent! Sprachvermittler wie Sie sind rar gesät. Leider kann ich nicht darüber bestimmen, wann Sie zurückkommen können, aber ich werde in ein paar Wochen meinen Vorgesetzten darauf ansprechen.«

90

Lampedusa, Herbst 1942

Ich hatte mich allmählich an den Gedanken gewöhnt, dass ich mich auf eine abgelegene Insel begeben musste. Nach langem Abwägen der Vor- und Nachteile kam ich zu dem Schluss, dass es doch auch Positives gab. Ich war abseits des Kriegsgeschehens und befand mich direkt am Meer. Meine Freizeit konnte ich mit Schwimmen und Fischen verbringen und nach Sizilien zum Urlaub bei meinen Verwandten war es nur ein kleiner Sprung.

Das Boot glitt langsam durch die Wellen. Der Himmel war wolkenlos und das helle Sonnenlicht glitzerte auf dem Wasser. Ich fühlte mich irgendwie frei, unbeschwert, ja fast in Urlaubsstimmung. Geschäftiges Treiben herrschte auf dem Boot. Deutsche Soldaten wurden, bevor wir nach Lampedusa weiterfahren würden, nach Pantelleria gebracht. Dort befand sich ein großer Flughangar. Wir näherten uns dem Hafen.

Der Trupp wurde von einem Offizier begrüßt und instruiert. Wer würde mich wohl abholen? Wahrscheinlich keiner, stellte ich missmutig fest. Ich gehörte weder einer deutschen noch einer italienischen Einheit an. Meine Vorgesetzten saßen in Rom. Lautes Rufen ertönte. Italienische Soldaten bestiegen jetzt das Boot. Wir mussten zusammenrücken, damit genug Platz für alle war.

»Eh, dich kenne ich nicht. Wer bist du?«, fragte mich ein Bootsgefährte.

»Ich bin Enzo. Und wer bist du?«

»Marcello. Du siehst noch so frisch und unverbraucht aus. Bist du erst eingezogen worden?«

»Nein«, sagte ich lachend. »Ich komme eben vom Urlaub in Sizilien zurück. Ich war in Rom und muss jetzt auf Lampedusa Dienst leisten, als Übersetzer.«

»Klasse, Kamerad, wir sind auf demselben Weg. Wir sind auch auf Lampedusa stationiert. Wir überwachen, was an der afrikanischen Küste abgeht. Hast du Zigaretten?«

Ich öffnete meine Jackentasche und holte ein Päckchen hervor.

»*Amico*, vielen Dank. Zigaretten sind rar geworden. Wir müssen sparsam damit umgehen. Auf der Insel erhältst du gar nichts. Wir haben ein paar Kisten Wein, Konserven und Zigaretten mit, damit wir fürs Erste über die Runden kommen. Die Deutschen scheinen da besser eingedeckt zu sein, stimmts, Michele?«

»Ja, absolut. Ständig rauchen sie und einmal sah ich sie abends mit Bierflaschen in der Hand. Dummerweise kann ich kein Deutsch, sonst hätte ich einen von ihnen gleich gefragt, ob ich wenigstens einen Schluck davon haben könne.«

Alle lachten. »Ach, Michele, Bier ist doch nur was für die Deutschen. *Vino, vino, amore mio!* Was gibt es Besseres, abgesehen vom Grappa, der mich etwas schneller ins Delirium katapultiert. Sag mal, Enzo, wie lange wirst du denn bleiben?« Da wurde das Gelächter noch lauter.

»Sergio, du bist wohl schon betrunken«, erwiderte Marcello.

»Was für eine dumme Frage! Weiß doch jeder, wie lange wir bleiben müssen, oder müssen wir dir in politischen Fragen etwas nachhelfen? Der große Feind rückt näher und wir sind die Köder für ihn«, meinte Michele.

»Ach was, Köder. Wir wehren ihn ab. Ganz klar!«

»Sergio, du bist wohl unter die Träumer gegangen. Abwehren! Alles Unsinn, dummes Geschwätz, ätzende Propaganda der Herren von der Regierung. Wir und abwehren! Weißt du, wie stark deren Armee ist? Weißt du überhaupt, wie viele Soldaten allein die Amerikaner stellen können? Da können wir gleich einpacken!« Michele wurde immer lauter.

»Beruhige dich, *amico*.« Marcello legte freundschaftlich seinen Arm um ihn. Die Stimmung wurde gedämpfter, bis es auf einmal auf dem Boot ganz still war.

»Der verdammte Krieg«, flüsterte Michele leise.

Sergio blieb gelassen. »Wie auch immer. Auf der Insel können wir eine ruhige Kugel schieben. Wer ist denn schon dort?«

»Das ist es ja gerade, *amico*, wir sind dort abgeschottet, ausgesetzt, verbannt! Aber sag mal, Enzo, zu welcher militärischen Einheit gehörst du denn genau?«

Michele schaute mich jetzt freundschaftlich an. Sein Ärger hatte sich etwas gelegt.

»Gute Frage«, sagte ich.

Wieder wurde meine Bemerkung mit schallendem Gelächter beantwortet. »Er ist ein Spion unter dem

Mantel einer italienischen Soldatenuniform! Deinen Akzent kann ich nicht zuordnen, Enzo. Woher kommst du?«, fragte Marcello belustigt.

»Ich komme aus der Schweiz!«

»*Uno Svizzero in Sicilia!* Ich halte es nicht mehr aus! Du willst uns wohl auf den Arm nehmen? Aber eins muss ich sagen, dein Italienisch ist gar nicht so schlecht für einen Alpenländer. Kannst du denn schwimmen?«

Alle hielten sich die Bäuche vor Lachen. Es machte mir richtig Spaß, den Jungs Rätsel aufzugeben.

»Also, Leute, das ist so: Ich bin in der Schweiz geboren und aufgewachsen, meine Familie kommt aber aus Sizilien«, begann ich zu erklären.

»*Ahhh, bravo, bravo, Siciliano!*« Einige Soldaten klatschten Beifall.

»Da ich aber auf dem Papier und in meinem Herzen«, und als ich das sagte, legte ich mit gespielter Ehrfurcht meine rechte Hand auf mein Herz, »Italiener bin ...«

»*Siciliano, amico!*«, rief Sergio belehrend.

»*Siciliano,* natürlich, wurde ich freundlicherweise in den Krieg eingezogen.«

»Was wir doch für eine freundliche Militärregierung haben, nicht wahr? Die gehen bis in den Norden und über die Schweizer Grenze, um die Jungs zu holen. *Fanculo!*« Sergio machte abschätzige Fingerzeichen.

»Ja, dachte ich mir auch«, sagte ich. »Ich komme gerne nach Italien, aber nicht in dieser Uniform. Erst war ich in Rom, am Flughafen Centocelle. Nun schicken sie mich hierher, um bei der Aufstellung der Radaranlage zu übersetzen.«

»Dann wirst du uns in der Handhabung der Radaranlage instruieren?«, fragte Sergio.

»Genau!«

»Willkommen in unserem Kreis, *amico*. Wir freuen uns, einen *Svizzero* bei uns zu haben! Hast du Schokolade dabei?«

Wir näherten uns der Insel Lampedusa. Die schroffe weiße Felsenküste flachte im Osten ab, wo der Hafen in einer geschützten Bucht lag. Palmen reihten sich entlang der Hafenstraße.

Am Quai begrüßten mich zwei deutsche Soldaten.

»Hallo, ich bin Werner. Mechaniker. Und das hier ist Klaus, unser Radarspezialist.«

Wir fuhren in einem offenen Jeep Richtung Westen, zum *Albero Sole*, dem höchsten Punkt auf der Insel. Der Weg führte entlang einer staubigen Schotterstraße und wand sich dann in Serpentinen einen Hügel hinauf. Außer ein paar blühenden Macchiabüschen war die Landschaft karg und von felsigen Schluchten durchzogen. Riesige Kakteen wuchsen entlang der Straße.

»Wir sind so ziemlich alleine hier oben. Die Kommandanten wohnen unten im Hafen. Falls du mal ins Dorf fahren willst, kann ich dich auf dem Motorrad mitnehmen.«

»Werner liebt sein Motorrad«, unterbrach ihn Klaus.

Werner lachte auf und seine weißen Zähne blitzten

aus dem sonnengebräunten Gesicht. Er trug eine moderne Sonnenbrille. Auf seinem rechten Unterarm entdeckte ich eine lange Narbe.

»Was ist passiert?«, fragte ich.

»Ach, das ist schon eine Weile her. Es war eine Auseinandersetzung und jemand versuchte, meinen Arm aufzuschlitzen.« Er grinste, als hätte er einen Witz erzählt. »Es scheint in unserer Familie zu liegen. Mein Vater war Kommandant in Afrika. Bei einer Bruchlandung erlitt er Platzwunden im Gesicht. Nun trägt er auch eine Narbe.«

»Und wo ist dein Vater jetzt?«

»Er ist zu Hause. Er wurde schwer verletzt und sitzt im Rollstuhl.« Werners Gesicht verfinsterte sich. Er steuerte den Jeep geschickt um die Straßenlöcher. Wir näherten uns dem höchsten Punkt, von wo aus man freie Sicht aufs Meer haben würde. Ich dachte über Werners Vater nach. Es musste entsetzlich sein. Mein Vater war tot. Wäre er noch da, dann hätte man ihn bestimmt auch eingezogen. Unvorstellbar.

»Ich komme gerne mal mit auf eine Motorradfahrt über die Insel«, unterbrach ich das Schweigen.

Werner lächelte. »Viel gibt es hier nicht zu sehen. Diese hier ist die einzige Verbindungsstraße zum Hafen, aber wir müssen ja immer wieder mal Besorgungen machen, dann füllen wir den Beiwagen. Das ist sehr praktisch.«

»Wie weit ist es?«

»Es sind etwa zwölf Kilometer vom Hafen bis zum *Albero Sole*. Gleich werden wir oben sein. Hinter den beiden Militärbaracken wird der Radar aufgebaut.«

96

»Wir zeigen dir die Insel von unserem Gummiboot aus«, warf jetzt Klaus ein. »Es ist eine abenteuerliche Küste, Werner, nicht wahr?«

Die beiden nickten geheimnisvoll.

Werner parkte den Jeep vor den Baracken. Erst als ich ausstieg, bemerkte ich die sengende Hitze.

»Wir sind vor der Küste Afrikas, dementsprechend ist das Klima. Aber du wirst dich schnell daran gewöhnen.«

Werner nahm mir den Koffer aus der Hand und führte mich in die Baracke. Es gab eine kleine Küche mit Esstisch und Stühlen, daneben befanden sich die Schlafräume.

»Das Holz zum Kochen und das Trinkwasser werden einmal die Woche geliefert. Wir müssen mit dem Tanklastwagen das Wasser holen und dann in unseren Tank hinter den Baracken pumpen«, erklärte Werner.

»Es ist wirklich ein Eiland. Nicht mal Wasser gibt es auf dieser Insel.«

»Du sagst es. Und du kannst froh sein, dass du nicht in der Sommerhitze herkommen musstest. Es war fast nicht zum Aushalten. Hast du Lust auf eine kleine Inselführung?«

Wir marschierten über die karge Anhöhe. Eidechsen sonnten sich auf den Felsen, die von Macchiabüschen umwachsen waren. Wir befanden uns über den Klippen. Das türkisblaue Wasser war so klar, dass man bis auf den Grund sehen konnte. Werner zeigte auf einen Felsvorsprung.

»Schau dir die Aussicht an! Der schwarze, dünne Streifen am Horizont ist die Küste Afrikas.«

Werner war schon seit zwei Wochen auf der Insel und schien jede Ecke zu kennen. Er erzählte, dass bis jetzt wenig Material eingetroffen sei und wir deshalb noch nicht mit dem Aufbau der Radaranlage beginnen könnten. »In den kommenden zwei Wochen sollte die restliche Ladung eintreffen, dann können wir loslegen. Aber langweilig wird es uns nicht. Da unten liegt ein wunderschöner Strand, dort kann man gut schwimmen. Unserer Einheit gehört ein kleines Gummiboot. Wir haben schon mehrmals die Küste erkundet und versteckte Höhlen und Buchten entdeckt. Dort auf der kleinen Insel, der Isola dei Conigli, gibt es Hasen. Klaus und ich haben uns mal auf die Pirsch gemacht und einen abgeschossen«, erzählte er begeistert.

»Und, habt ihr ihn gebraten?«

»Ja klar!«

»Jetzt verstehe ich, warum die Insel Isola dei Conigli heißt. Kaum zu glauben, dass es auf dieser kleinen Insel Hasen gibt.«

»Und weiter oben am langen Strand laichen Schildkröten. Beim Schwimmen habe ich eine der großen Wasserschildkröten gesichtet. Das war eindrücklich. Sie war riesig!« Er holte eine Tüte mit kleinen Sprengstoffbomben aus seiner Tasche. »In Eigenkonstruktion hergestellt!«, witzelte er. »Lass uns zur Bucht hinuntergehen und dann zeige ich dir, wie hier bei uns gefischt wird.«

Im Gummiboot ruderten wir aus der Bucht hinaus. Als wir ins offene Meer kamen, zog Werner die Ruder ein.

»Bereit?« Er legte eine kleine Sprengstoffbombe in meine Hand und entfachte die Zündschnur. Ich holte aus und schleuderte sie so weit ich konnte ins Meer hinaus. Gleich beim Aufprall detonierte sie mit einem dumpfen Knall. Wir standen gebannt da und suchten mit unseren Augen die Wasseroberfläche ab. Die Wellen, die sich durch die Detonation gebildet hatten, ebbten langsam ab. Unter den dünnen Rauchschwaden zeigten sich immer mehr weiße Fischkörper, die im Auf und Ab der leichten Wellenschläge an die Wasseroberfläche stiegen. Wir zählten sie. Zwanzig Stück! Darunter war ein großer Thunfisch. Mit einem Handnetz hievten wir die Fische ins Boot.

»Enzo, das ist mehr als genug! Was machen wir nun mit all den Fischen? Hunger hab ich schon, aber zwanzig Fische?« Er grinste. Wie kleine Lausbuben freuten wir uns über unseren Fang.

»Ich hab's!«, verkündete ich. »Wir grillen den Fisch bei uns auf dem Albero Sole und laden die italienische Mannschaft zum Essen ein. Es sind etwa zwanzig Männer. Und sie sollen als Gegenleistung Brot und Wein mitbringen.«

»Klasse, Enzo! Prima Idee!«

Ich begutachtete unsere improvisierte Kochstelle in der Baracke.

»Wir müssen in zwei oder drei Schichten kochen. Haben wir auch genügend Holz?« Werner schaute nach. Es waren nur noch ein paar Scheite übrig. »Das ist zu wenig. Was machen wir jetzt?«

Gerade als er die Frage gestellt hatte, trat Klaus in den Türrahmen. »Toller Fang!«

»Ja, aber wir haben eben festgestellt, dass wir zu wenig Holz zum Anfeuern haben. Es gibt ja gar kein Holz auf der Insel.«

»Kein Problem, Freunde. Es gibt Olivenbäume!« Klaus holte eine Axt und machte sich daran, den kargen Olivenbaum hinter der Baracke zu Kleinholz zu schlagen. Klaus war der kräftigste Mann unter uns. Als Bauernsohn in Bayern aufgewachsen, dachte er praktisch und konnte anpacken. Als der Jeep mal nicht mehr ansprang, war er es, der sofort wusste, was repariert werden musste.

Nachdem wir uns bis ins Detail überlegt hatten, wie wir die Fische zubereiten mussten, holte Werner das Motorrad. Es war eine BMW R 75 mit Beiwagen.

»Ich sitze das erste Mal auf einem Motorrad.«

»Na dann, viel Spaß!« Werner schwang sich auf die Maschine und ich nahm hinter ihm Platz.

Die italienische Mannschaft nahm begeistert unsere Einladung an. Wir kauften Zitronen, Zwiebeln und Tomaten beim Gemüsehändler und holten unsere Ration Dosen und Zigaretten ab.

Es war ein Festessen. Wir grillten den Thunfisch, die Doraden und die Sardinen. Den kleinen Tintenfisch kochten wir zunächst im Wasser, dann brieten wir ihn mit Zwiebeln und Olivenöl in einer Pfanne.

Ein italienischer Offizier mittleren Alters stellte sich neben mich.

»*Buona sera!* Was wünschen Sie? Sardinen, Thunfisch, Dorade?« Klaus und ich kümmerten uns um die Fische, Werner schnitt Brot auf und schenkte Wein aus.

»Die Sardinen mag ich am liebsten. Zusammen mit einem Stück Brot gibt es nichts Besseres. Vielen Dank für die leckere Mahlzeit und die nette Gesellschaft. Ich bin Inselkommandant Bernini.«

»*Piacere.* Ich bin Enzo Dorigo. Bitte, bedienen Sie sich!«

»Ich freue mich, Sie kennenzulernen. Sie kommen aus der Schweiz, habe ich gehört.«

»Ja, aber meine Großeltern, Onkel, Tanten und Cousins wohnen in Sizilien. Ich war oft als Kind dort in den Ferien.«

»Wir sind froh, einen Übersetzer auf der Insel zu haben. Auch wenn die deutsche Mannschaft nur für den Aufbau der Anlage bleibt, so ist es jedenfalls vorgesehen, ist es doch sehr hilfreich. Sie sind sehr umgänglich mit beiden Seiten, das ist schön zu beobachten«, lobte er mich.

»Vielen Dank! Ich habe mich wirklich sehr gut mit beiden Mannschaften angefreundet. Woher kommen Sie?«

»Ich komme aus Rom. Meine gesamte Familie wohnt in Rom, leider etwas weit weg. Von hier aus ist es schwierig, Briefkontakt zu halten. Das Postschiff kommt nur ein- bis zweimal im Monat. Ich vermisse meine Familie, aber das tun wir ja alle hier. Umso mehr freue ich mich über diesen gemütlichen Abend. So lässt es sich eine Weile aushalten!«

Liebe Luise, Lampedusa, 24. September 1942

ich bin eigentlich ganz glücklich, dass ich vom Luftfahrt-ministerium auf diese Insel abberufen wurde. Was gibt es Schöneres, als in der Sonne zu liegen, den Blick über das glasklare, blaue Meer schweifen zu lassen und ab und zu ins kühle Nass zu tauchen? So sieht meine Freizeit aus. Die deutschen Soldaten besitzen ein kleines Schlauchboot. Ich habe bereits zwei deutsche Freunde gewonnen: Werner, mit dem ich das Zimmer in der Baracke teile, und Klaus, einen Radarspezialisten. Die Arbeit am Aufbau der Radarstation geht bestens voran. Wir sind täglich für sechs Stunden Dienst eingeteilt. In einer Woche sollten wir damit fertig sein. Dann müssen wir den Luftraum von Malta und Nordafrika beobachten, um feindliche Flugzeuge auszumachen und diese dann über Funk zu melden. Auf dem höchsten Punkt der Insel ist eine Telefonzentrale stationiert. Es ist eine wichtige Kommunikationsleitung. Leider darf ich dir nicht mehr davon erzählen. Wie geht es dir? Hast du dich erholt von deiner Erkältung? Ich denke an dich.

In Liebe, Dein Enzo

Lieber Enzo, Cottbus, 20. Oktober 1942

ich schreibe dir aus dem Bunker. Schon den ganzen Nachmittag verbringe ich hier unten im Kellergeschoss der Feuerwehr. Sirenen heulen, denn die Bomber sind im Anflug. Alle sitzen angespannt auf Decken und Strohsäcken zusammengekauert in diesem dunklen Keller. Eine matte Lampe gibt etwas Licht. Es riecht modrig nach Feuchtigkeit und Kälte. Ich wünschte, ich säße im Keller unseres Familienhauses, aber ich habe es nicht mehr geschafft, nach Hause zu gelangen. Ich wurde gleich von zwei Soldaten hierhergeführt. Sie ließen niemanden mehr auf der Straße. Mama und Papa haben bereits die Koffer gepackt und wollen in den nächsten Tagen nach Westen reisen, zu unseren Verwandten nach Düsseldorf. Mama sagt, man weiß nicht, wie lange die Züge noch fahren. Papa wird sein Schneidergeschäft schließen und mit Wolfgang im Geschäft meines Onkels in Düsseldorf mithelfen. Ich kann dort im Krankenhaus arbeiten. Eine Zusage habe ich bereits erhalten. Leider muss ich auch mein Studium abbrechen, aber ich freue mich, im Krankenhaus nützlich zu sein, und die praktische Arbeit wird ein gutes Lernfeld sein. Ach, ich wünsche mir so sehr, dass dieser Krieg bald zu Ende ist. So viele von unseren Freunden sind eingezogen worden. Ich denke jeden Tag an dich und es macht mich traurig, nicht zu wissen, wie lange wir aufeinander warten müssen. Meine Mama macht sich Sorgen wegen meiner Gesundheit. Du weißt ja, seit Wochen plagt mich ein Husten und eine starke Erkältung und ab und zu habe ich wieder Asthmaanfälle, vor allem im feuchten Keller. Meine Eltern überlegen, ob ich vielleicht in die Schweiz in einen Kurort fahren soll. Ich wehre mich dagegen, denn ich möchte doch wenigstens etwas Sinnvolles in dieser Krisenzeit tun. Wenn ich in einem Sanatorium sitze, dann langweile ich mich nur und bin niemandem nützlich. Übrigens, das Geigenspiel können wir auch nicht mehr ausüben. Unser Kammerorchester gibt es nicht mehr, denn außer Wolfgang und mir sind alle weg, eingezogen oder abgereist. Erinnerst du dich an Daniel? Er war einmal an einer Orchesterprobe mit dabei. Seine Eltern führten ein Juweliergeschäft am Bonnaskenplatz. Es war ein renommiertes Schmuck- und Uhrengeschäft. Es wurde von einem Tag auf den anderen geschlossen und Daniel haben wir seither nicht mehr gesehen. Wir wissen nicht, wo er hingezogen ist. Seine ganze Familie scheint weggezogen zu sein. Man erzählt sich verschiedene Gerüchte, dass sie mit anderen Juden verschleppt wurden. Schrecklich, dieser Gedanke! Ich kann es mir einfach nicht vorstellen, dass eine so angesehene Familie plötzlich weg ist. Mama sagt auch, dass sie sich nicht mehr wohl fühlt in dieser Stadt, seitdem so viele Geschäfte geschlossen wurden. Die Essensmarken werden immer spärlicher und es ist wirklich ein großer Zeitaufwand, Lebensmittel einzukaufen. Oft steht man stundenlang in Warteschlangen an, um das Nötigste zu besorgen. Wenigstens funktioniert die Post, auch wenn es lange dauert. Ich freue mich so sehr über deine Briefe. Sie sind meine größten Schätze, ich lese sie immer und immer wieder und versuche mir vorzustellen, wie du in der warmen Sonne im Meer auf Fischfang gehst. Und dann träume ich davon, bei dir zu sein. Schreib mir bald wieder!

In Liebe, Deine Luise

In den folgenden Wochen wurde die Radaranlage aufgebaut. Die 28 deutschen Soldaten arbeiteten mit den 22 Männern der italienischen Einheit, der Felino-Gruppe zusammen. Erst errichteten wir ein rundes Steingebäude, in dem der Überwachungsposten eingerichtet wurde. Danach mussten wir den Radar, der in Teile zerlegt geliefert wurde, zusammenbauen. Wir platzierten ihn auf dem Steingebäude und stellten die Verbindung zum Bildschirm her. Der deutsche Oberleutnant war tagsüber anwesend, um den

Ablauf zu kontrollieren, abends zog er sich ins Dorf zurück, wo er in der Nähe des Hafens einquartiert war. Dann wurde er von einem italienischen Vorgesetzten abgelöst. Als wir fertig waren, gaben Werner und ich dem italienischen Kommandanten und zwei seiner Gruppe eine Einführung in die Handhabung der Anlage. Während Werner in Deutsch erklärte, übersetzte ich seine Erläuterungen auf Italienisch. Es klappte bestens. Die Anlage wurde daraufhin in Betrieb genommen. Wir arbeiteten rund um die Uhr in drei Schichten.

Mit Hilfe des Radars konnten wir die Luftbewegungen des Mittelmeerraumes über Malta überwachen. Wenn feindliche Flugzeuge gesichtet wurden, mussten wir sofort die deutsche Telefonzentrale alarmieren.

Ich saß mit Klaus vor dem Bildschirm.

»Du hast das Ding bestens im Griff!«, lobte ich ihn.

»Ich musste ja auch sechs Wochen in die Ausbildung. Schon als kleiner Junge liebte ich es, Radios auseinanderzunehmen und dann wieder zusammenzubasteln«, lachte er. »Der neue Freya-Radar ist eine interessante Entwicklung. Wäre er nicht für Kriegszwecke, würde ich sagen, dass es Spaß macht. Ich musste mein Studium an der technischen Uni in München abbrechen. Das nervt mich.«

»Mir ging es ebenso. Wir sind da nicht die Einzigen.«

»Ja, ich weiß. Trotzdem nervt es.«

Der Radar war eine neuere Ausführung. Mit nur

ein bis zwei Meter Wellenlänge konnten mit ihm auch kleinere Objekte erkannt werden.

Ich warf einen Blick auf den Bildschirm. »Klaus, schau dir das an, die dunklen Punkte da.« Die Punkte bewegten sich langsam von der afrikanischen Küste in Richtung Malta und italienisches Festland. Klaus griff blitzschnell zum Telefonhörer.

»Feindliche Flugzeuge über Malta mit Kurs auf Italien!«, rief er in den Apparat. Ich hörte Werners Stimme: »Wird sofort weitergeleitet.« Dann hängte er auf. Die deutsche Telefonzentrale befand sich 400 Meter oberhalb der Radarüberwachung. Die Kommunikationsleitung führte vom deutschen Kriegshauptquartier, der »Wolfsschanze«, nach München, Rom und Taormina, wo Oberbefehlshaber Kesselring stationiert war. Von Sizilien führte sie weiter über Lampedusa nach Nordafrika zum Kommandoposten von Generalfeldmarschall Rommel.

»Enzo, jetzt bist du dran!« Klaus gab mir den Hörer.

Ich musste die Nachricht an die italienische Telefonzentrale am Hafen melden. Innerhalb kürzester Zeit wurden so alle Flughäfen und zivilen Einrichtungen in Italien alarmiert.

Es war früh am Morgen, als ich mich gerade von der Baracke aus in Richtung Radarstation begab, da bemerkte ich einen kleinen Jungen hinter dem Gebäude. Er suchte nach Zigarettenstummeln und hob diese auf.

»He, du da, sag mal, was machst du mit den Zigarettenstummeln?«

Der Junge zuckte zusammen, als er mich sah. Schüchtern antwortete er: »Ich bringe sie ins Dorf. Dort kann ich sie gegen Eier und Mehl eintauschen.« Dann rannte er davon, als ob es ihm peinlich war, dass ich ihn bei seiner Suche erwischt hatte.

Ich erzählte meinen Kollegen von der Begegnung mit dem Jungen. Wir wussten nun, wie man zu Eiern kommen konnte. Unverzüglich sammelten wir die Zigarettenstummel ein und hoben sie in einer Dose auf, bis wir genug hatten, um sie gegen Eier einzutauschen. Der kleine Junge tat mir jedoch leid. Er hatte jetzt kein Einkommen mehr. Ich schlug meinen Kollegen vor, die Hälfte der Zigarettenstummel an ihn abzugeben, er hatte es bestimmt nötiger als wir, Eier zu kaufen.

Eines Morgens klopfte der Junge an meine Barackentür. *Buon giorno*«, rief er. »Commandante Vascello Bernini schickt mich. Ich soll Sie zu ihm bringen, er möchte mit Ihnen sprechen.«

Ich fuhr mit ihm ins Dorf hinunter zum Quartier des Inselkommandanten, der gleich neben dem Strand in einer kleinen Villa untergebracht war. Er saß hinter dem Haus auf der Veranda.

»Enzo, vielen Dank!«, rief er. Dem Jungen sagte er, er könne bei der Köchin Mehl und Eier abholen.

Er schenkte mir einen starken Kaffee ein und erzählte, dass er als Marineoberst das Kommando über den Hafen und den Schiffsverkehr zwischen den Inseln habe. Er erkundigte sich, ob die beiden Mannschaften auf dem Albero Sole auch gut zusammenarbeiteten. Ich berichtete vom kollegialen Verhältnis der beiden Truppen und von der Instandstellung des Radars und der Telefonzentrale. Das Gespräch führte weiter mit der Frage, ob man über die deutsche Militärtelefonleitung auch ins urbane italienische Leitungsnetz gelangen könne.

»Wäre es möglich, dass ich einmal mit meiner Familie in Rom telefoniere?«, fragte er leise. Es war ihm sehr bewusst, dass dies kein leichtes Unterfangen war.

»Das würde ich sehr gerne für Sie organisieren, Commandante, aber ich muss mich da erst bei der Mannschaft der deutschen Zentrale erkundigen, ob das geht. Wenn das so ist, brauche ich wohl noch die Zustimmung des deutschen Kommandanten.« Ich versprach ihm, mich umgehend zu erkundigen.

Es stellte sich heraus, dass es möglich war, von der deutschen Wehrmachtsleitung in Rom ins römische Zivilnetz zu gelangen, und der deutsche Oberleutnant gab mir auch sein Einverständnis für einen Versuch, jedoch unter höchstem Stillschweigen. Berninis Fahrer brachte den Commandante auf den Albero Sole.

»Enzo ich bin Ihnen sehr dankbar, dass Sie mir das ermöglichen.«

Ich führte ihn in das Kabäuschen der Kommunikationsleitung. Werner saß dort am Schreibtisch, auf dem das Funkgerät und die drei Telefonapparate standen.

»Bitte, Herr Kommandant, setzen Sie sich.« Werner und Bernini wählten die Nummern. Gerade als der Commandante das Rufzeichen am anderen Ende der

Leitung hörte, rief Werner: »Halt! Abhängen! Führungsblitzgespräch!« Sofort wurden die Hörer aufgehängt. Gebannt schauten wir auf das rot blinkende Licht.

»Wenn das rote Licht aufleuchtet, wird eine Verbindung des Führers mit Kesselring oder Rommel hergestellt und wir müssen uns alle heraushalten. Die Führungsblitzgespräche sind streng geheim. Wer hineinhört, riskiert sein Leben«, erklärte Werner.

Wir warteten über zwei Stunden, bis wir wieder ins Netz gelangen konnten. Commandante Bernini freute sich sehr, dass er mit seiner Familie sprechen konnte. Bei sechs Besuchen gelang es uns dreimal, für ihn eine Verbindung mit seiner Familie herzustellen.

Es war der 24. Dezember 1942. Weihnachtsabend. Ich machte mich auf zum Postboten unten im Dorf. Wir hatten schon seit einer Woche vergeblich auf das Postschiff gewartet. Meine Mama hatte mir vor zwei Monaten geschrieben, dass sie mir zu Weihnachten ein Paket schicken werde. Auf dem Postamt war ein neuer Beamter im Einsatz.

»Zeig mir deinen Ausweis!«, sagte er streng.

»Ich habe nur mein Dienstbüchlein, mein Pass wurde mir abgenommen.«

»In deinem Dienstbüchlein ist kein Foto von dir. Wie soll ich dir glauben, dass du Enzo Dorigo bist? Ich kann leider deine Briefe nicht annehmen. Das ist Vorschrift. Briefe ins Ausland werden nur mit der Prüfung eines Personalausweises spediert.«

»Bis jetzt wurde mein Dienstbüchlein immer akzeptiert. Und Ihr Vorgänger hat meine Briefe stets angenommen«, entgegnete ich.

Er ignorierte mich und widmete sich weiter dem Stempeln.

»Hören Sie, Signore, meine Mutter ist verwitwet und macht sich Sorgen um mich. Sie erwartet meine Briefe. Bitte, haben Sie doch Verständnis!« Ich hielt ihm eine Zigarette hin.

Ruckartig hörte er auf zu stempeln und nahm die Zigarette an sich. »Nächstes Mal bringst du mir ein ganzes Päckchen! Komm am Nachmittag noch mal vorbei. Das Postschiff wird erst um 17 Uhr eintreffen und vielleicht auch dein Paket.« Er nahm die Briefe und schlurfte damit zum Postsack. Das war meine erste Begegnung mit ihm. Seitdem musste ich ihn mit Zigaretten bestechen.

Schon seit Tagen überlegten wir, wie wir den Heiligabend gestalten könnten. Sergio, der kleine Junge, hatte uns versprochen, Hackfleisch und Kartoffeln zu besorgen. Wir wollten Frikadellen braten und dazu Kartoffelsalat servieren. Ich freute mich richtig auf den freien Tag.

Ich holte meine Badehose und rannte zur Bucht. Werner war ins Boot gestiegen und Klaus ruderte eben aus der Brandung heraus.

»He, wartet auf mich! Ich komme mit!«

Ich sprang durch die Brandung und schwamm das letzte Stück. Erst als ich im Boot, saß bemerkte ich, dass ich vergessen hatte, meine Armbanduhr auszuziehen. Was für ein Ärger! Ich zog sie schnell ab und trocknete sie, aber nach zwei Stunden blieb sie stehen. Salzwasser war ins Gehäuse gedrungen, so dass das Laufwerk beschädigt wurde. Meine geliebte Uhr, die ich zur Firmung von meinen Eltern erhalten hatte, war kaputt. Ich bereute meine Unvorsichtigkeit noch lange, war es doch auch ein Stück Heimat, ein Wertgegenstand und ein ganz persönlicher Begleiter gewesen. Von nun an würde ich auf andere angewiesen sein, um zu erfahren, wie spät es war.

»Enzo, ärgere dich nicht. Wir machen heute einen besonderen Ausflug.«

»Wohin denn?« Wahrscheinlich hatten Werner und Klaus wieder eine Höhle entdeckt.

»Warte ab! Es wird sehr spannend! Bist du ein guter Taucher, Enzo? Lass dich überraschen!« Klaus steuerte das Gummiboot in Richtung der kleinen Isola dei Conigli, die überwachsen war mit Macchiabüschen.

»Wollt ihr einen Hasen schießen?«, fragte ich, bemerkte aber sogleich, dass kein Gewehr im Boot lag.

»Wir fahren zur Ostküste der Insel«, verriet Klaus. Und da sah ich es! Vor uns lag ein gestrandeter Frachter.

»Das ist was, nicht?«, rief Werner begeistert.

»Seit wann liegt der hier?«

»Keine Ahnung, aber wir werden es bald herausfinden.«

Es war mir etwas mulmig zu Mute, als wir uns dem halb versunkenen Schiff näherten. Wir lehnten uns über den Rand des Gummibootes, um auf den Grund zu sehen. Das Wasser war klar und ruhig.

»Seht ihr die offene Kombüse? Da tauchen wir hinein!«, rief Werner begeistert.

»Ihr wollt ins Schiff hineintauchen?«

»Klar. Und wir haben vorgesorgt!« Klaus griff in einen Leinenbeutel und holte drei Taucherbrillen hervor. »Die habe ich mir von Marcello ausgeliehen. Es gibt wohl ein paar Leute in der italienischen Einheit, die eine Taucherausrüstung besitzen.« Sogar Flossen hatte er dabei. »Siehst du, Enzo, wir haben alles genau geplant. Die Mittagssonne scheint direkt auf die Öffnung, so haben wir gutes Licht.«

Es war richtig aufregend. Erst gingen Werner und ich auf Entdeckungstour. Wir sprangen auf der Backbordseite hinunter und zogen uns an der Reling entlang zum Eingang, der offen war. Schwärme von Fischen schossen aus dem Inneren des Frachters heraus. Wir schwammen durch einen engen Gang, der zu einer Treppe führte. Hinter der Treppe befand sich ein offener Schrank. Zu unserer Verwunderung lagen Gewehre darin. Jeder nahm sich zwei davon und wir schwammen wieder zurück.

»Das war knapp!« Wir schnappten beide nach Luft und atmeten erst einmal tief durch. »Ich dachte, meine Luft reicht nicht mehr, aber geschafft! Klaus, nun bist du an der Reihe. Es gibt dort noch mehr Gewehre, hol dir auch zwei davon«, forderte ihn Werner auf.

Ich setzte mich ins Boot und inspizierte die Waffe. Es war ein deutsches Wehrmachtsgewehr. Etwas später tauchten Klaus und Werner zum Wrack hinunter und brachten weitere vier Gewehre mit.

»Leute, dieses Wrack wird unsere neue Freizeitbe-schäftigung!« Werner war ganz begeistert.

Wir fuhren zurück zum Strand, wo wir uns in den warmen Sand legten und noch eine Weile rauchten und plauderten. Auf einmal fiel Werner etwas auf. »Halt, seid mal ruhig. Seht euch das an!« Er stand auf, um einen Gegenstand, der etwa dreißig Meter vom Strand entfernt in der Brandung trieb, genauer zu erkennen. »Sieht ziemlich aufgeblasen aus, aber eine Bombe ist es wahrscheinlich nicht«, meinte er.

Klaus nahm sein Fernglas aus der Hosentasche. »Damit werden wir gleich genauer sehen, was es ist.« Kaum hatte er das schwimmende Objekt ausge-macht, wurde er still.

»Was ist, Klaus, sag schon, was siehst du?«, fragte ich.

»Schau selber!«, erwiderte er kurz, würgte und übergab sich.

»Ich kann mir denken, was es ist«, meinte Werner.

Ich musste nur kurz durchs Fernglas schauen, da wusste ich, dass es eine Wasserleiche war. Werner machte sich gleich los, um es beim Marinekommando zu melden, während ich mit Klaus am Strand wartete. Wir versteckten die Gewehre in einer Höhle, denn die italienischen Marinesoldaten sollten nicht erfahren, was wir im Wrack gefunden hatten. Am Abend er-fuhren wir, dass es sich bei der Wasserleiche um einen abgeschossenen englischen Piloten handelte.

Am nächsten Tag hatte ich nur am Morgen Dienst, daher entschloss ich mich, nachmittags zu den Klippen zu gehen. Die Sonne stand hoch, es war immer noch sommerlich warm. Ich freute mich darauf, in der Wärme zu entspannen und Luise einen Brief zu schreiben. Ich setzte mich auf einen Felsvorsprung und blickte auf das tiefblaue Meer hinaus. Die sanfte Brise kräuselte das Wasser und formte kleine, weiße Wellen. Weiter draußen entdeckte ich eine Schule Delphine, es waren bestimmt an die zwanzig. Ich musste schmunzeln beim Anblick der Kapriolen, die sie vollführten. Es schien, als sprängen sie um die Wette. Die Ruhe wurde bald gestört vom Summen zweier Transportflugzeuge, die auf den Flugplatz zusteuerten. Gut, dachte ich, es gibt wieder Nachschub. Kaum zwei Sekunden verstrichen, da entdeckte ich drei englische Jagdflugzeuge, die die Transportflugzeuge verfolgten. Ein Geschoss nach dem anderen war zu hören und innerhalb kürzester Zeit stürzten beide Transportflugzeuge ins Meer.

»Oh nein, das ist ja schrecklich!« Ich fühlte mich wie gelähmt. Fassungslos starrte ich auf das Meer, wo gerade etliche Menschen ertranken. Tränen strömten über mein Gesicht.

In den Transportfliegern befanden sich neben Zivilisten auch Soldaten, die aus dem Urlaub kamen. Ich hätte darunter sein können, zurück vom Urlaub in Sizilien bei den Großeltern kommend. Dieser verdammte Krieg! Mir wurde bewusst, dass er für uns Inselsoldaten bisher nicht wirklich fassbar war. Klar, wir beobachteten immer wieder feindliche Flugzeuge bei der Luftüberwachung, aber irgendwie schien es, als seien sie weit weg, als ließen sie uns hier in Ruhe, so glaubten wir zumindest. Mir wurde ungemütlich zu Mute, mit zitternden Beinen erhob ich mich. Mein Herz klopfte bis zum Hals. Ich rannte, so schnell ich konnte, um zu melden, was gerade passiert war.

Das Postschiff traf erst eine Woche später ein. Meine große Freude über das Paket und die Briefe nahm ein abruptes Ende. Wolfgang schrieb mir in seinem Brief die entsetzliche Nachricht, dass Luise im Krankenhaus an einer Lungenentzündung gestorben war.

Vince und Pete Dorigo
in New York, 1942

Vincenzo Dorigo betrachtete sein Spiegel-bild, während er sein weißes Hemd über der Schutzweste zuknöpfte. Mit Genugtuung stellte er fest, dass seine stattliche Statur Peppe Gambino schon mal überlegen war.

»Mit ihm kann ich es aufnehmen«, redete er sich zu, während seine dunklen Augen aufblitzten. Er griff zum Revolver und steckte ihn vorsichtig in den Hosenbund, dann zog er sich langsam sein Jackett über und verließ das Haus.

Bevor er in seinen Pontiac Streamliner einstieg, schaute er sich kurz um. Die Straße war fast leer. Es war Sonntag und um die Mittagszeit saßen alle zu Hause bei einem ausgiebigen Familienessen. Er zündete eine Zigarette an und setzte sich in den Wagen. Während der Fahrt gingen ihm die Ereignisse des gestrigen Tages durch den Kopf. Sein Vater hatte ihn unter vier Augen in seinem Büro sprechen wollen. Er wusste sofort, dass es um ein Treffen gehen würde. Die Gambino-Familie wollte sich mit ihm und Giancarlo Costello besprechen.

»Du weißt schon, Vincenzo, dass wir nicht auf gutem Fuße mit den Gambinos stehen. Sie sind gefährlich und skrupellos. Trotzdem müssen wir einen Weg finden, mit ihnen klarzukommen. Es geht um den Alkoholimport. Unsere Restaurants sind darauf angewiesen, dass wir die Getränke zu einem günstigen Preis erhalten. Die Situation der Handelsschiffe an der Ostküste Amerikas hat sich zugespitzt. Die Gambinos haben nun mal die Kontrolle über den Hafen von New York und somit über alle Importwaren, besonders über den Alkohol. Ich überlege mir, *figlio*, ob ich dir nicht einen Beschatter mitgeben soll«, sagte Luciano besorgt.

»Lass nur, *papà*, ich fahre alleine hin. Wenn ich mit einem Beschatter ankomme, sieht es nach Misstrauen aus. Du weißt ja, wie gerissen die Gambinos sind. Mit Peppe kann ich es aufnehmen, diesem *bastardo*!«

»Halte dich unter Kontrolle, Vincenzo! Verhalte dich ruhig und anständig, verstanden?« Sein Vater blickte ihn scharf an. »Eine Auseinandersetzung ist das Letzte, was wir gebrauchen können, ich warne dich!«

»Ja, ja, *papà*. Ich werde mich locker und ruhig unterhalten. Wenn ich das Gefühl habe, dass ihr Angebot unangemessen ist, dann kann ich sagen, dass ich es mit dir besprechen werde. Und Gianni ist ja auch dabei«, beschwichtigte er seinen Vater.

Beide wussten, ohne es auszusprechen, dass die Restaurants in Manhattan, Brooklyn und Queens ohne Abgaben an die Gambino-Familie nicht bestehen konnten. Der Gedanke daran nervte Vincenzo, aber er musste sich beherrschen, auch wenn sich Peppe Gambino wieder mal von seiner herablassenden, überheblichen Art zeigen würde.

Er bog in die Hafenstraße ein. Gigantische Passagierschiffe reihten sich entlang der Mole. Weiter nördlich lagen die Docks der Tanker und Handelsschiffe. Er hielt vor einer kleinen, unscheinbaren Hafenkneipe. Es war eine schmutzige Gegend und der Gestank von Öl und Teer lag in der Luft. Giancarlo Costello erwartete ihn ungeduldig an der Bar. Vince war froh, seinen Freund beim Treffen mit Peppe Gambino dabei zu haben. Giancarlo Costellos Familie betrieb ein großes Alkoholimportgeschäft und mehrere Restaurants in Manhattan.

»Da bist du endlich, Vince!« Er klopfte ihm kurz auf den Rücken, dann begaben sie sich an einen Tisch beim Eingang, von wo aus sie das geschäftige Treiben im Hafen beobachten konnten.

»Danke, dass du gekommen bist. Die Sache ist ernst.«

Vincenzo schaute ihn fragend an.

»Die Alkoholimporte werden geringer ausfallen. Damit wir alle profitieren, müssen wir zusammenarbeiten, *capici*? Die Gambino-Familie kümmert sich um die Gewerkschaften.« Giancarlos Blick verfinsterte sich.

»Ich habe mitbekommen, dass 26 Männer ermordet wurden. War das nötig?«, fragte Vincenzo herausfordernd.

»Lass das, es ist nicht unser Problem, Vince, wir haben nichts damit zu tun. Du weißt ja ...« Er hielt inne, schaute aus dem Fenster, um sich zu versichern, dass sich niemand der Kneipe näherte, dann flüsterte er: »Die Gambinos machen kurzen Prozess. Sie alleine sind dafür verantwortlich. Die Gewerkschaft wird einfach zu groß. Die Gambinos wollen sich die Vorherrschaft über den Hafen nicht nehmen lassen. Wir profitieren ja letztlich auch davon, wenn wir unseren Alkoholnachschub sicher und zuverlässig erhalten.«

Ein schwarzer Buick hielt vor dem Eingang. Vincenzo und Giancarlo beobachteten den Wagen, um auszumachen, wie viele Personen darin saßen.

»Er hat Joe mitgebracht«, bemerkte Giancarlo.

»Joe ist harmlos.«

Peppe Gambino trat mit vorgeschobener Brust durch die Tür. Er ging immer in dieser Art, als könne er damit eindrücklicher und mächtiger erscheinen. Sein Bruder Joe war etwas größer, aber von derselben massigen Statur. Es war nicht zu übersehen, dass sie Brüder waren.

Sie ließen sich Wein an den Tisch bringen.

»Mein Vater wollte dieses Treffen, nicht ich«, begann Peppe gelangweilt das Gespräch. »Wie auch immer, ihr könnt euch denken, dass es um den Hafen geht.«

Vincenzo und Giancarlo sagten nichts.

Er sieht nicht nur dumm aus, er ist es auch, dachte Vincenzo. »Das musst du uns genauer erklären«, meinte er ruhig.

Peppe schaute Joe an.

»Es gibt Probleme«, erklärte Joe. »Die Deutschen haben mit ihren U-Booten an der Ostküste und im Atlantik etliche Handelsschiffe versenkt. Natürlich sollte die Marine die Handelsschiffe mit Kriegsschiffen eskortieren. Dazu kommen die Spione und Saboteure, aber wir haben da ebenfalls unsere Finger im Spiel. Wir brauchen jedoch eure Hilfe, damit auch der Alkoholimport gesichert werden kann.«

»Und wie soll diese Hilfe aussehen? Was soll es kosten?«, fragte Giancarlo direkt.

»Ihr bezahlt nicht mehr als sonst. Wir haben aber noch andere Quellen. Es geht vielmehr darum, dass die Regierung unsere Zusammenarbeit möchte. Demnächst wird sich ein FBI-Agent bei dir melden, Vince.«

Vince wollte eben fragen, worum es denn überhaupt gehe, als plötzlich ohrenbetäubende Explosionsgeräusche vom Hafen her kamen und sich innerhalb kürzester Zeit riesige Rauchsäulen am Himmel bildeten. Die ganze Kneipe schien zu vibrieren, Gläser zerschellten hinter der Bar, der Kellner flüchtete unter die Theke.

»*Dio mio!*«, schrie Joe und rannte zum Ausgang.

Die anderen folgten ihm.

»Dort unten, bei den Passagierschiffen!«, rief Giancarlo. Das größte aller Schiffe war in Rauch gehüllt. Der starke Wind ließ die Flammen bis in die oberen Decks hinauf züngeln.

»Das ist die SS Normandie!«, schrie Vince.

Hafenarbeiter, Spaziergänger, Marinesoldaten und ganze Familien drängten sich zum Pier 88, wo der Luxusdampfer angelegt hatte. Die Feuerwehr kämpfte sich durch die Menschenmenge und versuchte von allen Seiten, die Flammen zu löschen, während sich laut schreiende Matrosen panisch aus dem Inneren des Schiffes retteten.

Peppe schob sich zu Vince heran. Er roch nach Knoblauch und Schweiß. »Ich muss dringend einer Sache nachgehen. Also, wie gesagt, du wirst einen Anruf erhalten.«

Bevor Vincenzo antworten konnte, waren Peppe und Joe im Gedränge verschwunden. Vince rief Giancarlo zu sich.

»Hör mal, ich traue der Sache nicht. Was wollen sie von uns?«

Giancarlo schüttelte den Kopf. »Keine Ahnung, Vince. Aber was sagst du zu diesem Brand auf dem größten Luxusdampfer der Welt?«

»Es würde mich nicht wundern, wenn die Gambinos auch da die Finger im Spiel haben«, meinte Vincenzo abschätzig. Sie beobachteten, wie das Schiff unter der gewaltigen Ansammlung von Löschwasser in eine leichte Seitenlage fiel.

»Vielleicht sind Saboteure mit im Spiel«, überlegte Giancarlo.

Sie verließen die Schaulustigen und fuhren nach Hause.

Kaum waren sie eingetreten, wurden sie von Pietro, Vincenzos Bruder, begrüßt. »Ich muss dir von meinen Plänen erzählen, Vince!«, rief er begeistert.

»Erzähl schon!«

Sie gingen ins Wohnzimmer.

»Gianno, ich brauche einen Whisky.« Vincenzo holte zwei Gläser und füllte sie bis zum Rand. Sie prosteten sich zu. »Nun erzähl schon, was hast du vor, Pete?«

»Ich will aktiv mit dabei sein!«

Vincenzo schaute seinen Bruder unverständlich an.

»Pietro, du hast wohl nicht alle. Warum willst du dich freiwillig melden?« Vincenzo blickte zu Giancarlo herüber, der ihm beipflichtete: »Vince, das können wir nicht zulassen! Dein Bruder ist zu naiv, um das Ausmaß der Gefahr bei einer Invasion abzuschätzen.«

»Hört mal, ihr wollt mir doch nicht sagen, dass es euch egal ist, was aus unserem Heimatland wird?«, rief Pietro empört.

»Natürlich ist es uns nicht egal, aber es gibt andere Wege, Einfluss zu nehmen. Dazu musst du dich nicht zum Dienst an der Front melden«, belehrte ihn sein älterer Bruder.

»Ich werde mich von euch nicht umstimmen lassen. Die vergangenen sechs Monate habe ich nicht umsonst im Chesapeake Military Training Camp verbracht. Ich will es nutzen und auf der Fahrt dabei sein. So, nun lasst mich in Ruhe!« Verärgert verließ er das Wohnzimmer und knallte die Tür hinter sich zu.

Vincenzo füllte sein Glas erneut und trank es in einem Zug aus. »Ich will meinen Bruder nicht an die großkotzigen Deutschen verlieren.«

»Oder an die Italiener, die an der Seite der Deutschen kämpfen müssen«, wandte Giancarlo ein.

»Nein, nein, die neuesten Mitteilungen belegen, dass viele Italiener die Seiten wechseln werden«, erklärte Vincenzo. »Aber da kommt mir doch eine Idee, wie wir Pietro bei Laune halten können. Wir werden ihn mitfahren lassen, aber dann nach der Landung für einen anderen Job vorsehen.«

Giancarlo lächelte ihn an, dann grinste er. »Ah, ich verstehe. Du willst etwas in die Wege leiten, Vince.«

»Genau. Und du, Gianno, wirst sicherstellen, dass

alles Militärische vor dem Auslaufen des Schiffes geregelt ist.«

Mit Genugtuung klopfte Giancarlo Vincenzo auf die Schulter.

Luciano Dorigo saß oben am Tischende. Eine dicke Cabaña hing schräg aus seinem Mundwinkel, durch den Rauch hindurch konnte man sein Gesicht nur schemenhaft erkennen.

»Kommt herein, Leute, setzt euch! Laura! Wo ist das Essen? *Subito*, die Gäste sind hier, wir haben Hunger!«

Aus der Küche ertönte eine schrille Stimme: *»Due minuti, signori!«* Eine kleine, mollige Frau lief eilig mit einem Korb aufgeschnittenem Brot und Tellern zum Tisch. An ihrer Schürze klebte Tomatensauce. Sie trippelte zurück in die Küche und kurz danach erschien sie wieder mit einem Topf frischer Pasta. Sie stellte ihn auf den Tisch und während sie lächelnd *Buon apetito!* wünschte, blitzten ihre Goldzähne im grellen Licht der Lampe.

»Vincenzo, schenk den Wein ein!«, befahl Luciano.

Vincenzo, der ältere Sohn Lucianos, erhob sich geschwind und mit ausgelassenem Schwung füllte er die Gläser.

»Salvatore, dein Nero d'Avola schmeckt ausgezeichnet! Und, wie laufen die Geschäfte?«, fragte Luciano.

Salvatore Costello räusperte sich. »Es könnte besser sein. Es gibt da so ein paar kleinere Probleme im Hafen, aber wir arbeiten daran, die Kontrolle aufrechtzuerhalten.« Salvatore, ein Freund von Luciano, führte eines der größten Alkoholimportgeschäfte in New York.

Vincenzo deutete auf den Zeitungsartikel, der offen auf dem Tisch lag. Das Titelbild der *New York Times* zeigte ein Bild der SS Normandie in Flammen und Rauch.

»Die SS Normandie in Flammen. Der größte und luxuriöseste Luxusdampfer aller Zeiten«, sinnierte Luciano. »Noch vor vier Jahren sind wir auf ihr nach Le Havre gefahren. Man sagte, sie sei schöner als die RMS Queen Mary. Alice war jedenfalls ganz begeistert. Und die Überfahrt dauerte nur gut vier Tage. Ich kann es nicht fassen, dass dieses perfekte Passagierschiff einem Brand zum Opfer gefallen ist. Sie war ein schwimmendes Kunstwerk, gestaltet im Art-déco-Stil. An den Wandpaneelen im Speisesaal hingen wuchtige, mit Gold und Silber gerahmte Spiegel. Nach dem Dinner begaben wir uns ins Theater, das Platz für 380 Zuschauer hatte. Tagsüber vergnügten wir uns in den Schwimmbädern, eines davon befand sich sogar unter freiem Himmel. Alice liebte die 80 Meter lange Ladenstraße, wo sich ausgewählte Boutiquen aneinanderreihten.« Luciano blickte nachdenklich auf das Zeitungsbild.

»Wie kam es, dass sie im Hafen von New York vor Anker ging und nicht mehr nach Le Havre zurückkehrte?«, erkundigte sich Vince.

»Die US-Regierung hatte das Schiff nach Kriegsausbruch konfisziert. Die Normandie lag dann eine Weile nutzlos im Hafen, bis die Marine entschied, sie zu einem Truppentransporter umzubauen«, erklärte Luciano. »Nun aber zu euch beiden. Was habt ihr uns zu berichten, Vince, Giancarlo?« Er sah sie auffordernd an.

Vince machte eine Handbewegung, um Giancarlo zu verstehen zu geben, dass er sprechen solle.

»Der Krieg schreitet immer mehr voran und die Regierung will in Italien Fuß fassen. Aufgrund unserer Beziehungen mit dem Militär konnten so einige Informationen durchsickern. Die Alliierten planen den Einfall in Europa und Churchill setzt Roosevelt immer mehr unter Druck, zuerst die Vormachtstellung im Mittelmeerraum sicherzustellen, und zwar über einen Einfall in Sizilien.«

»In Sizilien? Wie soll denn das ablaufen?«, fragte Luciano überrascht. Luciano Dorigo war in jungen Jahren nach New York ausgewandert. Sein Vater Vittorio hatte ihn für die Weiterführung des Marsala-Weinimperiums vorgesehen, doch, wie so viele andere seiner Generation träumte er von einem neuen Leben in Amerika. Er arbeitete sich als Küchenbursche und Kellner hoch, bis er sein erstes Restaurant in Manhattan erstehen konnte. Nun, nach zwanzig Jahren gehörten ihm sieben Restaurants und nebenbei vertrieb er Liköre und Champagner.

»Es wird von einer amphibischen Landung der Alliierten Streitkräfte gesprochen«, berichtete Giancarlo.

»Keinen Flugangriff auf Rom?«

»Der soll wohl gleichzeitig durchgeführt werden.« Giancarlo machte eine Pause.

Für ihn sprach Vince weiter: »Stellt euch vor, da ruft mich doch ein Mr. Walker an. Erst dachte ich, das sei eine Falle, indem einer der unseren sich als *Offiziale* ausgab. Vor allem nach dem Treffen mit Peppe und Joe Gambino wusste ich nicht recht, was ich davon halten sollte. Aber ich merkte bald, dass etwas nicht stimmte.«

»Wir waren vorsichtig«, unterbrach ihn Giancarlo.

»Ja, sehr. Die Verabredung fand unter allen möglichen Sicherheitsvorkehrungen statt.«

»Wo habt ihr ihn getroffen?«, fragte Salvatore.

»Wir waren schlau genug, nicht den üblichen Ort unten am Hudson River zu wählen. Unsere Treffen sollen geheim bleiben, unter allen Umständen. Wir haben uns auf einem abgelegenen Fabrikgelände in New Jersey getroffen. Zwanzig unserer Männer standen den Wache.«

»Ist er ohne Schutz gekommen? Seid ihr euch absolut sicher, dass ihr nicht beobachtet wurdet?« Luciano konnte seinen Ärger nicht zurückhalten. Kleine Schweißperlen hingen an seinen Schläfen, die im rhythmischen Takt seines Pulses auf und ab pochten und zusammen mit seinen knirschenden Backenzähnen zu erkennen gaben, dass er versuchte, seine Haltung zu bewahren.

»Papà, wir waren äußerst vorsichtig. Die ganze Anfahrtsstraße zur Fabrik wurde bewacht. Du traust uns doch hoffentlich zu, dass wir auch so eine Begegnung unter Kontrolle haben.« Vincenzo zog genüsslich an seiner Zigarette, lehnte sich selbstherrlich auf seinem Stuhl zurück und war sichtlich erfreut darüber, seinem Vater und den anderen Herren die Geschichte zu offenbaren.

»Nun, was wollte Mr. Walker?«

»Er ist ein Agent des FBI.«

»*Dio mio!* Ihr treibt uns noch in den Ruin! Ich will mich nicht wieder mit dem FBI anlegen!«, rief Salvatore wütend aus.

»Ruhe, Ruhe, *pacenza!* Ihr werdet sehen, dass diese Verbindung für uns äußerst nützlich sein wird. In diesen Zeiten müssen wir uns überall Freunde suchen, so klug sind wir doch nun mal, um das zu erkennen. Die Frage ist, wie wir es anstellen, das ist der springende Punkt. Wir werden nicht nur vorsichtig sein, nein, wir sind die *piu intelligenti* im ganzen Projekt, verstehst du? Wir sind die, die schlussendlich davon profitieren werden. Und das sollten wir uns stets vor Augen halten, gleich, was es kostet. Wir sind so geschickt, dass wir uns das herausnehmen, was wir brauchen, und dabei nichts verlieren. Gar nichts. *Nulla, basta*. Wir sind diejenigen, die die Regeln vorgeben. *Siam i padroni!*« Vincenzo verzog verächtlich lächelnd seine Mundwinkel.

»Sei kein Träumer, Vincenzo! Worum geht es?«, fragte Luciano streng.

»Mr. Watson möchte mit uns zusammenarbeiten, in geheimer Mission.«

»In geheimer Mission?« Luciano konnte seine Neugier nicht verbergen.

Vincenzo machte ein Handzeichen und sagte leise: »Die Alliierten möchten die Landung in Sizilien mit uns planen. Sie brauchen unsere Informationen und unsere Beziehungen. Und weißt du, was das heißt, Papà? *Wir* haben alles in der Hand! Sie bringen die nötigen Fahrzeuge und Waffen und so weiter und wir liefern die richtigen Leute.«

Ein Leuchten erhellte Lucianos Gesicht und mit Genugtuung verkündete er: »Wir werden sie vernichten, die verdammten Faschisten und alle, die mitmischen in der faschistischen Mühle!« Auf einmal krümmten sie sich alle vor Lachen, klopften sich auf die Schultern und stießen mit Whisky an auf diese unglaubliche Zukunftsmusik.

Dann wurde Luciano plötzlich sehr ernst und hielt die Hand hoch. »Leute, vergesst nicht, dass es ein sehr gefährliches Unterfangen ist. Dieses Bündnis könnte uns eines Tages den Kragen kosten. Solange Krieg ist, können sie uns gebrauchen, aber was ist, wenn der Krieg zu Ende ist? Dann werden sie uns anklagen und alles auf uns schieben.« Er räusperte sich. Im Rauch seiner Cabaña konnte er wohl am besten nachdenken. »Wir müssen uns absichern. Aber wie? Was meinst du, Salvatore?«

Salvatore überlegte nicht lange. »Wir sollten Giorgio Bonnano fragen.«

»Giorgio Bonnano?«, rief Luciano mit einem Lacher aus und sprang vom Stuhl. »Der sitzt doch im Knast!« Er verlor seine Beherrschung und tobte: »Das geht zu weit! Wir sind ja nicht mit ihm befreundet! Im Gegenteil!«

»Ich denke, dass Mr. Watson alle möglichen Kontakte sucht und dann diejenigen beauftragt, die ihm am besten passen, und das sind diejenigen, die die besten Informationen übermitteln können«, wandte nun Vincenzo ein.

»Mr. Watson ist ein gewitzter Mann, so viel kann ich schon mal sagen«, meinte Giancarlo. »Er hat übrigens auch die Sicherheit der Hafenanlagen entlang der Ostküste angesprochen, was jedoch die Gambinis übernehmen. Sie werden auch Spionagemänner einsetzen.«

»Solange die Gambinis uns nicht zu nahe kommen, kann ich damit leben, aber dieser Mr. Watson muss genauer unter die Lupe genommen werden. Wir müssen sichergehen, dass er vertrauenswürdig ist.« Luciano beruhigte sich allmählich wieder, dann stand er auf und während er überlegte, schritt er durch den Raum. »Erst einmal möchte ich, dass du, Gianno, Nachforschungen anstellst und mir alle Informationen über Mr. Watson einholst, mit wem er zusammenarbeitet, wie weit er unsere *famiglia* kennt und wie sein Lebenslauf aussieht. Dann sehen wir weiter.«

Damit war die Diskussion beendet. Luciano ließ sich müde auf einem Sessel nieder. Als alle gegangen waren, trat Vincenzo zu ihm und sagte: »Papà, ich werde in zwei Wochen für eine Weile wegfahren.« Er bückte sich zu seinem Vater hinunter und flüsterte ihm etwas ins Ohr.

Giorgio Bonnano saß entspannt auf seinem Louis-XV.-Sofa. Er trug einen seidenen Morgenmantel und war frisch rasiert, als Fred Walker und Vincenzo eintrafen. Seine Wache verbeugte sich ehrfurchtsvoll und verließ den Raum. Mit einer gelassenen Handbewegung deutete er an, dass sie sich setzen sollten.

»Ach, Fred, wer hätte das gedacht, dass du mich mal wieder aufsuchst? Du willst etwas von mir, nicht wahr?« Seine kantigen Gesichtszüge verzogen sich zu einem verächtlichen Grinsen. »Wer schickt dich?«

»Diesmal nicht die Regierung, Giorgio, die wissen gar nichts davon. Ich komme in geheimster Mission eines obersten Militärs, dessen Name nicht genannt werden darf. Wir brauchen deine Hilfe.« Giorgio griff nach einer Zigarette. »Und was hast du damit zu tun, Junge? Du bist doch ein Dorigo, nicht wahr?« Er musterte Vincenzo.

»Ich bin Vincenzo und ich soll einen Auftrag ausführen. In Sizilien.« Vince bemühte sich, einen lockeren Eindruck zu machen, aber es war nicht zu übersehen, dass er leicht nervös war in der Anwesenheit dieses Mafiabosses, der bereits seit zehn Jahren in einem der berüchtigtsten Sicherheitsgefängnisse Amerikas inhaftiert war. Vince empfand gleichzeitig Bewunderung und Abscheu für Giorgio Bonnano. Er war seit Langem gefürchtet in ganz New York. Er erinnerte sich, wie sein Vater stets davon sprach, jegliche Konfrontation mit der Bonnano-Familie zu vermeiden. Obwohl Vincenzos Vater die Finger im illegalen Alkoholimport hatte, so behauptete er immer, dass er ein ehrwürdiger Mann sei und bleibe, wohingegen Bonnano in Drogengeschäft und Prostitution verwickelt sei. Das kam diesem schließlich auch teuer zu stehen. Auch wenn er hier in einem Fünf-Sterne-Knast weilte, so war das doch kein Leben.

Fred Walker nahm eine Landkarte hervor und

breitete sie vor ihnen aus. »Im Juli wollen die Alliierten auf Sizilien und an den italienischen Küsten landen. Italien soll endlich von den Faschisten und Deutschen befreit werden. Eine geheime Mission unter dem Codewort ›Husky‹ ist geplant. Der US-Marinenachrichtendienst braucht Kontakte, deine Kontakte, die uns sicherstellen, dass wir Unterstützung erhalten. Wir brauchen freie Landwege, Lebensmittel, Unterkünfte und Leute, auf die wir uns verlassen können. Vincenzo wird vorausgehen und alles in die Hand nehmen.«

Giorgio schaute verträumt auf die Karte. »*Bella Sicilia!* Hier oben, in Castellammare bin ich geboren. Meine liebe Nonna hat mich die ersten paar Jahre großgezogen, bis es dann zu gefährlich wurde und mich mein Vater nach New York holte. Mein Großvater war der *Padrino* der Gegend. Alle achteten ihn und sogar mir küssten sie manchmal die Hand. Er ließ mich auf dem Esel reiten und nahm mich oft mit nach Palermo, zum Eisessen. Übrigens, die Schwester meiner verstorbenen Mutter lebt immer noch im Dorf. Ihr Sohn, Giuliano, wurde wegen einem Zwischenfall in der Lower East Side zurück nach Castellamare verbannt.« Geistesabwesend zündete er sich eine Zigarette an.

»Machst du mit?«, unterbrach ihn Fred.

Bonnano wurde auf einmal sehr ernst und geschäftlich. »Nichts lieber als das. Die verdammten Faschisten müssen ausgerottet werden!« Er wurde nachdenklich, dann verzog er seinen linken Mundwinkel zu einem leichten Grinsen. »Ich darf annehmen, dass es eine Gegenleistung geben wird. Ich meine, wenn der Krieg vorbei ist.« Er lehnte sich hochmütig in seinen Sessel zurück.

»Darüber können wir später sprechen. Bestimmt bestehen Möglichkeiten dazu«, erwiderte Walker gespielt freundlich.

»Gut, Fred, ich gebe dir eine Liste mit Personen, die für diese Aktion gut geeignet sind. Insbesondere ist das mein Neffe Giuliano. Er ist angesehen, intelligent und hasst die Faschisten. Er kann nicht nur Kontakte vermitteln, er kann im Notfall kurzerhand eine Menge Leute aufbieten, die mit anpacken können.«

Fred lehnte sich in seinem Sessel zurück und lächelte. »Wusste ich doch, dass wir auf dich zählen können!«

Hochzeit in Rom, 1942

Ich möchte dir mein tiefes Beileid aussprechen.«
Luca schaute mich mitleidig an. »Ich bin froh, dass
du hier bist, bei uns. Der Urlaub wird dir guttun.«
Er startete den Jeep, wir fuhren Richtung Vatikan. Ich
berichtete von meinem Einsatz auf Lampedusa, dann
kamen wir auf Carina zu sprechen. Luca grinste: »Wir
werden heiraten!« Ich musste ihn wohl ganz verblüfft
angeschaut haben. »Ach, warum sind auch alle so
überrascht? Wer weiß, wie lange der Krieg noch dauert. Wir wollen hier in Rom heiraten, Roberto wird
uns trauen.« Er blickte verträumt aus dem Fenster. Ich
beobachtete ihn von der Seite. Er war immer noch der-
selbe Draufgänger. Natürlich setzte er sich so seiner
Familie quer. Irgendwie war ich ihm neidisch.

»Möchtest du Trauzeuge sein? Jetzt, wo du hier
im Urlaub bist. Und überhaupt, du bist mein bester
Freund Enzo.« Ich antwortete nicht gleich. Eben hatte
ich eine Freundin verloren und war nicht in der Stimmung, über eine Hochzeit zu sprechen. »Verstehe,
Enzo, wenn du das nicht möchtest. Der Zeitpunkt
ist...« »Lass das, Luca«, fiel ich ihm ins Wort. »Klar
werde ich Trauzeuge an deiner Hochzeit sein.«

Im Vatikan trafen Roberto und Luca die letzten
Vorbereitungen für die Hochzeit, als ein Gardist stürmisch an die Tür klopfte. »Monsignore, ein britischer
Flüchtling, ein Kriegsgefangener steht am Haupte in-
gang. Er ersucht um Einlass. Die Wache wartet auf
weitere Anweisungen!«

Roberto wählte die Nummer des britischen Botschafters am Päpstlichen Stuhl, Sir D'Arcy Osborne. »Sir, bitte kommen Sie umgehend zu mir ins Büro.«

Der Flüchtling wurde in den Empfangsraum gebracht. Als Roberto zusammen mit den anderen Männern eintrat, stand er auf, machte eine kleine Verbeugung und sprach: »Meine Herren, Monsignore, ich bin Sam Derry, Major der Royal Artillery, ich bin aus dem Kriegsgefangenenlager in Chieti geflüchtet.«

Sir D'Arcy Osborne musterte ihn. »Sie tragen keine Uniform. Können Sie sich ausweisen?«

»Tut mir leid, Sir, mein Ausweis wurde mir im Kriegsgefängnis von den Deutschen abgenommen. Ich habe mir Zivilkleidung besorgt, um nicht aufzufallen.«

»Und wie sind Sie hierhergekommen, Major Derry?«

»Zu Fuß und per Fahrrad!«

Ein kurzes Lachen verbreitete sich unter den Anwesenden.

»Ich konnte mich in einem Zug verstecken und bin dann in der Nähe von Frascati abgesprungen. Von dort aus bin ich zu Fuß gelaufen. Außerhalb Roms habe ich mir ein Fahrrad geklaut. Ich bitte Sie, gewähren Sie mir eine Bleibe hier im Vatikan! Wir Flüchtlinge sind nirgendwo sicher. Sie können sich nicht vorstellen, wie viele ausbrechen und auf der Flucht sind. Die Deutschen schießen jeden Flüchtling ab. Ich erinnere mich an Ihre Besuche im Gefängnis,

Monsignore. Es war so gut zu wissen, dass jemand unsere Familien zu Hause über unseren Aufenthalt informierte.«

»Dank Radio Vatikan haben wir die Möglichkeit, Bericht nach England zu erstatten, inoffiziell, versteht sich.«

Es war Roberto, der die Idee entwickelt hatte, eine Verbindung über Radio Vatikan zum *War Cabinet* in London aufzubauen, damit die Angehörigen britischer Soldaten erfahren konnten, wo ihre Söhne inhaftiert waren. Roberto stellte dazu eine Liste mit den Namen und Angaben der Gefangenen auf. Dafür reiste er einmal wöchentlich für zwei Tage zu den Gefangenenlagern und besuchte die Häftlinge. Er führte Protokoll über die neuen Gefangenen, um die Informationen umgehend über Radio Vatikan ans britische Kriegsministerium weiterzuleiten. Unzählige Familien konnten so beruhigt werden, dass ihre Söhne nicht umgekommen, sondern in Haft waren. Roberto war bekannt dafür, dass er den inhaftierten Soldaten auch Lebensmittel mitbrachte.

»Monsignore, ich finde, wir müssen die Situation überdenken«, äußerte sich der Botschafter. »Major Derry zeigt uns auf, was sich außerhalb des Vatikans abspielt, und er bringt uns nahe, dass wir hier wirklich auf neutralem Boden sind. Hier haben wir freie Hand. Mir wird erst jetzt richtig bewusst, welche Möglichkeiten uns dadurch offenstehen.«

»Sie haben vollkommen recht, Sir. Major Derry bringt mich auf eine Idee. Sie muss jedoch ausreifen und ich brauche dafür vor allem Ihre Unterstützung, meine Herren!« Roberto räusperte sich. »Sie können vorläufig hierbleiben, Sam Derry.« Roberto rief einem Angestellten und beauftragte ihn, eine Badewanne zu füllen und ein Mönchsgewand für Sam Derry bereitzustellen.

»Wir müssen die Neutralität des Vatikans sicherstellen«, sagte D'Arcy Osborne. »Es wird früher oder später Angriffe vonseiten der Alliierten geben und wir können es nicht zulassen, dass der vatikanische Staat mit hineingezogen wird. Bis jetzt konnte ich nicht viel erreichen. Die englische Regierung kümmert sich um andere Probleme. Vielleicht besteht die Möglichkeit, auf diplomatischem Weg mit den Deutschen eine Vereinbarung zu treffen.«

»Was planen die Alliierten? Wann werden sie Rom angreifen?«, fragte Roberto.

»Es ist eine Konferenz zwischen Churchill und Roosevelt in Casablanca geplant. Dort soll darüber entschieden werden. Es bestehen Unstimmigkeiten zwischen den beiden Mächten. England möchte den Mittelmeerraum sichern, die Amerikaner möchten lieber gleich in der Normandie eingreifen. Früher oder später werden sie in Rom einrücken. Wir möchten aber vorher eine Einigung mit den Alliierten treffen, dass das Zentrum Roms und der Vatikanstaat nicht beschädigt wird. Glücklicherweise ist Hitler ein Kunstfanatiker und wird bestimmt Interesse daran haben, die alten Gebäude vor der Zerstörung zu bewahren.«

Die Vormacht der deutschen Besatzung wurde immer stärker und Roberto wollte dem etwas entgegensetzen, in geheimer Mission. Der britische Botschafter am päpstlichen Stuhl, Sir D'Arcy Osborne, und der junge Major Sam Derry sollten in seinem Plan zu seinen engsten Verbündeten werden.

Luca und ich saßen in einem Nebenraum und warteten auf Roberto.

»Und wie fühlt man sich so am letzten Tag des Junggesellenlebens?«, fragte ich schelmisch.

»Ach, ich kann es nicht erwarten, mit Carina zusammen zu sein. Sie wird hier in Rom im Krankenhaus arbeiten, so können wir uns regelmäßig sehen. Bei einer Bekannten von Roberto können wir an den Wochenenden ein Zimmer mieten. Ich bin glücklich, sehr glücklich!«

»Du hast wirklich das hübscheste Mädchen ganz Siziliens ausgesucht, *cugino*!«

»Ganz Italiens, Enzo!«

Carina trug ein schlichtes weißes Spitzenkleid und hielt in der Hand einen kleinen Rosenstrauß.

Ich schaute Francesca fragend an: »Was müssen wir eigentlich tun? Ich war noch nie Trauzeuge bei einer Hochzeit.«

»Ich auch nicht«, schmunzelte sie, »Roberto wird es uns schon sagen.«

»Was halten Nonna und Nonno davon, dass die beiden so ganz klangheimlich hier in Rom heiraten?«, erkundigte ich mich.

»Zia hat mir geschrieben, dass die Großeltern und Eltern einerseits glücklich über diese Verbindung sind, andererseits klagen sie Luca an, dass er ein Draufgänger und Egoist sei. Er hätte doch bis zu seinem Urlaub warten und in Sizilien heiraten können. Doch Luca will nicht, dass irgendein Priester die Trauung vollzieht, ihm ist es wichtig, dass Roberto das übernimmt. Der kann jedoch zurzeit nicht nach Sizilien fahren, er hat zu viele Verpflichtungen im Vatikan.«

»Sie können ja, wenn der Krieg vorbei ist, ein großes Hochzeitsfest in Sizilien nachholen«, überlegte ich.

»Dem stimme ich zu, wenn du dann auch kommst!«

»Sicher. Denn die Tradition will es doch, dass die Trauzeugen miteinander tanzen.«

»Ach ja?« Francesca lächelte belustigt.

Roberto las aus der Bibel vor. Bevor er das Brautpaar befragte, stand Luca auf und zitierte ein Gedicht:

»Quando vedrò nel verno il crine sparso
Aver di neve e di pruina algente,
E 'l seren del mio giorno, or sì lucente,
Col fior de gli anni miei fuggito e sparso;

Al tuo bel nome io non sarò più scarso
De le mie lodi o de l'affetto ardente,
Né fian dal gelo intepidite o spente
Quelle fiamme amorose ond'io son arso.

Ma se rassembro augel palustre e roco,
Cigno parrò lungo il tuo nobel fiume
Ch'abbia l'ore di morte o mai vicine;

E quasi fiamma, che vigore e lume
Ne l'estremo riprenda, inanzi al fine
Risplenderà più chiaro il vivo foco.«

»Wenn sich dereinst im Winter mein Haar
Mit Schnee und eisigem Reif bedeckt
Und meine Tage, die jetzt noch heiter sind und licht,
Geschwunden und verstrichen sind mit der Blüte der Jahre,

Will ich mit deinem schönen Namen, mit meinem Lob
Und meiner Liebesglut nicht kargen: kein Frost
Soll je die Flamme, die mich versengt,
Abkühlen und verlöschen lassen.

Gleich ich dann auch dem heiseren Vogel aus dem Sumpf,
So will ich an deinem stolzen Fluss doch singen
Wie der Schwan, wenn seine Todesstunde naht.

Und wie das Kerzenlicht, das vor dem Ende noch einmal
Letzte Leuchtkraft erlangt, wird meine Flamme
Dann heller aufleuchten als je zuvor.«

»Torquato Tasso«, schloss er.

Wir waren ganz gerührt von seinen Worten und der leidenschaftlichen Art, wie er das Gedicht vorgetragen hatte. Ich hatte gar nicht gewusst, dass Luca eine Vorliebe für Poesie hatte. Ich spürte eine so innige Verbundenheit mit ihm und war erfüllt von seinem Glück und seiner Liebe. Francesca beobachtete meine Erregung und blickte mich liebevoll an.

Erst dachte ich, dass diese Hochzeit für mich einfach im absolut falschen Moment stattfand. Ich war noch im Schockzustand angesichts des Todes von Luise. Doch jetzt empfand ich einfach nur Glück und Frieden und im Gebet wünschte ich dieses Gefühl auch Luise. Und es war, als spreche sie zu mir und wünschte mir denselben Frieden.

In einer kleinen Trattoria feierten wir noch bis in die späte Nacht. Roberto trug einen grauen Anzug und schwarz-weiße Lederschuhe.

»Macht es dir Spaß, dein Priestergewand abzulegen und weltliche Kleidung zu tragen?«, fragte Luca, schon angeheitert.

»Du weißt schon, dass ich es aus Sicherheit und nicht aus Spaß mache, Luca«, belehrte ihn Roberto.

»Nun, ich dachte, der Klerus sei immer unter gutem Schutz. Was halten denn die Deutschen vom Vatikan?«

»Luca, ich will hier nicht darüber sprechen. Es ist eine heikle Angelegenheit. Wir müssen vorsichtig sein.«

Wir wechselten das Thema und kamen auf die Familie zu sprechen. Toni, Lucas Vater, hatte sich politisch mehr und mehr involviert und war der faschistischen Partei beigetreten, was Spannungen zu Hause auslöste. Nonno wollte, dass er der Tradition der Familie folge und sich neutral verhalte, aber Toni stimmte dem nicht zu. Die Freundschaft, die er mit Giulio Gentile pflegte, gefiel meinem Nonno gar nicht. Auch meine Tante Maria sah darin eine Gefahr. »Was ist denn mit Giulio Gentile? Seine Eltern sind doch gute Freunde von Nonno.«

»Giulio ist ein aktives Parteimitglied. Er arbeitet für die Regierung und als Anwalt nutzt er seine Stellung dort. Und sein Sohn Frederico ist der Staatspolizei beigetreten«, erklärte Francesca ängstlich.

»Warum nur lässt er sich denn mit den Faschisten ein?«, fragte ich leise.

»Er will die Kontakte mit den wichtigen Familien aufgeben und kämpft für die Unabhängigkeit der Großgrundbesitzer.«

»Aber ihr seid doch unabhängig, oder nicht?«

Luca schaute mich nachsichtig an. »Man merkt dir an, dass du halt doch nicht in Sizilien aufgewachsen bist, Mann!« Dann flüsterte er: »Mein Großvater hat immer schön bezahlt, damit man ihn in Ruhe lässt. Seit mein Vater Teil der Familie geworden ist, gibt es Konflikte. Er will diese Tradition nicht weiterführen. Aber er sieht nicht, dass er da nichts ausrichten kann, im Gegenteil, er schafft sich mehr Feinde damit. Mein Nonno ist ganz verzweifelt, dass nicht einer seiner Söhne das Geschäft weiterführen wird. Mein Onkel Luciano ist nach Amerika ausgewandert, dein Vater Umberto in die Schweiz und so bleibt ihm nur mein Vater, der es weiterführen kann.«

»Die Verbindungen, die unser Nonno zu einer bestimmen Familie pflegte, sahen immer sehr freundschaftlich aus, aber im Grunde hat er sie sich erkauft, um in Frieden zu leben. Was unseren Vater betrifft, so bin ich auch etwas besorgt über seine politische Einstellung und kann sie keineswegs mit ihm teilen. Er weiß gar nicht, auf was er sich da einlässt. Ich bete

täglich darum, dass sich unsere Familie nicht zer-
streiten wird«, sagte Roberto.

Ich wusste in dem Moment, dass unsere Familie
politisch bereits schon geteilt war und es wahrscheinlich noch schlimmer kommen würde. Luca versuchte
die Stimmung aufzuheitern. »Leute, lasst uns feiern!
Es ist unser Hochzeitstag und ich möchte kein Trüb-
sal blasen, Krieg hin oder her! Was haltet ihr davon,
wenn ich euch mein Lieblingsspielzeug zeige?«

Carina verdrehte die Augen.

»Ach, komm schon, *amore*, jetzt, da Enzo hier ist
und auch du, Roberto, ihr habt ja meine Jagdma-
schine noch nie gesehen!«

Wir fuhren in einem Militärlaster, den Luca aus-
schließlich für seinen Hochzeitstag besorgt hatte,
zum Militärflughafen Ciampino außerhalb der Stadt.

Operation »Husky« –
von Algier nach Sizilien

Die Sonne brannte gnadenlos auf die weißgetünchten Häuser der Stadt. Wie Blei legte sich die unerträgliche Hitze auf die Soldaten, die sich auf den wenigen schattigen Plätzen zusammenfanden. Jeeps sausten zwischen ratternden Pferdekarren, klapprigen Fahrrädern und quietschenden Schubkarren hindurch über die Straßen. Amerikaner, Engländer, Neuseeländer, Gurkhas, Singhalesen, es war ein Durcheinander von Armeeleuten, die durch die schmalen Gassen schlenderten, im Souk nach Souvenirs suchten oder gelangweilt in den Cafés unten an der Hafenmole lagen und das geschäftige Treiben im Hafen beobachteten, wo Tanker, Transporter, Minenzerstörer, Landungsboote, Frachter und Fregatten vor Anker lagen. Eines davon stach besonders ins Auge: die U.S.S. Monrovia, das größte Kampfschiff und Flaggschiff, das von Vizeadmiral Hewitt befehligt wurde.

Pete schwitzte in seiner Armeeuniform, obwohl er glücklicherweise die leichtere Ausführung tragen durfte, die aus einer hellen Khakihose mit Sommerhemd bestand. Zu bedauern waren die Artilleristen, die die vollständige Kampfuniform tragen mussten, so war es Vorschrift, ein Befehl des Generalkommandanten Patton. Wer sich nicht daran hielt, wurde mit einer Geldbuße von 25 Dollar bestraft. Viele wagten trotzdem, sich zu entblößen, das Uniformoberteil in greifbare Nähe unter den Gurt gesteckt, um sich dieses, im Notfall, schnell überzuziehen.

Pete beobachtete müde das Treiben im Hafen, wo ununterbrochen Material auf die Schiffe verladen wurde. Die Vorbereitungen zur Landung in Sizilien liefen auf Hochtouren. Doch die Vorkommnisse der vergangenen Wochen ließen ihm keine Ruhe.

Die Verabschiedung zu Hause, die Instruktionen, die er von Vince erhielt und die er streng geheim halten sollte, und das besorgte Gesicht seiner Mutter konnte er nicht aus seinen Gedanken verbannen. Die Überfahrt nach Algier war reibungslos verlaufen, nur einmal machten sie feindliche Flugzeuge aus, die jedoch keinen Angriff wagten. Petes anfängliche Euphorie wurde abrupt gedämpft, als er erfuhr, dass die Mannschaft in letzter Minute ersetzt werden solle. Die Soldaten, die über Wochen mit ihm in Chesapeak trainiert hatten, wurden kurzfristig in den Pazifik geschickt. Pete realisierte sofort, dass die Ersatzleute nicht für die Armeelandungsfahrzeuge ausgebildet waren. Diese »Zivilisten«, als die er sie wahrnahm, wussten nicht wirklich, welche Rolle sie in diesem Krieg spielen würden. Viele bekundeten ihre Kampfbereitschaft, doch nach ein paar Tagen sickerten immer häufiger Anmerkungen durch wie: »Das ist doch beschissen, in diesen Krieg zu ziehen«, »Lasst uns diesen Krieg gewinnen, so dass wir schnell wieder nach Hause kommen, nach Hause ...« Das Marinepersonal und die Soldaten tappten im Dunkeln, was den genauen Landungsplan betraf. Jegliche Hinweise mussten strengstens geheim gehalten werden.

»Der Erfolg dieser Landung liegt im Überraschungs-effekt! Ihr seid angehalten, keine Informationen darüber, wann ihr wo seid und was ihr tut, weiterzugeben. In euren Briefen nach Hause stehen belanglose Geschichten. Das sind ganz klare Regeln, an die ihr euch strengstens halten müsst!«, wurde befohlen.

Offiziere hielten Vorträge über Sizilien und erklärten, dass die Insel über die Jahrhunderte immer wieder erfolgreich erobert worden war. Unter anderem wurde erwähnt, dass die Mordrate siebenmal höher sei als im restlichen Italien. Jeder erhielt den »Sizilien-Ratgeber für Soldaten«, in dem von Hitze, Schmutz und Krankheiten berichtet wurde.

»Was für ein Höllenloch! Wie kann man da nur leben?«, rief einer angewidert.

»Ach, lass dich doch nicht von etwas Schmutz abschrecken, schau dir die letzte Seite an. Da gibt es etwas Italienisch zu lernen. Vielleicht kann dir das noch nützlich werden.«

»Hey, Pete, du kannst uns da doch behilflich sein. Sag mal, wie soll ich denn eine junge Dame ansprechen, so am Abend, du weißt schon.«

Pete schmunzelte. »Ganz einfach! *Buona sera, Signorina.*«

Und alle stimmten laut ein: »*Due cento Lira!*«

Pete überhörte nicht, wie ein Soldat aus Kentucky selbstsicher behauptete: »Leute, die Italiener sind mit drei Dingen leicht zu begnügen: Kaffee, Zigaretten und Frauen!«

»Damit wäre ich auch schon zufrieden, was braucht man mehr?«

»Wo steckt dein Kampfgeist, Jack?«

»In meiner Unterhose!«

Die Stimmung an Bord war ausgelassen. Man war ja erst mal nach Algier unterwegs, doch je näher die nordafrikanische Küste rückte, umso stiller wurde es unter den Soldaten. Es war allen klar, dass Algier nur eine Zwischenstation vor dem Kampf sein würde. Pete fragte sich, was wohl durch die Köpfe der Soldaten ging. Was dachten sie, was sie erwarten würde?

Kurz vor der Ankunft wurde General Patton zitiert: »Wenn wir landen, werden wir deutsche und italienische Soldaten treffen. Es ist uns eine Ehre und ein Privileg, sie anzugreifen und zu vernichten! Der Ruhm der amerikanischen Waffen, die Ehre unserer Heimat, die Zukunft der ganzen Welt liegt in der Hand jedes Einzelnen. Seid versichert, dass ihr dieses großen Vertrauens würdig seid! Gott ist mit uns. Wir werden gewinnen!«

Die restliche Zeit vertrieben sie sich mit Faulenzen in den Rettungsbooten an Deck und tranken den Brandy, der ihnen gegen Seekrankheit gereicht wurde.

Ein Schuss riss Pete abrupt aus seinen Tagträumen. Von einem der Frachtschiffe wurden Salute abgefeuert.

Es ist wohl ein Probelauf, dachte er. Er schaute auf die Uhr. Wo blieb Joe denn nur? Pete konnte es noch immer nicht fassen, dass ihn sein Bruder Vince beauftragt hatte, sich Joe Gambino anzuschließen. Joe führe die Aktion an. Er habe die nötigen Kontakte in

Sizilien und, obwohl er nicht ein Freund der Familie war, so sei der Auftrag von höchster Wichtigkeit für die Beziehungen mit den Gambinos, abgesehen davon könne er, Pete, einen Beitrag zur Bekämpfung des Faschismus aktiv leisten, etwas, das er ja freiwillig wollte. Sein Einsatz und seine Mitarbeit würde den Dorigos Respekt und hohes Ansehen in der New Yorker Gesellschaft bescheren. Seit seiner Abreise aus New York fragte sich Pete ernsthaft, ob sein Bruder Vince nun auch in Mafiageschäfte verwickelt sei oder ob es sich bei dieser Aktion mit Joe Gambino tatsächlich nur um eine strategisch militärische Operation handelte. Da erkannte er seinen Komplizen auf einmal in der Mitte der Menschenmassen.

»Joe!«, rief er ihm entgegen. Er winkte und drängte sich zum kleinen Kaffeehaus durch. »Da bist du ja endlich, Joe!« Pete gab ihm einen freundschaftlichen Handschlag.

»Entschuldige, ich musste noch beim Korporal versprechen.«

Sein Komplize, wie er ihn nannte, strahlte ihn aufmunternd an. »Komm, lass uns gehen. Sie erwarten uns um halb fünf im Hotel St. Georges. Die halbe Stadt ist Teil des Hauptquartiers der alliierten Streitkräfte, mittlerweile sind es 400 Gebäude, darunter Hotels, Schulen, Villen, in denen die Allied Forces Headquarters stationiert sind. Stell dir vor, bis 12.000 Leute arbeiten für die AFHQ.«

»Unglaublich! Kein Wunder, dass die Stadt zum Bersten voll ist.«

»Die Kommunikation soll wohl über sieben Unterseekabel laufen«, erklärte Joe.

Das Hotel St. Georges lag hoch über der Bucht. Palmengärten säumten den weißgetünchten, im Kolonialstil erbauten Palast, Balkone und Balustraden zierten die imposante Fassade, die mit Mimosen verziert war. General Dwight D. Eisenhower logierte hier in einer Suite.

»Etwas komfortabler als unsere Unterkunft«, bemerkte Pete sarkastisch.

Ein Offizier fragte nach ihrer Identität.

»Pete Dorigo und Joe Gambino.«

»Oberst Smith erwartet euch.« Er führte sie in einen Saal, wo sich bereits viele Militärs eingefunden hatten. Im vorderen Teil des Saals erhob sich ein Podest. Es wurde allmählich still im Saal, als ein Offizier zum Rednerpult trat. Eine Mittelmeerkarte wurde an die Wand projiziert mit der Überschrift: »Husky – die Landungen in Sizilien«.

Pete schaute sich im Saal um. »Ich dachte, wir treffen Oberst Smith persönlich«, flüsterte er.

»Erst müssen wir uns diese Einführung anhören, danach werden wir zu ihm zitiert.« Joe schaute ihn selbstsicher an. Er war schon seit einem Monat hier und kannte sich aus. Pete musste sich ihm einfach nur anschließen, aber es nervte ihn. Er wollte nicht von Joe dominiert werden. Sein Bruder Vince hatte Pete jedoch klar und deutlich gesagt, Joe nie zu widersprechen. Es ging um ein Abkommen, das eingehalten werden musste. Es war nicht das, was Pete sich vorgestellt hatte. Aber, wie auch in anderen Situationen, hatte sein älterer Bruder ihn am Ende doch überredet. Es war schon immer so gewesen. Sein Bruder Vince setzte seinen Willen durch. Genau so war es in New York gewesen. Trotz der Einwände des Vaters hatte Vince erst kürzlich einen Nachtclub übernommen. Er behauptete, es sei ein gutes Geschäft mit einem hohen Einkommen. Pete hatte dem Disput zwischen Vince und seinem Vater gelauscht. Der Vater fragte Vince direkt, was da so alles abgehe im Nachtclub.

»Ach, Papa, was eben so in einem Nachtclub läuft. Getränke werden ausgegeben, Musik spielt und die Leute vergnügen sich auf der Tanzfläche.« In Vinces Stimme war wie dabei üblich ein abschätziger Ton zu hören.

»So, nun will ich aber ganz konkret wissen, wer sich denn sonst noch so aufhält in deinem Nachtclub. Welche Sorte Damen ist dort zu finden?« Bevor Vince antworten konnte, schrie der Vater: »Wenn du Prostituierte in deinen Nachtclub aufnimmst, dann ist es aus mit uns, mit dir und mir! Dann kannst du gleich gehen und dich nie wieder in unserer Familie blicken lassen! Haben wir uns verstanden?«

Pete hielt sich aus allem heraus. Die Familiengeschäfte interessierten ihn nicht, er wollte in Princeton Physik studieren. Aber außer seine Mutter Alice konnte ihn niemand verstehen. »Ein Physiker willst du werden? In einem Labor an irgendetwas tüfteln?« Er holte sich nur abschätzige Bemerkungen ein. Man nahm in nicht ernst. Es war ihm zuwider, dass er unter dem Einfluss seines älteren Bruders stand und sich ihm fügen musste.

Wenn wir in Sizilien sind, werde ich meinen eigenen Weg gehen, schwor er sich, während er weiter den Instruktionen zu der geplanten Landung in Sizilien zu hörte.

»Die Marineoperation wird nachts am 10. Juli von zwei Armeen ausgeführt. Sie werden an der südöstlichen Küste Siziliens landen. Mehr als 3000 Schiffe werden sich im Mittelmeer zusammenfinden, das wird die bisher gigantischste Flotte der Weltgeschichte sein. Die Hälfte davon werden unter amerikanischem Kommando von Generalleutnant George S. Patton aus sechs Häfen in Algerien und Tunesien auslaufen. Die andere Hälfte, die Briten, treffen unter dem Kommando von General Sir Bernard Montgomery aus Libyen und Ägypten ein. Eine kanadische Division wird direkt aus Großbritannien anfahren. Die 7. Armee unter Generalleutnant Patton wird in den Golf von Gela einfallen. Wir haben neun neue Ausführungen von Landungsbooten und fünf neue Typen von Landungsschiffen an Bord. Darunter befindet sich die LST, ein Boot, das gleichzeitig an Land als Panzer eingesetzt wird. Diese gewaltige Expedition wird sich mitten auf See, in der Nähe von Malta, am 9. Juli treffen. Als Erstes wird die kleine Insel Pantelleria, das italienische Gibraltar, eingenommen. Sie befindet sich 60 Meilen südwestlich von Sizilien. Strategisch optimal gelegen und mit einem Hangar ausgestattet, bietet Pantelleria ein ausgezeichnetes Flugfeld. Von den britischen Luftstützpunkten auf Malta aus, 60 Meilen südlich von Sizilien, werden weitere Luftkämpfe geführt. Husky wird somit zu einer kombinierten Luft- und Seelandung. Dazu werden in der Operation Ladbroke nahe Syrakus Luftlandetruppen von Segelflugzeugen aus abgesetzt. Zwei Lastensegler werden hierbei eingesetzt, einmal die amerikanische Waco Hadrian, die mit Materialladungen ausgerüstet wird, und die britische Airspeed Horsa, die Truppen transportieren wird. Die in der Operation Mincemeat durchgeführten Täuschungsmanöver wurden positiv aufgenommen. Trotzdem müssen wir, auch wenn die Achsenmächte dadurch im Augenblick einen Angriff aus Sardinien erwarten, äußerst vorsichtig sein. Geheimhaltung hat höchste Priorität. Der Erfolg der Operation Husky liegt im Überraschungseffekt!«

Nach dem Vortrag warteten Pete und Joe im Korridor auf Oberst Smith.

»Was war die Operation Mincemeat?«, flüsterte Pete.

»Ach, das war ein Täuschungsmanöver, das die Briten inszeniert haben«, erklärte Joe. »Es war Churchills Idee. Ein britisches U-Boot ließ einen Leichnam, der in britischer Major-Marineuniform gekleidet war, an die Südküste Spaniens treiben. Er hatte eine Brieftasche umgehängt, die gefälschte Dokumente enthielt. Die Spanier übergaben den Fund umgehend dem deutschen Geheimdienst, die den Schwindel dann tatsächlich fraßen und den Mann als einen Major, der nach einem Flugzeugabsturz ertrunken war, identifizierten. Die Dokumente nahmen sie als Beweis dafür, dass der Hauptangriff der Alliierten über Sardinien und Griechenland gehen würde.«

Pete schmunzelte. »Eine intelligente Story!«

Oberst Smith begrüßte sie mit kräftigem Händedruck. Seine stahlblauen Augen musterten die beiden für einen kurzen Augenblick. Er machte einen angespannten Eindruck. »Kommen Sie!« Er führte sie in ein kleines Büro und wies ihnen einen Stuhl zu.

»Sie verstehen, dass diese Besprechung unter höchstem Stillschweigen steht.« Seine große, schlanke Statur hatte etwas Erhabenes. Smith drehte sich abrupt um und verriegelte die Tür. Trotz dieser Geste fühlte sich Pete keineswegs bedroht, im Gegenteil, dieser Oberstleutnant verbreitete mit seiner militärischen Korrektheit eine freundliche Atmosphäre. Joe saß ungeduldig auf dem Stuhl und blickte Smith auffordernd an.

»Nun, ihr habt ja eben die Informationen zur Operation Husky mitbekommen. Wir werden euch vorausschicken, darüber seid ihr ja wohl informiert worden. Ich bin beauftragt, in der alliierten Militärregierung des Besatzungsgebietes mit Generalmajor Baron Rennell of Rod in Sizilien nach der Landung sechs Monate lang zusammenzuarbeiten. Das Allied Military Government for Occupied Territories, kurz AMGOT, wird Sizilien nach der Landung regieren. Damit uns das auch ohne Probleme gelingt, werdet ihr uns dabei unterstützen und im Vorfeld Kontakte aufnehmen. Ihr sprecht den Dialekt der Einwohner, wurde mir gesagt.« Er schaute sie fragend an.

Joe räusperte sich gelassen. »Ja, natürlich. Petes Bruder Vince ist bereits in Sizilien, er wurde beauftragt, neben geheimen Überwachungen auch den Kontakt mit zweckdienlichen Personen aufzunehmen.«

»Wir brauchen Hinweise zu Stränden, Buchten, aber auch Bergpässen. Skizzen und Straßenkarten wären sehr hilfreich. Zusätzlich benötigen wir Informationen über Truppenbewegungen und die Stationierung von Einheiten«, erklärte Smith.

»Ja, ich bin darüber im Bild«, unterbrach ihn Joe.

»Informationen über den Betrieb der Häfen und die Befehlsketten gehören auch dazu. Die US-Marine übernimmt die Kontrolle über die Besorgung der Lebensmittel für die Italiener, dabei wird Ihnen der sizilianische Leutnant Titolo behilflich sein. Haben Sie noch Fragen?«

Joe rückte näher und legte seine Arme lässig verschränkt auf den Tisch. »Wir sitzen nun schon seit zwei Wochen hier fest. Wann kann es losgehen?« Seine Ungeduld war offensichtlich.

»Übermorgen fliegen Sie nach Licata. Dort werden Sie weitere Instruktionen erhalten. Den ersten Auftrag werden Sie gleich in Licata durchführen und mir umgehend kabeln, wie es gelaufen ist. Dabei sind Sie an die höchste Schweigepflicht gegenüber militärischen sowie zivilen Personen gebunden.« Er holte eine Landkarte aus der Schublade und breitete sie auf dem Tisch aus. Joe beteuerte, dass die Gambino-Familie eine der mächtigsten Familien in Sizilien sei und somit beste Voraussetzungen bestünden, dass sie mit der AMGOT kooperieren würde.

»Es ist wohl klar, Pete, dass wir uns ab jetzt nur noch auf Sizilianisch unterhalten, eh?«, flüsterte Joe ihm ins Ohr.

»*Chiaru!*«, erwiderte Pete trocken.

Auf ihrem Flug von Algier nach Licata hatte sich Joes Verhalten abrupt geändert. Er war jetzt hochmütig und herablassend. Pete hatte solche Anwandlungen bei ihm schon in New York erlebt, im Nachtclub. Von oben herab hatte er dort auch seine Angestellten behandelt, vor allem aber die Frauen. Er erklärte Pete, dass er alle Register ziehen würde, wenn sie in Sizilien seien. Was auch immer Joe damit meinte, er war skrupellos. Pete fühlte sich mehr und mehr machtlos und eingesogen in dieses Spinnengewebe von Rache und Sabotage.

Vom Militärflughafen in Licata fuhren sie in einem offenen Jeep zum Hafen. Dort erwartete sie Tino Titolo. Er war von kleiner, behäbiger Statur. Ein perfekt geschwungener schwarzer Schnurrbart zierte sein rundes Gesicht. Aufrecht, als wollte er seiner Erscheinung Macht verleihen, stand er ungeduldig hinter einem Lampenpfosten. In der rechten Hand hielt er ein weißes Taschentuch und tupfte sich damit die Schweißperlen von der Stirn. Seine linke Hand umklammerte den Elfenbeinknauf eines Gehstocks.

»Schau, Pete, Titolo macht auf sich aufmerksam.«

Pete suchte mit seinem Blick die Hafenpromenade ab, konnte ihn aber unter den vielen Männern nicht ausmachen.

»Das weiße Taschentuch ist sein Kennzeichen.«

Als Titolo sie erblickte, hob er leicht den ockerfarbenen Hut. »Ihr seid die zwei Jungs, auf die ich warte. Kommt!«

Auf der anderen Straßenseite stand eine schwarze

Bugatti-Limousine bereit. Sie setzten sich auf den Rücksitz, der Fahrer fuhr sie stumm durchs Hafenviertel und dann über eine Landstraße. Wenig später hielten sie vor einer herrschaftlichen Villa.

»Ihr braucht anständige Kleider. Nach dem Essen macht ihr euch auf den Weg. Mein Fahrer wird euch zu einigen Gutshöfen bringen, denn für die Aktion brauchen wir die Hilfe der Bauern.«

Zwei Stunden später befanden sich Joe und Pete in schwarze Anzüge sowie Hut und spitze Lederschuhe gekleidet in der Limousine. Der Fahrer schien genau Bescheid zu wissen. Er fuhr sie zu mehreren Gutshöfen, wo sich immer das gleiche Szenario abspielte: Sobald der Bugatti in die Einfahrt fuhr, wurde das Familienoberhaupt gerufen. Joe musste ihn kurz begrüßen, das kleine Seidentuch mit dem Buchstaben B darauf zeigen und sofort lächelten die Männer. Joe überreichte dann einen Zettel, worauf die Adresse vom Hauptquartier des italienischen Marinekommandos stand. Das war alles. Meist wurden noch andere Männer herbeigerufen: »*Venite! Saluti di Giorgio Bonnano!*«

Alle bewunderten das Seidentuch, einige küssten es sogar, dann umarmten sie sich freudig, lachten und bedankten sich. Es war wie ein magischer Gegenstand. Pete kam das alles sehr eigentümlich vor.

»So funktioniert es hier, Pete«, scherzte Joe.

Kurz nach Einbruch der Nacht schlenderten sie in Grüppchen aufgeteilt den Strand entlang. Sie versteckten sich hinter den Hibiskussträuchern vor der

Ferienvilla, in der sich das Hauptquartier des italienischen Marinekommandos befand. Der Überfall
verlief kurz und effizient. Erst töteten die Gewehr-
schützen die deutschen Wachposten außerhalb des
Gebäudes, dann schlich Joe hinein und sprengte den
Tresor, in dem sich wertvolle Papiere befanden. Zurück in Titolos Villa, gingen sie die ergatterten Dokumente durch. Sie fanden Skizzen der deutschen und
italienischen Verteidigungslinien auf der Insel sowie
die Codebücher für den Funkverkehr.

»Und schaut euch das an! Hier sind Informationen
über die Streitkräfte der Achsenmächte im gesamten
Mittelmeerraum!«

Sie studierten die Karten, die die Minenfelder unter
der Meeresoberfläche und die sicheren Schifffahrts-
wege im Detail darlegten.

»Das ist ein großartiger Fund, Leute! Ich werde es
gleich Oberst Smith kabeln«, bekundete Titolo.

Flucht von Lampedusa

Wach auf, Enzo!« Marcellos laute Stimme riss mich aus meinem Mittagsschläfchen.

»Was ist denn los?« Ich setzte mich auf und horchte, ob vielleicht eine Bombe eingeschlagen hatte.

»Klaus, dein Freund, der etwas Italienisch spricht, kam eben von seiner Schicht aus der Telefonzentrale. Er sah ganz aufgewühlt aus, ich frage ihn, was los sei. Anscheinend konnten er und Werner ein feindliches Funkgespräch mit anhören.«

»Ein feindliches Funkgespräch?« Ich rieb mir die Augen.

»*Zitto!* Es war streng geheim!«, flüsterte Marcello verschwörerisch.

»Und, was haben sie erfahren?«, erkundigte ich mich.

»Der Afrikafeldzug ist gescheitert! Englische und amerikanische Einheiten haben jetzt in Afrika Fuß gefasst. Enzo, die sind um die Ecke, ein paar Kilometer von uns entfernt. Stell dir vor, wie schnell die hier sein können!«

Lautes Rufen und Kommandieren drang vom Albero Sole her.

Marcello lief zur Tür der Baracke. »Ich muss los, Enzo, komm mit! Ich glaube, es ist der Kommandant der Felino-Gruppe.«

Ich hastete mit Marcello aus der Baracke, außer Atem erreichten wir die Telefonzentrale, wo bereits etliche Soldaten in Stellung standen. Der Kommandant der Felino-Gruppe erklärte gerade, dass er vom Oberkommando den Befehl erhalten habe, alle aufs Festland zu versetzen.

Werner saß gedankenversunken vor der Baracke, neben ihm kauerte ebenso still und ernst Klaus. Ich ahnte, was sie bedrückte. Ruhig setzte ich mich zu ihnen, bot Zigaretten an und so saßen wir eine ganze Weile wortlos rauchend da. Irgendwann unterbrach Werner die Stille.

»Ziehst du nächste Woche mit den anderen ab?«

Ich schaute ihn fragend an. »Ich habe keinen Befehl erhalten.«

»Dann bleibst du am Ende doch noch mit uns hier!«, rief Klaus sarkastisch.

»Wie, ihr müsst hierbleiben?« Ich verstand die Welt nicht mehr. »Ich dachte, die ganze Kompanie verlässt die Insel?«

»Leider wurden wir dazu ernannt, den Radar in die Luft zu sprengen und uns dann so lange zu verstecken, bis die Gefahr vorbei ist.«

Ich konnte nicht glauben, was mir gerade gesagt wurde. Ein flaues Gefühl breitete sich in meiner Magengegend aus. Mir wurde angst und bange. Der Krieg wurde mehr und mehr zur Realität. Die Insel würde bombardiert werden. Die Gerüchte waren bestätigt worden, dass die Alliierten uns angreifen und gefangen nehmen würden.

Ich muss weg, schoss es mir durch den Kopf.

Der Gedanke trieb mich an. Die Zeit wurde knapp. Aber wie konnte ich die Insel verlassen? Ich war weder bei den Italienern noch bei den Deutschen eingeordnet, stellte ich deprimiert fest. Ich war ein verbannter Soldat, der eigentlich in Rom stationiert sein sollte. Scheiße! Was mache ich jetzt? Ich musste zurück nach Rom. Dort war ich ja ursprünglich eingesetzt worden und von dort erhielt ich die Befehle.

»Wie viele Tage wird es noch dauern, bis sie hier sind, was meint ihr?«, fragte ich ängstlich.

»Keine Ahnung, aber lange wohl nicht mehr«, meinte Klaus. »Nur schade, dass es jetzt ernst wird. Ich meine, irgendwie wussten wir ja, dass der Tag kommen wird, an dem wir verschwinden müssen, aber es war zu schön. Enzo, wir müssen in Kontakt bleiben. Wenn dieser verdammte Krieg vorbei ist, werden wir gemeinsam feiern!«

Wir tauschten unsere Adressen aus und überspielten unsere Furcht vor dem Ungewissen mit Zukunftsvisionen von Wiedersehen, Feiern, Trinken, Essen, einem guten Leben.

Über die deutsche Telefonleitung konnte ich meinen Vorgesetzten in Rom erreichen. Mir wurde mitgeteilt, dass ich die Insel ebenfalls verlassen solle. Ich wartete also auf den Marschbefehl, der jedoch weder per Post noch per Telegraf eintraf.

Es war bereits Mitte Mai. Die gesamte deutsche Mannschaft sowie die meisten Italiener der Felino-Gruppe waren schon abgezogen. Die Angst kroch wie ein Geschwür durch meinen Körper.

»Enzo, nun bleibst du also doch hier, mit mir und Klaus?«

»Davon weiß ich nichts, Werner, tut mir leid. Ich warte immer noch auf den Marschbefehl«, erklärte ich ihm.

»Da kannst du wohl warten, bis du schwarz wirst, Enzo! Die in Rom haben dich doch vollkommen vergessen. Hör zu, es darf keiner mehr die Insel verlassen. Das wurde soeben vom Inselkommandanten befohlen.«

»Werner, ich muss mit dem Inselkommandanten unten im Hafen sprechen. Kannst du mich runterfahren?«

Werner holte das Motorrad, ich sprang hinter ihm auf den Sitz und im Eiltempo brausten wir zum Hafen. Inselkommandant Bernini stand vor dem Haus des Marinekommandos und unterhielt sich mit zwei Soldaten.

»Signore, ich warte schon seit vierzehn Tagen auf meinen Marschbefehl. Mein Vorgesetzter in Rom versicherte mir, dass auch ich die Insel verlassen muss und mich in Rom zurückmelden soll. Können Sie mir bitte die Ausreise bewilligen?« Außer Atem schaute ich ihn flehend an.

»Enzo«, sagte er ruhig, »gerne bewillige ich es dir. Du fragst mich wirklich in der allerletzten Minute. Das letzte Boot wird heute Nacht auslaufen. Beeil dich und pack deine Sachen, so schnell du kannst.«

»Ich weiß nicht, wie ich Ihnen danken kann!«, rief ich voller Freude. Ich meinte, meine Stimme hätte sich dabei fast überschlagen.

Die wässrigen Augen des Kommandanten schauten mich väterlich an. »Du hast mir geholfen, Telefonate mit meiner Familie in Rom zu führen, so möchte auch ich mich dir gegenüber erkenntlich zeigen, als Gegenleistung, aber unter einer Bedingung: Ich werde dir einen Brief an meine Frau mitgeben und ich bitte dich, diesen ihr in Rom zu überbringen.«

Ein Stein fiel mir vom Herzen. Ich bedankte mich ausgiebig. Wir hetzten hoch zur Baracke, um meine Sachen zu packen. Werner machte es nichts aus, mich wieder runterzufahren.

»Für dich mache ich das gerne, Freund. Pass auf dich auf!«

»Halt die Ohren steif, Werner, und lass dich nicht von den Alliierten erwischen!«

Das letzte Boot zur Überfahrt nach Pantelleria und Sizilien füllte sich mit ein paar wenigen italienischen Soldaten, die wie ich eine Sonderbewilligung zur Ausfahrt hatten. Die meisten Passagiere waren Festlandbewohner, die zunächst zurück nach Sizilien gebracht wurden. Den Brief des Inselkommandanten steckte ich in die Innentasche meiner Jacke. Ich drängte mich durch die Menge und erspähte einen Platz ganz vorn am Bug. Meine Beine zitterten noch immer, als das Boot schon lange losgefahren war. Die Angst steckte tief in meinen Knochen. Obwohl wir in einem Flachboot saßen, das gegen Minen gewappnet sein sollte, war das keine Garantie. Wir wurden angehalten, still zu sein. Ganz langsam glitt das Boot durch die sanften Wellen. Der Kapitän stellte den Motor aus und wir trieben in der dunklen Stille dahin. Er sprach leise mit seinem Assistenten und wir fuhren langsam ein Stück weiter. Und wieder hielt er das Boot an. Alle blickten nervös ins schwarze Wasser.

»Hörst du das auch?«, flüsterte der junge Soldat neben mir.

Ich lauschte aufmerksam.

»Sergio, wir hören nichts. Du bildest dir diese Geräusche nur ein!«, erwiderte jemand genervt aus dem Dunkeln.

»*Zitto!*«, zischte ein Marineoffizier. »Das Echolot hat etwas wahrgenommen. Es könnte ein U-Boot sein.«

Wir saßen alle wie auf glühenden Kohlen. Der junge Soldat drückte sich an mich, als würde er Halt suchen, ich nahm wahr, wie seine Beine schlotterten. Ich legte meinen Arm um seine Schultern und hielt seine zitternde Hand. »Beruhige dich, es sind nur Vermutungen, wir schaffen das schon, alles wird gut«, flüsterte ich ihm zu, wobei ich wahrscheinlich nicht sehr überzeugend klang, denn auch mir saß die Angst im Nacken. Es war wirklich, als würden wir uns auf Eiern bewegen. Die tiefschwarze Nacht und das dunkle Nass legten sich wie ein schweres Tuch über uns und schienen uns zu erdrücken. Es schien eine Ewigkeit zu dauern, bis der Kapitän endlich wieder den Motor startete und wir weiterfahren konnten.

Wir waren mehrere Stunden unterwegs, als sich die Insel Pantelleria vor uns erhob. Alle schauten gebannt zum ersehnten Ufer hinüber. Das dumpfe Motorengeräusch hörte sich auf einmal lauter an. Fahren wir auf einmal schneller?, ging es mir durch den Kopf. Das leise Rattern mündete in ein Brummen, das immer lauter wurde. Die Unfähigkeit, die Geräusche in der Dunkelheit zu orten, versetzte uns alle in Panik.

»Die Bomber der Engländer sind da!«, flüsterte einer der Soldaten.

Wir duckten uns, als könnten wir uns so schützen, aber es war wohl eher ein innerer Reflex. Einige der Soldaten beteten leise.

In der Dunkelheit konnte ich den Hafen von Pantelleria bereits ausmachen. Wir fuhren jedoch nicht dorthin, sondern zu einer kleinen Bucht auf der anderen Seite der Insel. Kaum steuerten wir diese an, da hörten wir sie wieder, die Bomber, aber diesmal wurde das Dröhnen so laut, dass es durch Mark und Bein ging. Innerhalb kürzester Zeit kamen sie näher und näher.

»Schnell!«, rief der Kapitän.

Wir legten am Ende der Bucht an und suchten unter einem kleinen Felsvorsprung Schutz. Kaum hatten alle das Boot verlassen, hörten wir den Aufprall, als wäre er gleich neben uns eingeschlagen. Immer wieder donnerten die Bomben auf die Insel nieder, Rauchsäulen stiegen zwischen sprühenden Funken und Flammen hoch. Ununterbrochen dröhnten die ohrenbetäubenden Explosionen von Booten und Flugzeugen aus dem Hangar. Aus unserem Unterschlupf in der Bucht konnten wir das Ausmaß der Bombardierungen nur erahnen. Wir klammerten uns aneinander, dankbar, dass wir gerade zur rechten Zeit am rechten Ort mit unserem Boot angelegt hatten.

Der Bombenhagel dauerte die ganze Nacht. Wir blieben auch den kommenden Tag noch in unserem Versteck und erst bei Einbruch der Nacht wagten wir die Weiterfahrt nach Sizilien.

Im Hafen von Porto Empedocle rief ich gleich meine Tante Maria an.

»Luca wird dich mit dem Wagen abholen!«, rief sie begeistert.

Ich atmete auf.

»Eh, *cugino*, schön, dich heil zu sehen! Eben haben wir vom Bombenangriff auf Pantelleria gehört. Das muss ja ein Schrecken gewesen sein! Bin ich froh, dass du noch rechtzeitig weggekommen bist.« Luca umarmte mich herzlich.

»Du sagst es, Luca, mir liegt die Angst immer noch in den Knochen. Bist du auf Urlaub?«

»Ja, noch zwei Tage. Dann muss ich zurück nach Rom.«

»Ich muss auch nach Rom zurück.«

»Vielleicht kann ich einen Flug für dich organisieren, als Pilot habe ich da meine Beziehungen und kann dir eine Bewilligung zur Mitfahrt einholen. Übrigens, unsere Cousins aus Amerika sind da.«

»Vince und Pete? Wie haben die es denn angestellt, in Kriegszeiten nach Sizilien zu fahren?« Ich konnte mir keinen Reim darauf machen.

»Unter vier Augen gesagt, sie wurden in geheimer Mission nach Sizilien gebracht. Pete erzählte, dass er von Algier nach Sizilien gekommen sei. Er sei vom amerikanischen Geheimdienst geschickt worden und wir dürften darüber nichts durchsickern lassen. Mehr weiß ich auch nicht«, erzählte Luca.

»Bringen sie denn damit nicht unsere Familie in Gefahr?«

»Sie haben wohl so ihre Beziehungen zu gewissen Einheimischen. Bestimmt ist es ein gefährliches Unternehmen, andererseits geben sie sich als Sizilianer aus und fallen dadurch weniger auf.«

»Und was meinen deine Eltern und unsere Großeltern dazu?« Ich konnte mir nicht vorstellen, dass mein Onkel Toni begeistert davon war.

»Die Stimmung ist sehr angespannt. Mein Großvater ist verständlicherweise skeptisch den beiden gegenüber. Pete ist umgänglich und freundlich, aber Vince ist sehr zurückhaltend, wobei ich ihn als Draufgänger einschätze. Mein Vater will sie unter keinen Umständen im Haus haben. Letztendlich ist unsere Nonna die gute Seele, die alle irgendwo unterbringt. Für sie gehören die beiden zur Familie und ich denke, dadurch, dass mein Vater sich neutral verhält, macht es die Situation einfacher.«

»Was genau machen die beiden hier?«

»Das fragen wir uns auch! Ganz unter uns, ich denke, sie arbeiten nicht nur für den amerikanischen Geheimdienst. Du weißt schon, das Wort Mafia darf man ja nicht laut sagen, ich nehme an, dass sie Verbindungen aufnehmen, vielleicht auch zu militärischen Zwecken. Sie sind die meiste Zeit unterwegs. Nonna hat sie heute Abend zum Essen eingeladen.«

»Es ist ja klar, dass es nicht mehr lange dauern wird, bis die Alliierten einmarschieren. Das wurde mir gestern bewusst. Auf Lampedusa haben wir immer wieder feindliche Flugzeuge über dem Flugraum Malta ausmachen können und auch mal welche abgeschossen, aber den Bombenangriff auf Pantelleria, den ich vergangene Nacht erlebt hatte, war ein Augenöffner. Wenn sie kommen, dann kracht es und alles wird in Schutt und Asche gelegt«, seufzte ich.

Für einen Augenblick hingen wir beide still unseren Gedanken nach.

»Ich mag nicht daran denken. Pete und Vince sind trotz allem unsere Cousins. Ich kann und will sie nicht als Feinde wahrnehmen. Aber sag mal, Luca, du wirst ja hoffentlich nicht im Nahkampf eingesetzt, oder?«, fragte ich besorgt.

»Ich hoffe, dass es nicht dazu kommt. Weißt du, die Fliegerei ist für mich wie eine Sucht. Ich liebe einfach das Gefühl der Freiheit in der Luft, wie wir alle, aber kämpfen will keiner. Ich kriege schon Schiss, wenn ich nur daran denke. Mein jugendlicher Ehrgeiz hatte das noch nicht wahrhaben wollen. Die Konsequenzen einer Fliegerausbildung bei der Regia Aeronautica hatte ich nie ins Auge gefasst, im Übermut dachte ich nur ans Fliegen, an die schnellen Macchi-Maschinen. Die Aufklärungsflüge waren ja auch meist ungefährlich und zum Glück wurde ich nicht nach Afrika geschickt.«

Die Straße führte entlang der schroffen Felsenküste. Das türkisblaue Wasser hob sich malerisch von den weißen Sandstränden in den Buchten ab. Bunte Fischerboote schaukelten in den Häfen verschlafener Dörfer.

Was würde ich dafür geben, wenn alles, was in den letzten Tagen geschehen ist, nur ein Traum war, dachte ich.

Nun verließen wir die Küste und fuhren in die Hügel hinauf. Weinberge erhoben sich auf beiden Seiten, so weit das Auge reichte.

»Der Marsalawein unseres Großvaters!«, rief Luca stolz.

»Ach, jetzt erinnere ich mich daran, dass ich meinem Vorgesetzten in Rom eine Flasche mitbringen muss«, bemerkte ich und gleichzeitig fühlte ich einen Stich im Herzen.

Die Nonna saß auf der Bank unter der Laube und winkte uns zu. Mühsam stützte sie sich auf ihren Stock und schlurfte zum Auto. »Enzo, *amore mio*, bin ich froh, dass du es geschafft hast! Eben haben wir die Nachrichten gehört.« Sie küsste mich liebevoll.

Im Türrahmen stand ein schmächtiger junger Mann. Ich erkannte ihn sofort, seine Gesichtszüge hatten sich kaum verändert, wobei die runde Brille ihm etwas Intellektuelles verlieh.

»*Ciao cugino!*« Er umarmte mich freundschaftlich. »Erzähl uns von deinem Einsatz auf Lampedusa!«

Pete setzte sich neben mich an den Tisch. Bei einer üppigen Mahlzeit musste ich über alles berichten, was ich erlebt hatte. »Es war wirklich ein Glück, dass ich es noch auf das letzte Boot geschafft habe. Das Problem war, dass ich weder zu den italienischen noch zu den deutschen Einheiten gehörte. Ich wurde ja als Einzelperson auf die Insel geschickt und die

Deppen in Rom kümmerten sich einen Dreck um mich.«

»Willst du wieder nach Rom, um dich zu melden?«, fragte Pete verständnislos.

»Ob ich das will? Nicht wirklich, aber es ist Befehl. Da komme ich nicht drum herum.«

Luca mischte sich nun ein: »Rom ist im Moment sicherer als Sizilien.«

Vince trat in den Garten und kam auf uns zu. »Hallo Enzo!« Er setzte sich mir gegenüber. »Da sind wir ja alle versammelt«, grinste er. Als ich ihn fragte, was seine und Petes Aufgabe hier in Sizilien sei, meinte er nur kurz, dass sie Lebensmitteltransporte organisierten.

Irgendwie kamen wir auf meine Rekrutenausbildung zu sprechen und ich erzählte, dass mir mein Personalausweis entzogen wurde.

»Hör mal, es ist wichtig, dass du dich ausweisen kannst. Man weiß nie, was noch geschehen wird«, meinte Pete besorgt.

»Ich kann dir helfen«, erwiderte Vince kurz. »Lass uns morgen nach Palermo fahren. Ich kenne jemanden, auf dem Gemeindeamt, der das erledigen kann.«

Am nächsten Morgen fuhren wir über holprige Landstraßen durchs Innere der Insel nach Palermo. An den kargen Hügeln wuchsen wilde Feigenbäume und Kakteen. Dazwischen erhoben sich abwechselnd Haine mit Oliven-, Orangen- und Zitronenbäumen sowie kleine Weinberge. Ab und zu überholten wir

Bauern, die mit ihren Eselskarren unterwegs waren. Die Dörfer schienen wie ausgestorben, außer ein paar alten Frauen, die auf Holzbänken vor ihren verfallenen Häusern saßen, war niemand zu sehen. Die Hauswände waren mit Parolen wie *Noi sognamo l'Italia Romana* oder *Credere, Obbedire, Combattere* beschmiert.

»Wir müssen uns mit Umwegen auf Schotterstraßen begnügen, die Hauptstraßen werden nun vermehrt kontrolliert. Ich will kein Risiko eingehen«, erklärte Vince. »Ich bin in geheimer Mission hier und darf nicht auffallen. Falls wir trotzdem angehalten und ausgefragt werden, haben wir im schlimmsten Fall unsere Abwehr auf dem Hintersitz.«

Er befahl mir, das Tuch zu heben, und ich erblickte zwei größere Revolver.

»Ich nehme an, du hast das Schießen in deiner Armeeausbildung gelernt«, schmunzelte er.

Ich fand es überhaupt nicht witzig, im Gegenteil, ich fühlte mich je länger ich mit ihnen zusammen war, desto unwohler und Vince verunsicherte mich mit seiner Geheimniskrämerei.

»Ich habe das Schießen in der Bronx gelernt«, erzählte er, als würde er übers Wetter sprechen. Ich musste ihn wohl ungläubig angestarrt haben, denn er sprach weiter. »Ach Junge, man merkt, dass du kein Sizilianer bist! Es gibt gewisse Gesetze, die hier gelten, vielleicht anderswo nicht, aber so läuft es hier. Bestimmten Leuten gegenüber muss man klar und deutlich zeigen, wer das Sagen hat. Der Bekannte, den wir treffen, ist einflussreich und die Leute achten ihn, denn er beschützt und hilft denjenigen, die sich an die Gesetze halten. Und dank ihm können wir dir einen Personalausweis besorgen.«

Ich saß wie auf Nadeln. Natürlich verstand ich, wovon er sprach, aber es war mir irgendwie unheimlich. Trotzdem versuchte ich, alles unter dem Deckmantel des Krieges zu sehen. Wer dieser Bekannte genau war, war mir in diesem Moment absolut egal. Hier wusch eine Hand die andere und ich war meinem amerikanischen Cousin einfach dankbar, dass er mir einen Ausweis besorgte. Daran, wie viele Menschen er vielleicht schon umgebracht hatte, versuchte ich nicht zu denken.

Luca musste am selben Morgen kurzfristig nach Rom zurück. Ich hätte gerne noch mehr Zeit mit ihm verbracht, aber wir vereinbarten, uns dort wiederzutreffen. Nachdem mir ein Personalausweis ausgestellt worden war, verabschiedete ich mich von Vince. Ich war froh, im Besitz eines solchen Dokuments zu sein, zumal dieser mir einen Wohnsitz in Italien bestätigte.

Der letzte Zug von Palermo nach Reggio di Calabria war schon weg und der nächste fuhr erst am folgenden Tag. Ich wollte nicht so lange warten und machte mich auf zum Militärflughafen. Vor dem Flughafenbüro starrten mich von Weitem zwei deutsche Soldaten unglaubwürdig an.

»He, du da! Was willst du hier?«

Erst jetzt wurde mir bewusst, dass sie sich auf meine italienische Uniform bezogen. Ich schritt auf die beiden zu und stellte mich vor.

»Heil Hitler! Ich bin als Übersetzer in der Luftwaffe tätig und muss zurück nach Rom.« Ich zeigte ihnen meinen Dolmetscherausweis.

Die beiden begutachteten den Ausweis und musterten mich. Dann lachten beide wie aus einem Mund. »Du bist der erste Italiener, dem ich begegne, der perfekt Deutsch spricht! Klasse! Woher kommst du?«

Ich erzählte ihnen von der Schweiz und meinem Studium in Cottbus.

»Der Krieg hat uns allen einen Strich durch die Rechnung gemacht.« Sie führten mich ins Büro und machten mich mit dem Piloten Georg bekannt. Georg würde in zwei Stunden eine Ladung aufs Festland bringen.

»Schon mal in einer Ju 52 geflogen?«, grinste er.

Ich schüttelte den Kopf.

»Heute ist schönes Wetter. Da kannst du die Aussicht genießen! Wir benutzen den Flieger für Warentransporte. Die vergangenen zwei Wochen bin ich nichts als hin und her geflogen, von Reggio Calabria nach Palermo und zurück.«

»Dann bin ich der einzige Passagier?«

»Es hätten 15 Personen Platz, aber du hast den Flieger heute ganz für dich«, lachte er. »Meist bin ich alleine unterwegs. Ich freue mich, heute deine Gesellschaft zu haben.«

Während ich es mir auf dem Sitz gemütlich machte, kontrollierte Georg die Motoren. Nachdem alles gecheckt war, setzte er sich ins Cockpit neben mich. Die Propeller begannen sich zu drehen und wir holperten zum Rollfeld. Nun zog Georg kräftig an den Hebeln, die Maschinen heulten auf und kurz darauf hoben wir ab. Die Bucht vor Palermo lag jetzt unter uns. Der Hafen war übersät von Kriegsschiffen. Weiter draußen im Meer schaukelten bunte Fischerboote und leichter Dunst lag über dem Monte Pellegrino. Der Berg ragte wie ein Wahrzeichen über der Stadt empor. Aus dem Gemenge von rosaroten Dächern hob sich die Kathedrale, umrahmt von einem begrünten Innenhof, deutlich ab. Herrschaftliche Villen umstanden die Plätze und Gärten und unzählige Glockentürme von Kirchen säumten die Stadt. Im Zentrum war deutlich das Teatro Massimo Vittorio Emanuele zu erkennen.

»Und, gefällt dir der Ausblick? Das Teatro Massimo ist das größte Opernhaus Italiens, wer hätte das gedacht!«, rief er.

»Das wusste ich nicht. Es sieht tatsächlich sehr stattlich aus.«

Wir näherten uns dem Ende der Bucht von Palermo, dahinter erstreckte sich ein langer Sandstrand.

»Dort vorne liegt Cefalu«, erklärte Georg. »Wir werden jetzt das Inselinnere ansteuern und Kurs Richtung Taormina nehmen.«

Die flache Küstengegend wechselte in eine hügelige Landschaft. Zwischen bewaldeten Anhöhen lagen hier kleine Seen.

»Das ist der Parco dei Nebrodi!«

»Unglaublich!«, rief ich erstaunt. »Die Landschaft im Südwesten, wo meine Großeltern wohnen, ist auch hügelig, jedoch eher karg und nicht so bewaldet.«

»Ich kenne die Westküste überhaupt nicht«, meinte Georg. »Weiter als Palermo bin ich bis jetzt nicht gekommen. Die Gegend um den Ätna ist gebirgig und interessanterweise auch sehr grün. Schau, da vorne!«

Ich konnte jetzt in der Ferne den schneebedeckten Gipfel des Vulkanberges erkennen, der von leichtem Rauch umhüllt war.

»Der Vulkan ist immer noch aktiv. 1928 war der letzte Ausbruch.«

Wir hielten jetzt auf die Straße von Messina zu. Fähren zogen ihre Spur durch die Meerenge, zwischen großen Fracht- und Kriegsschiffen hindurch. Georg drosselte die Geschwindigkeit und steuerte die Junker über Reggio di Calabria, die südlichste Küstenstadt des Festlandes. Schaukelnd näherten wir uns dem Militärflughafen. Nach einer rumpeligen Landung lenkte er das Flugzeug vor ein großes Lagergebäude.

»Die nächste Ladung wartet schon«, sagte er. »Ich wünsche dir eine gute Weiterreise!«

Ich bedankte mich und beteuerte Georg, dass es für mich ein einmaliges Flugerlebnis gewesen sei.

Die Bombardierung von Rom, 1943

Va pensiero sull'ali dorate,
va ti posa sui clivi sui colli,
Ove olezzano tepide e molli,
l'aure dolci del suolo natal!

Flieg, Gedanke, getragen von Sehnsucht,
Lass dich nieder in jenen Gefilden
Wo in Freiheit wir glücklich einst lebten,
Wo die Heimat unserer Seele ist.
Aus »Nabucco« von Giuseppe Verdi

Nina zog den Vorhang leicht zur Seite und schaute besorgt aus dem Fenster ihres Palazzos. Ein Wagen fuhr langsam vorbei. Sonst war alles still. Sie verharrte hinter dem leicht geöffneten Vorhang, bis sie endlich drei Schatten auf der gegenüberliegenden Straßenseite entdeckte. Sie wartete ab. Nichts passierte. Die drei Gestalten standen eng beieinander in einem Hauseingang. Warum blieben sie dort stehen? Irgendetwas stimmte nicht. Nina wurde nervös, aber sie wusste, dass sie sich absolut ruhig verhalten musste. Da, jetzt hörte sie ein Geräusch! Das Klicken kam näher und es klang wie das rhythmische Schlagen der Absätze von Militärschuhen. Es waren zwei Militärs, eindeutig Deutsche, das spürte sie, obwohl sie die Uniformen nicht ausmachen konnte. Es war die Art, wie sie über das Kopfsteinpflaster marschierten, im Takt, klick, klack.
Die Schritte verstummten. Jetzt läutete die Haus-

glocke. Nina spürte, wie sich ihre Kehle zusammenschnürte. Sie gab sich einen Ruck und betrachtete kurz ihr Spiegelbild. Ihr schwarzes, gewelltes Haar fiel ihr leicht über die Schultern. Zwei goldene Haarspangen zierten die Seiten. Das schwarze Wollkleid, das sie trug, betonte ihre schlanke Taille. Sie atmete tief durch und verließ erhobenen Hauptes ihr Zimmer. Als sie die Tür öffnete, hörte sie Stimmen aus der Eingangshalle. Sie blieb hinter der Balustrade stehen und lauschte der Stimme ihres Hausmädchens.

»Warten Sie einen Augenblick, bitte!« Aufgeregt rannte das Mädchen die Treppe hoch. Dann bemerkte sie Nina hinter der Säule. »Signora«, flüsterte sie hastig, »es stehen zwei deutsche Militärs am Eingang! Was wollen die zu dieser späten Stunde?« Ihre Stimme zitterte.

»Beruhige dich, Angela. Ich werde mich darum kümmern. Sei unbesorgt und leg dich schlafen.«

»Aber, Signora, die Männer werden Sie doch wohl nicht mitnehmen?«

»Nein, Angela, auf keinen Fall. Und du weißt, was zu tun ist!« Sie legte kurz ihre Hand auf Angelas Schultern und blickte sie ernst an.

»Ja, alles klar, Signora. Ich weiß, was zu tun ist.«

Nina ging ruhig die Treppe hinunter und begrüßte die Männer.

»Wir müssen Ihnen ein paar Fragen stellen«, sagte einer der Soldaten in forschem Ton. Er war leicht untersetzt und hatte ein rundes Gesicht, das dem eines Ferkels ähnelte.

»Bitte treten Sie ein«, erwiderte Nina freundlich

und musterte dabei kurz den anderen Mann. Er war Oberleutnant, groß und schlank. Seine tiefblauen Augen schauten sie freundlich an. »Sie sind die Principessa Nina Pallavicini?«

»Ja, das bin ich!«

Er reichte ihr die Hand, mit leichtem Kopfnicken stellte er sich vor. »Karl Hissing, und das ist Unteroffizier Weinstein.« Dieser nickte ihr nur zu.

»Sie leben alleine hier?«, fragte er geradeheraus.

»Mein Mann hat als *Capitano* in El-Alamein gedient und wurde dort in einem Luftgefecht getötet«, erklärte Nina trocken.

Das kleine Ferkel schaute die Treppe hoch, es versuchte wahrscheinlich auszumachen, wie viele Zimmer im oberen Stockwerk waren. Sein Vorgesetzter Hissing begutachtete interessiert die Gemälde und Büsten in der Eingangshalle. Dann wanderte sein Blick an den hohen Wänden entlang, die mit Gemälden von Velázques, Rubens und van Dyck gesäumt waren. Er stellte sich vor einen Botticelli und betrachtete gedankenversunken die Szene auf dem Bild.

Nina räusperte sich. »Tagsüber ist der Palazzo gefüllt mit Kindern. Wir haben hier eine Schule eingerichtet.« Sie öffnete die Tür zum Esssaal. In der Mitte des großen Raumes stand ein langer Tisch, auf dem Schulbücher, Schreibtafeln und Kreide ausgelegt waren. Über einem Pult hing eine Wandtafel und in der Ecke stapelten sich Farben, Pinsel und Papier. Bilder von Kindern zierten die Wände. Durch die offene Flügeltür konnte man den angrenzenden Salon ausmachen. Ein altes Klavier stand auf einem Podest.

»Im Salon singen wir mit den Kindern und geben ihnen Raum zum Tanzen und Spielen«, erklärte sie.

Unteroffizier Weinstein inspizierte den Raum und trat dann zu einer alten Truhe. Ungeniert öffnete er sie. Zu seinem Missmut fanden sich darin Kostüme und Kindermasken. »Ich werde den oberen Teil des Hauses untersuchen!«, rief er seinem Vorgesetzten zu.

»Bitte führen Sie uns dahin, *Signora*«, erwiderte Karl Hissing und ließ sie vorgehen.

Der Unteroffizier ging von Zimmer zu Zimmer, während der Oberleutnant in Ninas Bibliothek verweilte. Nina beobachtete ihn von der Seite. Er blieb am Flügel stehen und blätterte in den Noten. Seine zarten Hände ließ er verträumt über die Tasten gleiten. »Aida!«, rief er begeistert. »Singen Sie?«

»Nur selten.«

Langsam ging er den Bücherregalen entlang, zog ein Buch hervor und blätterte ganz selbstvergessen darin.

»Oberleutnant, ich habe nichts Verdächtiges entdeckt. Wir sollten aber noch den Keller inspizieren.« Das Ferkel stand an der Tür.

»Es genügt für heute, Weinstein!« Hissing stellte das Buch ins Regal. Nina ließ die beiden im Raum stehen und begab sich nach unten.

»Warum so eilig, Oberleutnant? Jetzt, da wir schon hier sind?«, flüsterte Weinstein. »Dieser Palazzo hat Potenzial!«

Hissing winkte ab. »Wir müssen diplomatisch vorgehen. Vergessen Sie nicht, die Principessa Pallavicini gehört zur römischen Aristokratie. Schreiben Sie ein kurzes Protokoll über die Anzahl der Zimmer und deren Nutzung als Schule.«

Sie verließen die Bibliothek und verabschiedeten sich.

Kaum war die Haustür ins Schloss gefallen, rannte Nina die Treppe hoch. Durch das kleine Fenster in der Bibliothek spähte sie nach den Männern. Sie gingen dieselbe Straße entlang, auf der sie gekommen waren. Obwohl es sehr dunkel war, konnte Nina erkennen, dass der Oberleutnant zu ihrem Zimmer hochblickte. Hatte er sie bemerkt? Sie wartete noch einen Augenblick, bis sie sich ganz sicher war, dass die beiden verschwunden waren. Dann öffnete sie den Vorhang ein kleines Stück und gab den drei Schatten, die immer noch im Hauseingang verharrten, ein Zeichen. Flink huschten sie über die Straße, dann über die Seitentreppe hinunter zum Kellereingang. Unten angelangt, stand Nina bereits erwartungsvoll vor ihnen.

»Reine Luft?«, fragte Roberto.

»Ja«, hauchte Nina, »aber wir müssen vorsichtig sein. Ich bin mir sicher, dass die Deutschen bald zurückkommen und den Keller durchsuchen werden. Bitte zeig den Männern das versteckte Sommerhaus im Garten und erkläre ihnen, wie der Notfallplan aussieht.«

Nina wartete auf Roberto im dunklen Wohnzimmer. Sie ging vorsichtig an der Fensterfront entlang und kontrollierte, ob auch alle Vorhänge dicht geschlossen waren. Dann zündete sie eine kleine Öllampe an.

»Alles bestens, Nina. Die Männer sind im Bild.« Roberto trat in den Raum und ließ sich müde in einem Sessel nieder.

Sie servierte ihm eine Tasse Tee. »Wie sieht es aus, Roberto?«, fragte sie leise. »Eine Freundin von mir könnte zwei Flüchtlinge aufnehmen.«

»Danke, Nina. Jeder Platz zählt. Ich habe Unterstützung eines einflussreichen Mannes, von Sir D'Arcy Osborne, er ist britischer Minister am Päpstlichen Stuhl, einer der federführendsten Repräsentanten, er wird uns finanziell unterstützen. Auch sein Butler, John May, ist absolut vertrauenswürdig.«

»Sein Butler?« Nina schaute verdutzt und konnte sich nicht verkneifen, dabei zu kichern.

Roberto lachte leise mit. »Er ist noch ganz die alte Schule! Dir würde er bestimmt gefallen, Nina.«

»Wie nun, der Butler oder Sir D'Arcy Osborne?« Sie fühlte sich auf einmal in ein Gespräch verwickelt, das sie an die Jahre im Mädcheninternat erinnerte. Und dass sie sich mit einem angesehenen Priester des Vatikans über Männer unterhielt, ließ sie gleich nochmals auflachen.

Roberto schmunzelte und amüsierte sich sichtlich darüber. »Ich meine natürlich Osborne. Ich werde ihn dir beim nächsten Besuch im Vatikan vorstellen.«

»Und wie kommst du darauf, dass er mir gefallen würde?« Nina hatte sich schon lange nicht mehr so ausgelassen und glücklich gefühlt. Durch den gemeinsamen Aufbau der Untergrundorganisation mit Roberto hatte sich ein tiefes Vertrauen zu ihm entwickelt und das spürte sie genau in diesem Moment.

»Wenn etwas vorfällt und du dich in Gefahr siehst, dann komm umgehend zum Collegio Teutonico. Die Schweizer Garde weiß Bescheid. Und falls du noch mehr Leute ausmachen kannst, die bereit sind, Flüchtlingen Unterschlupf zu bieten, dann lass es mich bitte sofort wissen. Wir brauchen dringend mehr Unterkünfte für unsere Schützlinge.«

Nina nickte. »Ich schicke dir Manolo, mit einer Ladung Kohl. Du weißt schon!«

Roberto lächelte. »Dein künstlerischer Ideenreichtum zieht große Kreise. Das nenne ich einen kreativen Geist!«

Als sie darauf die geschwungene Marmortreppe hinunterschlichen, huschte ein befriedigendes Lächeln über Robertos Gesicht. Er erinnerte sich daran, wie die Principessa einen Laufjungen mit einem Leiterwagen voller Kohlköpfe zum Nebeneingang des Vatikans geschickt hatte. In einem der Kohlköpfe, ganz unten im Stapel, hatte Nina einen Papierstreifen versteckt. Darauf standen die Namen und Adressen von Leuten, die sich an der geheimen Mission von Roberto beteiligen wollten. Von da an nannte Roberto seine Mission »Kohlkopf« und der Code dazu war *crauti*.

Drei Tage später war Karl Hissing wieder da. Alleine. Nina hielt sich gerade im Salon auf und spielte gedankenversunken am Flügel.

»Signora!« Die Haushälterin stand in der Tür, neben ihr der deutsche Oberleutnant.

Was will er nur?, schoss es Nina durch den Kopf.

Es war ihr peinlich, dass er sie beim Klavierspielen ertappt hatte, und sie ärgerte sich darüber, dass die Hausangestellte ihn einfach hereingelassen hatte. Hatte er sie vielleicht überrumpelt, bereits den Keller durchsucht, während sie hier seelenruhig am Klavier gespielt hatte? Oh Gott, jetzt war sie in der Falle! Nina spürte, wie sich ihre Haare im Nacken zusammenzogen und die Angst vor der Entdeckung ihren ganzen Körper lähmte.

»*Buon giorno, Principessa!* Bitte lassen Sie sich nicht stören und spielen Sie weiter! Ich habe heute ein paar freie Minuten und möchte sie gerne nutzen, um in Ihrer Bibliothek zu stöbern. Gestatten Sie?« Karl Hissing trat ganz selbstverständlich zum Büchergestell.

Nina war verdutzt. Etwas verunsicherte sie an diesem Mann.

»Sind Sie alleine da? Hat Sie meine Hausangestellte hereingeführt?«, fragte sie trocken.

»Verzeihung! Ja, ich bin alleine hier und ihre Hausangestellte ließ mich die Treppe hochkommen. Ihr Klavierspiel hat es mir angetan, ich musste gleich dem Klang nachgehen. Bitte spielen Sie weiter, Sie spielen sehr schön, Principessa! So darf ich Sie doch nennen, oder nicht? Jedenfalls weiß ich, dass sie von der einheimischen Bevölkerung so genannt werden.«

»Wie Sie wünschen, Herr Oberleutnant.«

»Ach, nennen Sie mich Karl oder, noch besser, Carlo!«, lachte er.

Nina saß immer noch ganz steif auf ihrem Klavierstuhl. Sie konnte sich keinen Reim darauf machen, was gerade vor sich ging. War er wirklich alleine hier? Wollte er sie ablenken, in eine Falle locken? Sie schaute ihn aus den Augenwinkeln genauer an. Er war groß, schlank und hatte etwas Kultiviertes an sich. Seine charmante, lockere Art fand sie gar nicht so typisch deutsch. Pass auf, er ist dein Feind!, ermahnte sie sich.

»Während meines Studiums habe ich sechs Monate in Florenz verbracht. Meine Gastfamilie nannte mich Carlo und ich mochte es. Ich habe Kunstgeschichte studiert. Als mir ein Studienplatz in Florenz angeboten wurde, belegte ich kurzerhand auch einen Italienischkurs. Seither lese ich Bücher in Italienisch, vor allem mag ich die alten Dichter«, erzählte er. Seine Augen schweiften interessiert über das Bücherregal. »Ah, ich kann es nicht fassen! Sie haben die gesammelten Werke von Dante Alighieri!« Er nahm das Buch vorsichtig aus dem Gestell. Gedankenversunken setzte er sich auf den Sessel am Fenster und plötzlich begann er laut zu lesen:

»*Parev' me che nube ne coprisse*
Lucida, spessa, solida e pulita,
Quasi c damante che lo sol ferisse.
Per ento sé l'eterna margarita
Ne rice ette, com'acqua recepe
Raggio di luce permanendo unita.«

»Mir war, als ob uns eine helle Wolke,
Die dicht und fest und lauter war, umhüllte,
Klar, wie ein sonnenbestrahlter Diamant.
Und diese ewige Perle nahm in sich

uns auf, so wie das Wasser einen Lichtstrahl hineinlässt, aber ungeteilt verweilt.«

Nina stand wie angewurzelt da. Sein Italienisch, das war ihr schon am Anfang aufgefallen, war ausgezeichnet. In der Hingabe, mit der er die Worte sprach, konnte sie seiner großen Leidenschaft für Poesie nachspüren. Aber was für eine Situation war das! Ein deutscher Offizier las Dante Alighieri in ihrem Salon und unten im Keller ... Mein Gott, wenn das nur keine Falle war!

Nina bewegte sich vorsichtig zur Tür, öffnete sie leise und trat hinaus. »Angela! Bring uns doch bitte eine Tasse Kaffee und etwas Gebäck!« Sie blickte verstohlen die geschwungene Marmortreppe hinunter und horchte, ob sich jemand im Haus aufhielt, aber sie konnte nichts hören.

»Darf ich mir dieses Buch ausleihen?« Karls Stimme riss sie aus ihren Gedanken.

»Sie können es gerne haben. Ich schenke es Ihnen. Ich lese kaum noch Bücher«, sagte sie ganz spontan.

»Oh, vielen Dank! Sie haben eine sehr schöne Bibliothek. Wie kommt es, dass Sie nicht mehr lesen?«

Nina zögerte einen Augenblick. »Mein Mann hat Bücher gesammelt.« Kaum hatte sie das gesagt, da bereute sie es schon. Sie fragte sich, warum sie diesem Carlo, diesem deutschen Oberleutnant von ihrem Mann erzählte. Warum bin ich nicht vorsichtig genug?, dachte sie, verärgert über ihren Leichtsinn.

»Wo ist Ihr Mann?«

Nina stellte verbittert fest, dass sie nun seinen Fragen nicht mehr ausweichen konnte. »Er ist verschollen. Er war Pilot bei der Reggia Aeronautica und wird seit dem 1. August 1940 vermisst. Sein Flugzeug ist in der Nähe von Casablanca abgestürzt und ausgebrannt. Man nimmt an, dass er in den Flammen umgekommen ist.«

»Das tut mir sehr leid, Principessa.« Karl räusperte sich und suchte mit seinen Augen weiter die Bücherreihen ab. Nina spürte, dass die Bücher ihn mehr interessierten als ihre persönliche Situation.

»Ich freue mich, dass ich bei Ihnen eine Bibliothek gefunden habe. Das gibt mir eine schöne Abwechslung zu meinen alltäglichen Pflichten.«

»Nehmen Sie sich ruhig so viele Bücher, wie sie wünschen.«

Nina versuchte freundlich zu klingen in der Hoffnung, er möge viele Bücher mitnehmen und dann für eine Weile dem Haus fernbleiben. Der Gedanke, dass sie nun von einem deutschen Oberleutnant und dessen Soldaten belagert wurde, löste bei ihr ein beklemmendes Gefühl aus.

Der Kaffee wurde serviert. Karl erzählte von seiner Arbeit als Kurator am Museum für Angewandte Kunst in Berlin. Als er hier in Rom stationiert wurde, habe ihn das sehr gefreut, denn so konnte er in den freien Stunden seinem Interesse an historischen Plätzen nachgehen.

»Hätten Sie Lust, mit mir die Oper zu besuchen? *La Traviata* wird aufgeführt, nächsten Donnerstag. Ich würde mich über Ihre Begleitung sehr freuen!«

Nina nippte an ihrem Kaffee und musste sich erst

fassen. Seit drei Jahren war sie den sozialen Kreisen Roms ferngeblieben und jetzt sollte sie sich plötzlich in der Gesellschaft eines Deutschen an der Oper zeigen! Was würde man von ihr denken? Sie erwiderte vorsichtig: »Das ist sehr nett von Ihnen. Ich werde es mir überlegen. Seit dem Tod meines Mannes war ich nicht mehr in der Oper.«

»Verstehe, Signora. Ich bringe Ihnen Ende der Woche die Bücher zurück und dann können Sie mir Bescheid geben.«

Vor dem Palazzo Pallavicini wartete ein Jeep. Der Oberleutnant schaute hoch zur Terrasse, wo die Bibliothek war, dann stieg er ein.

Nina wechselte schnell ihre Kleider, band sich ein Kopftuch um und machte sich auf den Weg zum Vatikan. Der Petersplatz war fast leer, nur unter dem rechten Säulengang entdeckte sie zwei deutsche Soldaten, die in ein Gespräch vertieft waren. Eilig schlich sie am linken Säulengang entlang. Sie war bereits bei den Schweizer Gardisten angelangt, als die Soldaten auf sie aufmerksam wurden.

»*Crauti*«, flüsterte sie. Die Gardisten ließen sie hinein. Sie hastete durch den Garten vor dem Collegio Teutonico. In einem Nebengebäude lag das Arbeitszimmer von Roberto. Außer Atem ließ sie sich in den Ledersessel neben seinem Schreibtisch fallen.

»Nina, du siehst sehr aufgebracht aus! Was ist passiert?«

Sie beschrieb Roberto den Vorfall mit Oberleutnant Karl Hissing. »Er will mit mir in die Oper! Was soll ich tun?«

Roberto zögerte einen Augenblick. »Wie schätzt du ihn ein, Nina? Ich meine, was sagt dir dein Gefühl? Hat er dich ausgefragt? Wollte er Informationen?«

»Nein, kein einziges Wort hat er über eine bevorstehende Hausdurchsuchung oder Ähnliches verloren. Im Gegenteil, er schien sich nur für die Bibliothek zu interessieren. Eigenartig, nicht? Er hat in Florenz Kunstgeschichte studiert und ist wohl angetan von unserer Kultur. Ich kann es einfach nicht einordnen und weiß nicht, ob wir es hier mit einer Falle zu tun haben.«

»Hat er den Namen Kappler erwähnt?«

»Nein, der Name ist nicht gefallen. Er hat überhaupt nichts Militärisches angedeutet.«

»Ich denke, du solltest mit in die Oper gehen. *Fai una bella figura!* Vielleicht kann uns das nützlich sein. Halte deine Ohren offen! Herbert Kappler wird bestimmt auch anwesend sein.«

Nina durchfuhr ein Schauer. Sie würde Kappler, dem deutschen Polizeichef und lokalen SS-Kommandanten der Gestapo Roms, begegnen. Dem größten Feind des Vatikans. Über ihn kursierten die schlimmsten Gerüchte. Seine enge Zusammenarbeit mit der OVRA, der Organisazione per la Vigilanza e la Repressione dell' Antifascismo, verstärkte seinen Einfluss noch. Seine selbsternannten Razzien waren gefürchtet, gegen Opponenten ging er zügig vor und blitzschnell veranlasste er das Verschwinden von verdächtigen Personen.

Es klopfte an der Tür. Sir D'Arcy Osborne trat herein. »*Signora, buon giorno.* Monsignore, darf ich Sie kurz sprechen? Drei britische Soldaten haben ein paar interessante Informationen für Sie«, verkündete er höflich.

Die Erscheinung des englischen Repräsentanten am Heiligen Stuhl war eindrucksvoll. Er war makellos gekleidet und Nina erkannte sofort, dass seine Lederschuhe von bester Qualität waren.

»Gerne, aber warten Sie! Ich habe da eben eine Idee, Sir! Mögen Sie die Oper? Ich habe gerade gedacht, dass wir Sie gewissermaßen als Schattenspender für unsere Principessa in die Oper schicken könnten. Was halten Sie davon? Signora Pallavicini ist von Oberleutnant Karl Hissing eingeladen worden, die Oper zu besuchen. Da sie seit längerer Zeit nicht mehr in sozialen Kreisen verkehrt hat, fühlt sie sich etwas unsicher, vor allem in der Begleitung eines Deutschen, Sie verstehen, was ich meine. Und da fällt mir ein, dass Sie, Sir, doch ganz offiziell mit dabei sein könnten. Halten Sie ein Auge und ein Ohr offen für unsere Principessa, bleiben Sie immer in Reichweite, damit sie sich sicher fühlen kann.« Roberto war ganz angetan von seinem Plan und klopfte Sir Osborne freundschaftlich auf die Schulter.

»Das mache ich mit Vergnügen, Signora! Lassen Sie sich nicht einschüchtern von der deutschen Obrigkeit.« Sir D'Arcy Osborne verneigte sich leicht vor ihr, seine linke Hand auf dem Rücken ruhen lassend, nahm er ihre rechte und hauchte einen Kuss auf ihren Handrücken. »Es ist mir eine große Ehre, Principessa Pallavicini.« Der dezente Duft seines Eau de Cologne konnte Nina nicht entgehen.

Die Tür öffnete sich und ein weißer Terrier sauste in den Raum und sprang am englischen Diplomaten hoch, bis dieser den jungen Hund mit einem barschen »Sitz!« bedachte.

»Er ist mir einmal wieder entkommen, Sir. Es tut mir leid!« Der Butler versuchte, mit seinen weißen Handschuhen den Hund hochzuheben.

»Lassen Sie nur, John. Der kleine Kerl muss bessere Manieren lernen.«

»Haben Sie einen Wunsch, Sir, Madam?«

Nina verneinte. Ihr war noch immer halb schwindelig.

»Nina, du bist bestens aufgehoben, glaube mir. Es kann dir nichts geschehen. Denke einfach daran, deine Fühler auszustrecken, folge deiner Intuition und spüre nach, wo die Gefahren liegen. Du hast ein Talent, Menschen und deren Absichten zu erkennen und einzuschätzen. Das wird uns gutes Informationsmaterial liefern. Und wenn das Licht ausgeht, der Vorhang sich öffnet, dann genieße doch einfach auch die Musik und die Sänger, das schöne Bühnenbild, die Kostüme«, beschwichtigte sie Roberto.

Nina lächelte angespannt. »Ja, Roberto. Das werde ich tun. Ich denke an die schöne Musik und das wird mich beruhigen. Aber ich werde auf der Lauer sein und alles registrieren, was mir auffällig vorkommt.«

»*Brava*! Ich bin stolz auf dich!«

»Vielen Dank für Ihre Begleitung, Sir Osborne. Ich muss mich jetzt auf den Weg machen.«

Der Butler führte den Terrier aus dem Raum. Sir

D'Arcy Osborne stand an der Tür und hielt sie für Nina offen.

»Auf Wiedersehen, Roberto. Manolo wird am Wochenende wieder Kohl bringen.« Mehr konnte sie nicht sagen, denn auch im Vatikan musste man vorsichtig sein. »Spione gibt es überall«, hatte Roberto einmal zu ihr gesagt, »auch im heiligen Vatikan!«

»Wir sehen uns dann am Opernabend, Signora. Ich freue mich, Sie, wenn auch nur auf Abstand, begleiten zu dürfen. Ich werde mich irgendwann aber auch mit Ihnen unterhalten, damit es nicht auffällt. Bleiben Sie ganz entspannt. Ich bin mir sicher, dass Sie im Opernpublikum ein Blickfang sein werden.« Er schaute sie ehrfürchtig an.

»Vielen Dank, Sir Osborne!«

Ein Gardist führte Nina durch das Gebäude, dann über eine Treppe hinunter zum Garten. Im kühlen Schatten der großen alten Pinienbäume gingen sie über kleine Wege, die sich entlang von Blumenbeeten und blühenden Büschen den Hügel hinaufwanden. Unter ihnen lag jetzt der imposante Petersdom.

»Ich habe den Auftrag, Sie zum Nebengebäude zu bringen. Von dort führt ein unscheinbarer Ausgang in eine kleine Gasse. Es ist sicherer für Sie. Der Petersplatz ist abends zu gefährlich. Jede Bewegung wird beobachtet und wir müssen vorsichtig sein«, erklärte der Gardist.

Sie gingen eine steile Treppe hinunter zum Dom. Das hintere Eingangstor wurde wieder von einem Gardisten bewacht. Sie huschten am Altarchor vorbei. Einer Holztreppe entlang gelangten sie zu einem schmalen Balkon, der zum langgestreckten Chorbogen hoch über dem Längsschiff der Kirche führte. Von dort oben hatte man eine atemberaubende Aussicht auf die bemalte Decke und die Kuppel. Der monotone Gesang während der Vesper verlieh dem gewaltigen Bau eine Aura von Ruhe und Frieden. Nina wollte innehalten und zuhören, doch der Gardist drängte sie weiterzugehen.

»Bald wird es dunkel. Sie müssen sich beeilen!«, flüsterte er.

»Ach ja«, sagte Nina. Die Gardisten waren nun mal sehr verantwortungsbewusst, man konnte sich auf sie verlassen.

Nach einem Irrweg von Gängen und Treppen erreichten sie den Ausgang. Die Gasse war menschenleer. Nina zog den Schleier vor das Gesicht. In der Dämmerung schlich sie entlang der Häuserreihen zurück. Gerade als sie um die Ecke zum Palazzo biegen wollte, wurde sie aufmerksam und stellte sich in einen Hauseingang beim Platz. Von dort aus konnte sie ungestört ihr Zuhause in Augenschein nehmen. Etwas stimmte nicht. Warum waren auf einmal so viele Soldaten auf der Straße? Und vor ihrem Palazzo standen zwei deutsche Soldaten Wache? Sie legte ihren Schleier ab und eilte zum Eingang ihres Anwesens.

»Halt!«, rief jemand. »Wer sind Sie?« Der Soldat stellte sich breitbeinig vor sie. Ein anderer kam dazu, stupste ihn in die Rippen und schnauzte ihn an: »He, lass mal die Signora durch. Sie ist die Hausherrin! Die Principessa!«

»Oh, Entschuldigung, verehrte Prinzessin! Treten Sie ein in ihren Palast!«, rief der andere abschätzig und dabei verbeugte er sich grinsend.

Erhobenen Hauptes betrat Nina das Haus. Angela, die Haushälterin, kam gelaufen und erklärte ihr, dass ein Leutnant mit drei Soldaten eine Hausdurchsuchung angeordnet habe.

Oben an der Treppe stand ein untersetzter, stämmiger Mann. Mit strengem Blick musterte er Nina. Fast gleichzeitig flog die Eingangstür auf und Karl Hissing marschierte verärgert mit zackigem Tempo die Treppe hoch. Er nickte Nina zu und sagte kurz: »Entschuldigen Sie bitte, Signora, ich werde das gleich regeln. Gestatten Sie bitte!«

»Danke«, flüsterte Nina ängstlich.

»Was geht hier vor, Leutnant Kessler?«, schnauzte Hissing diesen in strengem Ton an.

»Ich habe die Untersuchung angeordnet, Oberleutnant Hissing! Das Haus steht auf der Untersuchungsliste.«

»Hören Sie, Kessler, dieses Haus, wie Sie es nennen, ist unter meinem Untersuchungskommando! Wir haben es gerade vor zehn Tagen durchsucht.«

»Ach, was Sie nicht sagen! Da wurde mir aber etwas anderes erzählt. Ihr seid zwar hier gewesen, aber ihr habt nicht alle Zimmer durchsucht und schon gar nicht den Keller. Ihr habt stattdessen angeordnet, das Haus zu verlassen. Und es liegt auch kein Protokoll vor«, entgegnete Kessler abschätzig.

»Ich hatte geplant, übermorgen eine Durchsuchung vorzunehmen, auch um abzuklären, ob es als

Quartier benutzt werden kann. Tagsüber werden hier Schulkinder unterrichtet. Ich unterstelle Ihnen, sich in meine Angelegenheiten einzumischen, Leutnant Kessler, verstanden? Kümmern Sie sich um die Aufgaben, die Ihnen zugeordnet sind. Und nun verschwinden Sie!« Hissings Stimme überschlug sich. Empört hetzte er den Leutnant die Treppe hinunter.

»Untersuchung abgebrochen! Holt die beiden aus dem Keller und erstattet mir genauen Bericht!«, befahl Kessler seinen Soldaten.

Hissing stand oben an der Treppe, seine Stimme schallte durch das Treppenhaus. »Lassen Sie sich hier nicht mehr blicken, Kessler!«

Kessler und die Soldaten verließen in Windeseile den Palast. Dann wurde es plötzlich still. Hissing stand immer noch oben an der Treppe und schaute Nina mit kummervollem Blick an.

Langsam kam er Stufe um Stufe zu ihr hinunter. Als er vor ihr stand, nahm er ihre zitternde Hand. »Es tut mir schrecklich leid. Sie haben sich erschreckt und diese Schurken haben null Respekt für eine Person wie Sie. Darf ich Sie bitten, sich mit mir einen Moment in Ihre Bibliothek zu setzen?«

Nina schluckte und konnte nur nicken. Er hielt immer noch ihre Hand und führte sie vorsichtig die Treppe hoch.

Angela kam herbeigeeilt. »Signora, was kann ich Ihnen bringen?«

»Wein, Angela, bringen Sie eine Flasche Rotwein. Und dazu etwas Brot und Rohschinken. Ich muss mich von dem Schrecken erholen.«

»Sofort, Gnädigste!« Angela eilte in die Küche.

Im Salon setzten sie sich einander gegenüber. Karl Hissing rauchte eine Zigarette und schaute Nina eindringlich an.

»Es war ein Missverständnis. Kessler hat hier nichts zu suchen. Es war nicht meine Anweisung. Ich wollte ja, wie ich Ihnen schon mitgeteilt habe, Ende der Woche mit meinen Leuten vorbeikommen.« Er stand auf und stellte sich vor ein Bücherregal.

Nina konnte sich keinen Reim darauf machen, was eben passiert war. Warum entschuldigte er sich? Er war sehr zuvorkommend, behandelte sie respektvoll, im Gegensatz zu den anderen Deutschen, überlegte sie.

Angela brachte den Wein und das Essen. Langsam konnte sich Nina entspannen. Der Wein tat gut, doch sie kämpfte weiter mit ihren Gedanken. Wie sollte sie auch in ihrem Armsessel sitzen und Wein trinken, während ein Deutscher neben ihr stand und in ihrem Büchergestell stöberte?

Hissing zog einen Bildband mit dem Titel »Michelangelo und seine Werke« hervor, setzte sich wieder und begann still darin zu blättern. Nina offerierte ihm die Platte mit dem Brot, den Oliven und dem Parmaschinken.

»Werden Sie mich zur Oper begleiten?«, fragte er beiläufig.

Nina schaute ihn direkt an: »Ja, ich komme mit.«

Ein genugtuendes Lächeln zuckte um seine Lippen. »Ich freue mich. Um 19 Uhr hole ich Sie ab. Darf ich mir dieses Buch ausleihen?«

»Sie müssen nicht fragen, Sie können sich so viele Bücher nehmen, wie sie wünschen.«

Nachdem er gegangen war, kam Angela aufgeregt die Treppe hochgerannt. »Signora, die deutschen Soldaten sind bis in den Keller vorgedrungen. Dieser Kessler ist ein arroganter und aufdringlicher Typ, er hat fast das Eingangstor eingeschlagen. Es war alles so überraschend, ich konnte sie nicht aufhalten!« Sie war immer noch ganz aufgebracht.

»Beruhige dich, Angela, es ist alles in Ordnung. Karl Hissing hat mir eben mitgeteilt, dass er Ende Woche kommen wird, um sich das Haus genauer anzuschauen. Natürlich ist mir das alles sehr unangenehm, aber wir können nichts dagegen tun. Wir sind ihnen ausgeliefert. Wir müssen einfach einen ruhigen Kopf bewahren.«

»Unsere Männer haben gute Arbeit geleistet. Sie haben keine Spuren hinterlassen. Zurzeit sind sie immer noch im Sommerhaus. Sollen sie dort bleiben?«

Nina nickte. »Ja, auf jeden Fall. Am besten richten sie sich im Verbindungsgang eine Bleibe ein. Wer weiß, ob demnächst unser Garten auch noch durchsucht wird.«

Die kommenden Tage verliefen ohne Besuche. Nina war jetzt täglich darauf eingestellt, dass Karl auftauchen würde, um wieder irgendwelche Bücher zu holen. Manchmal stellte sie fest, dass sie fast darauf wartete, ihn zu sehen. Ihre Gedanken schweiften hin und her zwischen Gefühl und Realität. Er war ja eigentlich sehr nett zu ihr, zuvorkommend, respektvoll und seine Leidenschaft für die italienische Sprache und Kunst faszinierte sie. Doch dann kam gleich wieder die Angst auf. Wo wurde sie da hineingezogen? Wie konnte das noch enden? Sie erlaubte sich nicht, irgendwelche Gefühle für diesen Mann in sich aufkommen zu lassen, und doch bemerkte sie, wie sie sich insgeheim auf den Opernbesuch freute. Sie spürte aber auch eine ungeahnte Nervosität, die fast einem Lampenfieber gleichkam. Die Vorstellung, dass sie allen hohen Nazi-Militärs und wahrscheinlich auch SS-Männern gegenüberstehen würde, in Begleitung eines Oberleutnants, ließ sie fast schwindelig werden. Was sollte sie fragen, was würde sie bemerken?

Dann gab sie sich auf einmal einen Ruck: Halt mal! Wer bin ich? Als angesehene römische Adelsfrau lasse ich mich doch nicht von ein paar Nazi-Militärs und dämlichen SS-Schweinen einschüchtern! Ich werde meine Frau stellen, mein Stolz wird sie übertreffen. Und, Moment mal, meine gebildete, aristokratische Konversation wird sie alle in den Schatten stellen. Genau so werde ich mich in die Oper begeben!

Nina saß vor dem Spiegel und betrachtete ihr schlichtes, schwarzes Abendkleid und ihre hochgesteckten Haare, die ihre schmalen, edlen Gesichtszüge noch stärker zur Geltung brachten. »Ich lasse mich nicht unterkriegen!«, flüsterte sie ihrem Spiegelbild zu. Dann schritt sie zum Ausgang, wo Karl Hissing schon auf sie wartete und ihr die Tür des Wagens aufhielt.

Das Gebäude des Teatro Reale dell'Opera war hell

erleuchtet. Vor dem Eingang hatte sich eine größere Menschengruppe zusammengefunden, die eine Collage aus grüngrauen Uniformen und schwarzen, dezent bunten Abendkleidern bildete. Ausgelassenes Plaudern und Lachen war zu vernehmen. Der Wagen schlängelte sich durch die Menge und hielt direkt vor der Treppe. Karl stieg aus und öffnete die Wagentür. Nina musste kurz einen Moment innehalten, um tief durchzuatmen. Er hielt ihr galant eine Hand hin, um ihr beim Ausstieg zu helfen.

»Sie sehen bezaubernd aus, Principessa!«, flüsterte er.

Ihr schwarzes Abendkleid zog eine kurze Schleppe nach sich. Nina schritt langsam die Treppe hoch, die Hand des Oberleutnants stützte sie leicht. Sie spürte die Blicke auf sich.

Im großen Salon wurde Champagner gereicht. Karl schnappte sich zwei Gläser. »Auf die italienische Oper! Ich hoffe, Sie können es genießen.«

Nina nippte am prickelnden, kühlen Getränk.

»Principessa!«

Die helle Stimme erkannte sie sofort.

»Was für eine Ehre, dich in der Oper zu treffen!«

»Oh, Isabella, schön, dich zu sehen!«

Isabella Colonna umarmte sie herzlich. »Ich kann es kaum erwarten, Paolo Silveri zu hören, du auch?«

Isabellas Mann näherte sich den beiden Frauen. »Principessa!« Er küsste Ninas Hand.

»Ich habe vom tragischen Unfall deines Mannes gehört. Das tut uns allen sehr leid.«

Seine rechte Hand ruhte auf dem Knauf eines Gehstocks.

»Antonio ist seit drei Monaten wieder zu Hause. Sein Bein wurde angeschossen, aber es heilt und ich freue mich natürlich, dass ich ihn pflegen kann«, plauderte Isabella. »Ich vermisse die großen Partys, du auch?«

»Nun, ich habe mich seit dem Tod von Marcello von den sozialen Kreisen ferngehalten«, erwiderte Nina schlicht.

»Das kann ich gut verstehen. Was bringt dich zur Oper heute? Du bist in Begleitung eines deutschen Offiziers?«

Karl Hissing stand etwas abseits und unterhielt sich mit zwei Männern in Uniform. Isabella musterte ihn verstohlen.

»Das ist Karl Hissing. Er war einige Male bei mir und hat sich Bücher aus meiner Bibliothek ausgeliehen.«

Isabella zog fragend die Brauen hoch.

»Er hat Kunstgeschichte in Florenz studiert und liest gerne italienische Literatur.«

Isabella schaute sie immer noch unglaubwürdig an.

»Natürlich wurde der Palazzo auch durchsucht, denn es wird abgeklärt, ob einige Räume eventuell als Bürogebäude benutzt werden können. Aber ich bin der Meinung, dass alle freien Räume den Kindern zur Verfügung stehen sollten.«

»Es ist sehr großzügig von dir, dass du die Schulkinder aufgenommen hast. Was für eine Schande, dass gerade zwei Schulen in Trümmern liegen.«

»Ja, du sagst es. Aber die Stunden mit den Kindern sind für mich eine wunderbare Abwechslung, ich singe mit ihnen, wir spielen Theater und ich habe drei Lehrer engagiert, die sich bemühen, so gut wie möglich einen Lehrplan aufrechtzuerhalten. Wie sieht es bei euch aus?«

»Der obere Stock ist belegt mit Kranken und Verwundeten. Für mich ist es eher eine Belastung. Krankenschwestern sind rar, aber wir haben vorübergehend zwei junge Frauen aus Sizilien, die sehr fürsorglich sind und tun, was sie können. Sie kommen zwei Tage die Woche. Glücklicherweise hat Antonio so eine direkte Pflege. Das ist das einzig Positive an der ganzen Übung«, meinte Isabella nüchtern.

»Wie kommt es, dass die beiden Krankenschwestern aus Sizilien hierhergekommen sind? Das erstaunt mich.«

»Carina und Francesca sind die Töchter einer befreundeten Familie Robertos. Er hat sie hergeholt, weil er denkt, dass sie in Rom sicherer sind.« Nina nickte stumm. Beide Frauen wussten, wovon sie sprachen. »Sie pendeln zwischen dem Krankenhaus, dem Flughafen Ciampino und unserem Palazzo hin und her«, erklärte Isabella.

»Principessa, wünschen Sie noch etwas Champagner?« Karl näherte sich den beiden Frauen.

»Darf ich Ihnen vorstellen, Isabella Colonna!« Nina deutete auf ihre Freundin.

»Freut mich, Signora. Wünschen Sie noch etwas Champagner?« Er winkte dem Kellner, der die Gläser auffüllte. »Auf die Oper!« Vergnügt prostete er den beiden Frauen zu.

Da entdeckte Nina Sir D'Arcy Osborne. Er stand

unter einer Palme und zwinkerte ihr unauffällig zu, während er sich mit Vito Borghese unterhielt.

Ein Mann in deutscher Uniform näherte sich ihnen. »Karl, ich war mir ganz sicher, Sie hier anzutreffen!«, rief er Karl zu und gleichzeitig betrachtete er Nina und Isabella.

»Ja, wir lieben die Oper, nicht wahr?«, entgegnete Karl. »Darf ich Ihnen die Damen vorstellen? Principessa Nina Pallavicini, Signora Isabella Colonna.«

Der Neuankömmling musterte die beiden Damen. »Herbert Kappler! Es ist mir eine Ehre, Sie kennenzulernen, Signora, Principessa! Ja, wir lieben die italienische Oper! Ist es nicht faszinierend, dass Verdi mehr gespielt wird als Wagner?« Er lachte. »Man dachte immer, Wagner sei des Führers Liebling, aber jetzt hat er doch einen Rivalen gefunden. Ich stimme ihm da ganz zu. Vor allem, *Traviata* ist ja sehr amüsant, nicht wahr, Hissing?«

Seine Erscheinung, das blonde Haar, mit Pomade streng aus der Stirn gekämmt, die blassblauen, kalten Augen, gepaart mit dem militärisch harten Ton, ließen Nina erschauern. Sie verharrte in Anspannung und lächelte maskenhaft.

»Wo haben Sie eigentlich studiert, Hissing? Ich habe gehört, dass Sie sich in der italienischen Historie besonders gut auskennen«, fragte er interessiert und ließ dabei die beiden Frauen nicht aus den Augen.

»Ich habe Kunstgeschichte in Florenz studiert, nebenbei habe ich noch italienische Sprache und Literatur belegt«, erklärte Karl.

»Wann war das?«, hakte Kappler nach.

»Das war 1932«, erwiderte Hissing.

Kappler wandte sich um und begrüßte einen jungen Italiener. »Giorgio, da sind Sie ja! Prima! Und mit der Kamera bewaffnet! So gefällt es mir. Giorgio ist mein neuer Kameramann. Ich habe ihn beauftragt, an einer Fotoausstellung über das Kolosseum zu arbeiten. Fotografie ist meine Leidenschaft, leider habe ich zu wenig Zeit dazu, aber ich werde Giorgio natürlich ab und zu bei seiner Arbeit begleiten. Wir brauchen Inspiration, Hissing, nicht wahr?«

Karl nickte anerkennend. »Das Kolosseum ist tatsächlich ein atemberaubender Bau«, bemerkte er.

»Ach, der Bau ist eine Sache. Was ich wirklich mit der Ausstellung will, ist, unseren italienischen Soldaten vor Augen führen, was im damaligen Rom die Kämpfer auf sich genommen haben, die Ehre, mit der sie gekämpft haben. Sie soll als Symbol für unseren Kampfgeist stehen! Wir brauchen ja keine Inspiration mehr, nicht wahr, Hissing. Unsere Soldaten haben Kampfgeist, aber die Italiener? Sie haben es dringend nötig, daran erinnert zu werden, was ihre Vorfahren geleistet haben!«, rief Kappler begeistert.

»Veni, vidi, vici!«, rief ein SS-Offizier.

»Bravo, bravo!«, lachte Kappler höhnisch.

Ein Gong ertönte. Nina atmete auf. Es war Zeit, sich auf die Plätze zu begeben. Kappler schaute sie durchdringend an.

»Genießen Sie die Oper, meine Damen. Hissing, wir sehen uns später.«

Karl salutierte.

»Bestimmt sehen wir uns in einer der Pausen, Nina«, murmelte Isabella.

Antonio nahm sie am Arm und sagte zu Nina gewandt: »Viel Vergnügen, Principessa!«

Karl führte Nina zur Loge. »Ich habe vor fünf Jahren das letzte Mal *Traviata* gesehen, an der Deutschen Oper in Berlin. Aber die Oper jetzt hier in Rom zu sehen ist für mich schon ein ganz besonderes Erlebnis.«

Nina fühlte sich auf einmal angesteckt von Karls Begeisterung. Sie spähte über den Logenrand in die Zuschauerreihen unten im Orchesterraum. Die grauen Uniformen auf den Parkettplätzen beherrschten das Bild. Genau gegenüber auf der anderen Seite der Logen erblickte sie Sir D'Arcy Osborne. Er saß aufrecht da und schaute direkt zu ihrer Loge hinüber. Er hielt in Zeitlupentempo seine Hand leicht hoch. Nina tat es ebenso und sie fühlte, als wäre ein unsichtbares Band zwischen den beiden Logen gespannt. Sie musste lächeln.

Dann verdunkelte sich der Raum langsam und die Geigen setzten ein, das Prélude in Moll füllte den Raum, die Melodie der oberen Geigenstimmen verströmte die tiefe Traurigkeit der tragischen Geschichte, die bevorstand, aber dann, mit dem Einsatz der tieferen Stimmen, kam eine Leichtigkeit hinzu, die die im ersten Akt anstehende fröhliche Feier erahnen ließ.

Der Vorhang öffnete sich. Violetta begrüßte die Gäste und Gastone stellte ihr Alfredo vor. Die ausgelassene Stimmung im Duett *Libiamo ne lieti calici* von Alfredo und Violetta ließ Nina ganz vergessen, wo sie war. Das Publikum klatschte begeistert im Rhythmus und so stimmte auch Karl Hissing ein, er sang leise mit, dabei schaute er sie verschmitzt an.

»Wunderschön!«, rief er begeistert.

Die Geschichte nahm ihren Lauf, Violettas Gesang berührte Nina in jeder Hinsicht und die Ergänzung von Alfredo mit seinem dunklen, schön gefärbten Tenor erfüllte sie mit einer tiefen Sehnsucht.

»Ich nehme an, Sie genießen die Oper so sehr wie ich?«, fragte Karl während der Pause.

»Ja, sehr«, erwiderte Nina.

Im Salon wurde mehr Champagner gereicht, aber Nina nippte nur ein wenig an ihrem Glas. Es war, als würde sie wieder in die harte Realität zurückgeworfen werden, die Anwesenheit der deutschen Militärs ließ die Musik, die eben noch in ihr nachgeklungen war, verebben. Sie fand glücklicherweise wieder mit Isabella und Antonio Colonna zusammen und die Familie Orsini gesellte sich zu ihnen.

»Die Besetzung ist fabelhaft!«, rief Antonio begeistert.

»Ich könnte mir keinen besseren Tenor als Benjamino Gigli in der Rolle des Alfredo vorstellen«, schwärmte Isabella.

»Ja, ich stimme dir zu«, sagte Nina. »Und dann die kräftige Baritonstimme von Paolo Silveri in Giorgio Germont, sie ist umwerfend.«

Alle waren sich einig, dass die Aufführung stimmlich sowie darstellerisch eine Sensation war.

Karl Hissing entfernte sich höflich von den römischen Opernbesuchern und Nina fühlte sich dadurch sehr viel entspannter.

»Guten Abend, Signore e Signori. Ist es nicht eine wunderschöne Inszenierung?«, hörte Nina eine vertraute Stimme hinter ihrem Rücken.

»Ah, Sir Osborne, was für eine Ehre, Sie hier in der Oper anzutreffen«, rief Vito Orsini. »Laura, das ist Sir D'Arcy Osborne, britischer Attaché am Päpstlichen Stuhl.«

»Freut mich, Signora!«, entgegnete Osborne.

»Ich wusste gar nicht, dass Sie ein Opernfreund sind, Sir Osborne?« Vito Orsini schien Osborne persönlich zu kennen.

»Ja, doch, ich liebe ganz besonders Verdi, aber wer nicht? Im Covent Garden in London habe ich alle Verdi-Opern besucht, so oft es mir möglich war. Die Atmosphäre hier in Rom ist natürlich ein ganz besonderes Erlebnis für mich.« Er nickte den Frauen zu und verzog sich zurück in die Menge.

Nina musste innerlich schmunzeln über seine korrekte, respektvolle Haltung ihr gegenüber. Sie wusste nicht, was sie erwarten würde, wenn er sie »beschattete«, aber seine Vorgehensweise war mehr als professionell. Er zeigte sich, um sie durch die Blume darauf aufmerksam zu machen, dass Kappler hinter der Säule stand, und konnte ihre Aufmerksamkeit in die Richtung lenken, wo die oberen Gestapo-Offiziere standen, indem er eben an ihnen vorbeiging.

»Ich gehe noch kurz auf die Toilette, bevor es weitergeht.« Nina verabschiedete sich von ihren Freunden. So konnte sie sich den Blicken Kapplers und seiner Offiziere entziehen.

Zurück in der Loge, überreichte Karl ihr ein Programmheft. »Eine kleine Erinnerung für Sie.«

»Oh, vielen Dank, Carlo. Ich werde mich gerne an den wunderschönen Abend erinnern.«

Da setzte wieder das Orchester ein.

Ach, dachte Nina, ich bin etwas zu ausgelassen, und sie ärgerte sich darüber. Es musste wohl der Champagner gewesen sein. Wann hatte sie das letzte Mal ein Glas getrunken? Es schien ihr, als würde das Orchester mit den Sängern atmen, und sie wurde mehr und mehr mitgenommen von der tragischen Liebe, der Verzweiflung Violettas und der Verbitterung Giorgios. Ich kenne das Libretto doch in und auswendig, sagte sie sich, aber es kommt mir so nahe, geht so tief, dass es mich schmerzt und die Musik zerreißt mich innerlich, im wahrsten Sinne des Wortes. Und da erkannte sie auf einmal die Verbindung zwischen der Tragödie der *Traviata* und dem Kriegsgeschehen. Was für eine unglaubliche Spiegelung! Violetta, die zu Tode Gehetzte, die den Mechanismen der Ausgrenzung ausgesetzt war, von der Gesellschaft verachtet und gezwungen, auf die Liebe zu verzichten. Doch im selben Moment sah Nina, wie in einem Lichtblitz, dass der brutale emotionale Erpresser, von Giorgio dargestellt, letztendlich selbst ein Getriebener war, das Opfer einer vom ihm geschaffenen verlogenen Sozialmoral. Nina überkam eine tiefe Trauer und ohne es zu bemerken, lief eine Träne über ihre Wange.

Da legte Karl ganz sanft seine Hand auf die ihre. »Die Musik schafft es, unsere Seele zu berühren. Und jedes Mal, wenn ich *Traviata* höre, geht es mir genau so wie Ihnen, am Ende ist nur noch Traurigkeit.«

Roberto setzte sich schwerfällig in den Sessel, sein Atem ging immer noch schnell. »Ich brauche ein Glas Wasser, Nina, bitte! Du weißt schon, das Laufen strapaziert meine Lungen.« Heute war er in Anzug und Krawatte gekleidet. Er brauche Abwechslung in seiner Verkleidungsgarderobe, erklärte er Nina schmunzelnd. »Nun, erzähle mir, Nina, wie war die Oper?«

»Ach, Roberto, es war wunderschön. Ich hatte ganz vergessen, wie sehr ich die Musik und die Arien liebe. Ich habe mich auch bestens aufgehoben gefühlt im Schatten von Sir D'Arcy Osborne. Er ist wirklich sehr professionell.« Dann erzählte sie von der Begegnung mit Ernst Kappler.

Roberto horchte auf. »Ernst Kappler, mein Erzfeind. Ja, er ist ziemlich kulturbeflissen. Aber dass du ihm so nahe gekommen bist, beunruhigt mich.«

»Ich sage dir, Roberto, die Angst steckt mir jetzt noch in den Knochen! Kälte und Brutalität blitzten aus seinen Augen, dazu kam die grässliche Narbe, die er im Gesicht trägt. Ich habe mich entschuldigt und die Toilette aufgesucht. In der Kabine versuchte ich das Zittern meines Körpers loszuwerden.«

»Wie hat sich Hissing im Beisein von Kappler verhalten?«

»Er war angespannt, das spürte ich. Aber es wurde nicht viel gesprochen. Erzähl mir mehr von Kappler, Roberto!«, forderte sie ihn auf.

Roberto lehnte sich tief in den Sessel. »Kappler. Er ist ein einsamer Mensch, hat nur wenige Freunde, war in einer unglücklichen Ehe, ist immer wieder in Affären verwickelt, ein Gegner der Kirche. Als er nach Rom kam, war er erst der Polizeiattaché der deutschen Botschaft, danach wandte er sich der faschistischen Polizei zu. Geschickt und ambitioniert, wie er ist, schaffte er es bis zum Oberhaupt der Gestapo in Rom. Und jetzt jagt er, wen er kann, vor allem die Juden. Wir sind da besonders gefährdet, als Komplizen. Und ich bin wahrscheinlich ganz oben auf seiner Liste. Erzähl mir von Hissing, Nina! Wie schätzt du ihn ein?«

Nina seufzte. »Ich weiß nicht, Roberto. Ich habe das Gefühl, dass er mir den Hof macht und es nicht nur meine Bibliothek ist, die ihm gefällt«, schmunzelte sie, aber dann wurde sie gleich wieder ernst. »Es wird zu gefährlich für mich, Roberto, je öfter er hier auftaucht. Natürlich habe ich mich gefreut, in die Oper zu gehen, aber ich spüre diese Nähe, die mich ängstigt. Auch wenn er im Innersten nur seine Pflicht erfüllt, er ist ein Nazi und unser Gegner. Ich frage mich manchmal, ob er vermutet, dass ich Leute verstecke, und er mich schützen will, indem er oft in die Bibliothek kommt, damit er seinem Revier mitteilen kann, es sei alles in Ordnung bei mir.«

»Wie auch immer, Nina, hör auf deinen Instinkt. Wenn du Gefahr witterst, dann komm sofort in den Vatikan. Wir können dich im Monastero Benedettine Santa Cecilia unterbringen.«

Nachdem Roberto gegangen war, setzte sich Nina gedankenversunken an ihren Schreibtisch. Sie fragte sich, ob sie ihm zu viel mitgeteilt hatte. War Karl Hissing wirklich eine Gefahr? Ihr Gefühl sagte ihr, dass er ein zuvorkommender, respektvoller und herzlicher Mensch war. Sein Interesse an der italienischen Kultur war ehrlich gemeint, es entsprach ja auch seinem Beruf. Und sie musste zugeben, dass sie sich immer auf seine Besuche gefreut hatte. Nach der Oper hatte er sie zur Haustür geführt und ihr erst die Hand geküsst, dann zog er sie kurz zu sich heran, um ihr einen Kuss auf die Wange zu hauchen. Und als sich dieser Moment nochmals vor ihren Augen abspielte, spürte sie eine große, tiefe Zuneigung. Sie ging in die Bibliothek. Am Flügel begann sie zu spielen, um ihren Gefühlen freien Lauf zu lassen.

Es war Montagmorgen und Nina machte sich für die Schulkinder bereit. Heute wollte sie mit ihnen singen. Seit dem Besuch der Oper fühlte sie sich wieder mehr der Musik zugetan.

»Stellt euch bitte alle ums Klavier! Wer weiß, von wem dieses Lied geschrieben wurde?« Einige Kinder zeigten auf.

»Giuseppe Verdi!«, rief ein kleiner Junge stolz.

»Richtig. Eure Eltern, eure Großeltern, alle kennen dieses Lied. Es ist wunderschön, lasst es uns gemeinsam singen.« Sie schlug den ersten Ton an, spielte ein Vorspiel und stimmte dann ein, zusammen mit den Schülern.

»Va pensiero, sull'ali dorate,
va, ti posa sui clivi, sui colli,
ove olezzano tepide e molli,
l'aure dolci del suolo natal!
Del Giordano le rive saluta, die Sionne le torri atterrate.
Oh, mia patria sì bella e perduta!
Oh, membranza sì cara e fatal!«

»Flieg, Gedanke, auf goldenen Schwingen;
Flieg, setz dich auf Hänge, auf Hügel,
wo mild und feucht süße Glorienscheine der Heimaterde duften!
Des Jordans Ufer grüße, auf Zions Türmen lass dich nieder!
Oh, mein Heimatland, so schön und verloren!
Oh, Erinnerung, so teuer und unselig!«

Ein ungeduldiges Klopfen unterbrach die kleinen Sängerinnen und Sänger. In der Tür stand Karl Hissing. Nina beauftragte Anna, die Kinder zu betreuen. Sein Gesichtsausdruck war sehr angespannt.

»Ich muss dich dringend sprechen, Nina«, sagte er kurz. Er schien sehr aufgebracht zu sein. Kaum waren sie in der Bibliothek, nahm er ihre Hand und schaute sie eindringlich an. »Nina, alles, was ich dir jetzt sage, muss unter uns bleiben. Bitte vertraue mir! Dein Haus wird demnächst als Quartier genutzt werden. Das habe ich heute vernommen. Nina, es wird zu gefährlich für dich. Ich möchte dir helfen. Ich habe einen Plan. Ich kann dir eine Fahrkarte und Ausweise besorgen, für die Zugfahrt nach Turin. Mein Freund, der in Genf Kurator ist, kann dich abholen und nach Genf bringen. Dort bist du sicher.« Er sprach sehr schnell und schien in Eile zu sein.

Nina schaute ihn erschrocken an. »Ich kann doch nicht einfach von hier fort, einfach flüchten!«

»Nina, begreife doch, es wird zu gefährlich für dich. Bis zum Ende des Krieges bist du sicher in Genf. Ich kann alles in die Wege leiten, mein Freund und seine Frau werden sich um dich kümmern. Glaube mir, die Zeit wird knapp!«

Nina schaute ihn verzweifelt an. Er legte seine Arme um sie und flüsterte ihr ins Ohr: »Nina, wenn der Krieg vorbei ist, komme ich zu dir. Lass uns ein gemeinsames Leben aufbauen. Ich liebe dich, Nina, und ich möchte dich in Sicherheit wissen.« Er schaute ihr tief in die Augen, dann küsste er sie sanft. »Ich wünschte, ich könnte bei dir sein, aber ich muss gehen.« Er strich ihr behutsam über die Haare. »Morgen Abend komme ich wieder, mit mehr Informationen. Ich muss gehen. Pass auf dich auf!« Er küsste sie, dann lief er hastig zur Tür. Gerade als er sie öffnen wollte, kehrte er um, zog einen Briefumschlag aus seiner Hosentasche und legte ihn auf den Flügel. Ein spitzbübisches Lächeln umspielte seine Lippen. »Fast hätte ich das Wichtigste vergessen!«

Nina fühlte sich ganz benommen. Carlo. Wie er sich um sie kümmerte. Ahnte er von ihren Mitbewohnern, die sie versteckte? Nein, sie konnte sein Angebot nicht annehmen. Es schien ihr zu riskant. Hastig nahm sie den Briefumschlag, warf sich einen Schal über den Kopf und schlich leise die Treppe hinunter. Der Gesang der Kinder war immer noch zu hören. »Flieg, Gedanke, auf goldenen Schwingen ...« Die Melodie begleitete sie, als sie geräuschlos die Haustür öffnete und in der Abenddämmerung zum Vatikan eilte.

Aufgewühlt und tränenüberströmt betrat sie Robertos Büro. Er umarmte sie freundschaftlich.

»Ich kann nicht weg, Roberto! Aber hier wird es auch zu gefährlich für mich!«

»Ich habe ein Versteck für dich, Nina. Im Kloster in den Bergen bist du sicher. Ich werde Manolo umgehend zum Haus schicken und die versteckten Flüchtlinge anderswo unterbringen lassen. Die Zeit ist knapp.«

Nina wurde zu einer Kammer geführt, wo sie erst einmal die nächste Nacht verbringen konnte. Ihr war immer noch ganz schwindelig von den Ereignissen des Tages. Als sie endlich im Bett zur Ruhe kam, erinnerte sie sich an den Briefumschlag. In sauberer Schrift stand »Meiner lieben Nina« auf dem Umschlag. Ihr wurde ganz warm ums Herz, als sie ihn vorsichtig öffnete.

Meine geliebte Nina, ich bin nicht gut im Schreiben und schon gar nicht im Dichten, aber ich hoffe, dir mit diesem Gedicht von Goethe beschreiben zu können, wie sehr ich dich liebe.
Dein Karl.

Nina hielt kurz inne. Die Gedanken führten sie zurück zu ihrem Haus. Hätte sie bleiben und seinen Anweisungen folgen sollen? Wie sehr hatte sie sich doch in diesem Moment gewünscht, dass es keinen Krieg gäbe. Und sie wusste, dass ihr Herz nicht mit Angst erfüllt war, sondern mit Vertrauen zu ihm. Er war kein Feind. Er meinte es ehrlich, das wusste sie in diesem Augenblick, aber die Umstände ließen sie anders handeln. Eine Reise nach Genf wäre viel zu riskant gewesen. Im Kloster würde sie sicher sein. Schweren Herzens las sie das Gedicht.

Ich denke dein, wenn mir der Sonne Schimmer vom Meer erstrahlt.
Ich denke dein, wenn sich des Mondes Flimmer in Quellen malt.
Ich sehe dich, wenn auf dem fernen Wege der Staub sich hebt.
In tiefer Nacht, wenn auf dem schmalen Stege der Wanderer bebt.
Ich höre dich, wenn dort mit dumpfem Rauschen die Welle steigt.
Im stillen Haine geh ich oft, zu lauschen, wenn alles schweigt.
Ich bin bei dir, du seist auch noch so ferne, du bist mir nah!
Du bist mir nah! Die Sonne sinkt, bald leuchten mir die Sterne,
Oh, wärst du da!

Ein dumpfes Surren ertönte. Nina hielt inne. Es wurde lauter, verwandelte sich in ein Brummen, das mehr und mehr in ein Dröhnen überging. Nina horchte, stand auf und trat zum Fenster. Das dumpfe Geräusch wurde ohrenbetäubend, die Fensterscheiben zitterten und der Dielenboden vibrierte unter ihren Füßen.

»Mein Gott!«

Der Himmel war übersät mit Flugzeugen und unter ihnen schwebten Schwärme von fliegenden Objekten der Stadt zu.

»Unsere ewige Stadt wird bombardiert!«

»Enzo, schnell, wir müssen hier raus!« Maurizio zerrte mich auf sein Motorrad.

»Was hast du vor? Ist das nicht zu gefährlich?«, schrie ich ihn verzweifelt an.

»Auf Rädern sind wir schneller!«, rief er zurück. »Ich nehm dich mit zu meinen Eltern. Hoffentlich bleibt das Hotel verschont.«

Eben hatten wir noch im Büro am Flughafen Ciampino gesessen und die Inventarlisten einer Lebensmittellieferung kontrolliert, als wir das dumpfe Motorengeräusch wahrnahmen und sofort wussten, was es war. Im Eiltempo rannten wir die Treppe hinunter zum Vorplatz, wo Maurizio sein Motorrad geparkt hatte. Maurizios Eltern führten ein Hotel in der Stadt, dahin wollten wir. Mir lief kalter Angstschweiß den Rücken hinunter.

»Aber das ist doch Wahnsinn! Wir sollten uns besser einen Schutz suchen!«, brüllte ich ihn an.

Maurizio hörte nicht auf mich. Er raste so schnell er konnte durch Nebenstraßen und in kleine Gassen hinein. Ein Haus explodierte hinter uns. Durch die Erschütterung schlitterte das Motorrad gefährlich über einen Randstein. Ich konnte mich gerade noch festhalten. Maurizio fuhr wie besessen im Slalom, um dem Bombenhagel auszuweichen. Je näher wir der Stadt kamen, umso weiter schienen wir uns von den Explosionen zu entfernen. Ich traute mich gar nicht, rückwärts zu schauen, der Lärm war markerschütternd. Menschen rannten panisch in Kirchen hinein in der Hoffnung, dort in den Krypten Schutz zu finden.

Endlich verlangsamte Maurizio das Tempo. Er fuhr in eine schmale Gasse und stoppte das Motorrad. »Komm!« Er schob mich durch eine dicke Eichentüre.

»Maurizio! Da bist du! Schnell!« Seine Mutter umarmte ihn, dann schob sie uns die Treppen hinunter in den Keller.

Nach stundenlangem Warten verebbten die Explosionsgeräusche endlich und wir krochen aus dem Keller heraus. Der Geruch von Feuer und Verbranntem hing in der Luft.

»Enzo, du kannst vorläufig hierbleiben«, sagte Maurizios Mutter freundlich.

»Danke, Signora, ich bleibe gerne für zwei Nächte, dann muss ich nach Süditalien, wo ich neu eingesetzt werde. So steht es auf meinem Marschbefehl.«

Wir gingen durch die Straßen. Hier im Zentrum war nur wenig Schaden zu erkennen. Ich wollte sofort zum Vatikan, zu Roberto, um mehr zu erfahren.

Von zwei Gendarmen begleitet, fuhren Roberto und Papst Pius XII. ins Stadtviertel San Lorenzo. Beide hatten mit Entsetzen die Angriffe vom Vatikan aus beobachtet und die Rauchsäulen über dem Osten der Stadt gesehen. Auf dem Vorplatz der Basilika di San Lorenzo traf das Oberhaupt der katholischen Kirche mit den geschockten Opfern zusammen. Inmitten der Trümmer kniete er nieder und betete das Klagegebet *De profundis*. Menschen berührten ihn, küssten seinen Ring, Kinder hingen an seiner Soutane, die von Blut beschmiert war.

»Wir wollen Frieden!«, schrie die Menge.

Der Papst sprach mit den Verletzten und tröstete die Hinterbliebenen. Er war selbst im Schockzustand. Flehend und warnend erhob er die ausgebreiteten Arme zum Himmel.

Auf dem Rückweg erklärte Papst Pius XII. empört: »Ich werde gleich dem US-Präsidenten Franklin Roosevelt telegrafieren! Die Hauptstadt der heiligen Christenheit soll geachtet werden und sie soll von weiteren Angriffen verschont bleiben. Dem Militär werde ich befehlen, die hohen Kommandos aus der Stadt zu evakuieren. Rom soll zur ›offenen Stadt‹ erklärt werden!«

»Schnell, aus dem Weg!«, schrie Dr. Bernardo. Mit zwei Helfern hievte er den blutüberströmten Körper auf ein Krankenbett. »Er muss sofort operiert werden!« Der Arzt schaute sich nur kurz den Verletzten an, da war ihm klar, dass die von Bomben zerfetzten Beine amputiert werden mussten. Auf der nächsten Bahre lag ein Patient mit schweren Kopfverletzungen.

»Reicht ihm eine Dose Morphium!«, ordnete er an.

Ununterbrochen wurden Bombenopfer eingeliefert, die Operationssäle waren überbelegt.

»Dieser Mann hier sollte sofort operiert werden, sonst überlebt er es nicht.« Francesca schaute Dr. Bernardo fragend an.

»Alle Ärzte haben die Hände voll zu tun im Moment. Mach, was du kannst, Francesca!« Er sah mitgenommen aus. Um seine wässrigen Augen lagen tiefe, dunkle Ringe. Er war seit vierundzwanzig

Stunden auf den Beinen, um die Opfer des Bombenangriffs zu operieren.

Francesca sprach dem Soldaten leise zu. Seine Eingeweide hingen aus dem Bauch, er schrie, dass es einem durch Mark und Bein ging. Während sie ihm eine Spritze Morphium verabreichte, erblickte sie Carina, die sich um einen Patienten mit einer großen Armwunde kümmerte. Als Carina aufblickte und auf den nächsten Verwundeten schaute, der hereingetragen wurde, musste sie sich krümmen unter dem Brechreiz, der sie überkam. Der Gestank von verbranntem Wundfleisch und Blut überwältigte sie. Francesca eilte schnell zu ihr und umarmte sie.

»Carina, komm!« Sie führte Carina in einen Raum, in den Patienten aus dem Operationssaal zur Beobachtung und Betreuung gebracht wurden. Francesca erklärte der Oberschwester, dass Carina nicht bei der Notaufnahme arbeiten könne.

»Verstehe«, meinte die Oberschwester kurz.

Der Saal war zum Bersten voll. Die Krankenschwestern konnten sich gerade noch zwischen den Bettenreihen hindurchzwängen. Hier fühlte sich Carina besser. Die Verletzten trugen Verbände, man konnte nur ahnen, was ihnen passiert war. Jemand weinte leise, viele lagen regungslos da, einige starrten an die Decke. Aus jedem Gesicht sprach der Schrecken der vergangenen Nacht.

»Ist noch für eine Person Platz hier?« Eine Stimme riss sie aus ihren Gedanken. Der Arzt schaute sie fragend an.

»Ich werde ihn dahinten in die Ecke fahren, aber

danach ist dieser Raum voll.« Carina schob das Krankenbett durch den schmalen Gang. Dann lehnte sie sich über den Kranken. »Luca, mein Gott, Luca, bist du es? Ja, du bist es! Luca, was ist passiert? Hilfe, Hilfe! Das ist mein Mann!«, schrie sie auf. »Hol Francesca, schnell!«, rief sie der Krankenschwester zu. »Luca, mein Liebling! Oh nein, was haben sie dir angetan? Luca, hörst du mich? Ach Luca, mein Liebster, ich bin bei dir. Ich bin es, Carina. Ich werde dich wieder gesundpflegen. Mein Luca! Alles wird wieder gut.« Tränenüberströmt blickte sie auf Lucas geschlossene Augenlider. Sie küsste ihn, hielt seine Hand, aber er rührte sich nicht.

Ich wartete ungeduldig in Robertos Arbeitszimmer. Wie in einem Bienenstock rannten Angestellte, Geistliche und Gardisten durch die Gänge. Man sagte mir, dass Roberto mit dem Papst zu den Trümmern der Basilika San Lorenzo gefahren sei, um mit den Betroffenen zu beten. Trotzdem wollte ich auf ihn warten und fragen, was genau passiert war.

Die Tür flog auf und Roberto hetzte ins Büro. »Enzo! Gut, dass du den Angriff heil überstanden hast!«

Noch nie hatte ich ihn so aufgeregt erlebt. Meistens begegnete er Schwierigkeiten auf eine ruhige und besonnene Art, aber heute war er total aufgebracht.

»Es ist schrecklich, Enzo, was sich letzte Nacht zugetragen hat! Der Stadtteil San Lorenzo liegt in Trümmern«, erzählte er. »Jetzt wird sich der Papst endlich darum kümmern, dass die Stadt Rom in Zukunft verschont bleibt.«

Das Telefon klingelte. »Du bist es, Francesca?«, rief Roberto überrascht. »Oh nein, mein Gott! Enzo und ich kommen sofort!« Er hängte auf. Die schockierenden Erlebnisse von San Lorenzo standen ihm ins Gesicht geschrieben, aber jetzt blickte er mich mit Tränen in den Augen an. Verzweifelt heulte er: »Es ist Luca. Lass uns sofort ins Krankenhaus fahren!«

Die Beerdigung in Sizilien

Der lange Trauerzug bewegte sich schweigend auf die Anhöhe zu. Zypressen reihten sich entlang des Weges, der durch ein geschwungenes Eisentor in den Friedhof hineinführte.

Eine mächtige Engelsstatue thronte im Zentrum der Ruhestätte. Hinter Grabsteinen aus Marmor erhoben sich die großen Familiengrüfte, dazwischen standen kunstvoll gemeißelte Steinfiguren. Auf den von Wind und Wetter gezeichneten Marmorplatten der Schiebegräber konnte man Inschriften aus Gold erkennen und in der Mitte der Steinplatten waren Fotos der Verstorbenen eingelegt. Bunte Blumen zierten die Gräber, manche waren von Hibiskusstauden umrankt, andere von rund geformten Büschen. Am Ende des Weges wurden gerade auf beiden Seiten neue Gräber erstellt. Die vielen kleinen Kreuze ließen die große Zahl der erst kürzlich gefallenen Soldaten erahnen.

Ich konnte es immer noch nicht fassen, dass Luca im Bombenangriff umgekommen war. Als wir das Krankenhaus erreichten, wurde uns bestätigt, dass er bereits tot eingeliefert worden war. Carina war außer sich und wurde von Weinkrämpfen geschüttelt. Roberto nahm sie zum Vatikan mit, wo sich zwei Ordensschwestern um sie kümmerten.

Als ich Luca so starr und bleich auf dem Krankenbett liegen sah, fühlte ich eine unbeschreibliche Trauer in mir aufkommen. Ich war wie gelähmt, umarmte ihn und weinte lange. Er hatte mir so nahe gestanden, als wäre er mein Bruder gewesen. In Rom hatten wir uns oft getroffen und abendfüllende Gespräche geführt. Ich bewunderte ihn über alles, seine frohe, offene Art, seinen freundlichen Umgang, seine Leidenschaft fürs Fliegen, dann aber auch für seine Vorliebe für die italienische Lyrik, was mich an ihm so überraschte. Es war das erste Mal bei seiner Hochzeit, dass er ein Gedicht vortrug. Es berührte mich damals sehr. Später erzählte er mir, dass er manchmal abends in seiner Baracke Gedichte schreibe. Es entspanne ihn und so könne er die Kriegssituation vergessen.

»Weißt du, so sehr ich auch die Fliegerei liebe, ich habe nun auch realisiert, dass wir uns im Krieg befinden, und es nervt mich, je länger er andauert, umso mehr. Wäre kein Krieg, dann könnten Carina und ich in einer hübschen Wohnung in der Stadt wohnen, sie könnte ihr Geschichtsstudium aufnehmen, wir würden ein schönes Leben führen, ausgehen, uns mit Freunden treffen. Ich bin manchmal so verärgert, dass ich am liebsten alles hinschmeißen würde. Ich fragte mich, ob ich bald depressiv werde, weil ich hier im Flughafen einquartiert bin. Carina musste ihr Studium abbrechen und jetzt arbeitet sie unzählige Stunden lang im Krankenhaus. Wenn wir einfach mal zusammen sein möchten, mieten wir uns ein Hotelzimmer, aber selten bleibt überhaupt Zeit dazu. Das Schreiben beruhigt mich, ich drifte dadurch weg in eine andere Welt. Das Träumen tut gut.«

Ich fiel aus allen Wolken. Das Geständnis, dass es

ihm in Wirklichkeit schlecht ging, überraschte mich, denn er schien immer gut drauf zu sein. Und diese Wut, die er beschrieb, die spürte ich genauso. Ich war wütend darauf, dass Luise sterben musste, dass ich mein Studium abbrechen musste und überhaupt, diese Gehorsamkeit gegenüber der militärischen Obrigkeit ging mir ebenfalls total gegen den Strich.

»Ich kann dich gut verstehen, Luca. So vieles müssen wir entbehren und die schönsten Jahre werden uns versaut«, sagte ich mitfühlend. »Ich finde es wunderbar, dass du beim Schreiben Ruhe findest. Auf Lampedusa habe ich mich in der freien Zeit manchmal auf einen Felsen gesetzt und einfach ins offene Meer hinausgeschaut, um alles zu vergessen.«

Ich erinnerte mich, wie er mich einmal auf einen Rundflug mitnahm. Das war natürlich verboten, aber Luca drängte mich dazu. Ich fühlte mich sehr unwohl dabei, doch er schaffte es, mich mit seinen großen Reden über das Fliegen als das höchste der Gefühle zu überzeugen. Er wollte nur einen kurzen Flug über die Stadt und den Apennin machen. Wenn ich jetzt daran dachte, wurde mir fast schwindelig. Natürlich war Luca mit jedem bestens befreundet, so auch mit den Fluglotsen. Er wickelte sie alle um den Finger. Er war einfach ein Glückskind, es war ihm stets alles gelungen. Er hatte seinen Traumjob, seine Traumfrau, überall genoss er Ansehen. Das Glück schien ihm in den Schoß zu fallen. Auch dieser kleine Rundflug über die Stadt hätte ihm den Kragen kosten können, aber er war stets so zuversichtlich, so von sich selbst und der Welt überzeugt, dass er wirklich gar nichts scheute. Ach, wie ich ihn vermisste!

Eine Hand legte sich auf meinen Arm. Francesca schaute mich mitleidvoll an. Ich ließ sie sich bei mir einhaken. Sie gab mir ein gutes Gefühl, als würde sie mich aus meinen dunklen Gedanken heben.

»Denk daran, Enzo, Lucas Geist lebt in uns weiter.«

»Es zerreißt mich, schon nur an ihn zu denken, Francesca. Eben hatte ich unsere schöne gemeinsame Zeit in Rom wieder vor Augen. Wir standen uns so nahe.«

Gedankenvoll schritten wir hinter den Trauergästen einher.

»Wie geht es Carina?«

»Sie wurde von den Nonnen im Vatikan fürsorglich aufgenommen. Der Schock hielt noch ein paar Tage an, aber sie hat sich jetzt etwas beruhigt«, erzählte Francesca, während wir uns der Grabstätte näherten. Dann hauchte sie mir ganz leise ins Ohr: »Sie erwartet Lucas Kind!«

Ich musste kurz innehalten. »Tatsächlich?«

Francesca lachte leise auf: »Ja, tatsächlich, lieber Enzo. Es ist bestätigt!«

»Entschuldige die dumme Frage, Francesca. Ich bin einfach so überrascht.« Die Neuigkeit erfüllte mich gleichzeitig mit Freude und mit Trauer. »Wie schmerzlich, dass es Luca nicht miterleben kann.« Meine Augen füllten sich mit dicken Tränen. Francesca umarmte mich mitfühlend.

Die Menschen scharten sich um das mit üppigen Blumenkränzen geschmückte Grab. Meine Großeltern saßen auf Klappstühlen, neben ihnen standen Carina, ihre Mutter und Tante Zia mit Onkel Toni. Vince und Pete hielten sich im Hintergrund auf, wo sich eine ganze Schar Piloten der *Regia Aeronautica* in einer Reihe formiert hatten. Francesca stellte sich zu Carina. Roberto öffnete andächtig sein Gebetbuch und machte das Kreuzzeichen.

Der Gedanke an das Kind erfüllte mich mit unbeschreiblicher Freude und im selben Augenblick schwor ich Luca am Grab, dass ich alles tun würde, um sicherzustellen, dass es Carina und dem Kind gut gehe. Ich konnte nachvollziehen, was Francesca damit meinte, als sie sagte, dass Lucas Geist in uns weiterleben werde.

Ich schaute auf. Meine Augen trafen direkt auf Francescas. Für einen kurzen Augenblick hingen unsere Blicke aneinander und mir war, als könnte sie meine Gedanken lesen.

Die Wanderung entlang des
Apulischen Aquädukts

Acqua di monte, aqua di fonte, aqua que squilli, acqua que brilli,
acqua che canti e piangi, aqua che ridi e muggì, tu sei la vita, e
sempre, sempre fuggi.

Bergwasser, Quellwasser, Wasser, du murmelst, Wasser, du
funkelst, Wasser, du singst und weinst, Wasser, du lachst und
brüllst, du bist das Leben, das immer weiterfließt.

Gabriele d'Annunzio

Die Einsatzzentrale der Luftwaffe in Rom beorderte mich zurück nach Süditalien, zum italienischen Jagdflughafen in Matera. Man wollte mich einfach abschieben, das war mir sofort klar. In Rom sei kein Platz für mich, wurde mir erklärt. Ich ärgerte mich, dass ich den ganzen Weg nach Rom gekommen war und jetzt wieder zurückfahren musste. Ich kam mir wie eine Marionette vor, die man irgendwo verstauben ließ, aber an den Fäden hing man alleweil. Ich tröstete mich mit dem Gedanken, dass ich dort in der Nähe meiner Verwandten sein würde.

Mein Vorgesetzter auf dem Kommandobüro am Flugplatz Matera schien sehr beschäftigt zu sein, als ich mich dort anmeldete. »Was willst du?«, fragte er barsch.

»Das Luftfahrtministerium in Rom hat mich in eure Einheit versetzt«, erklärte ich.

223

Er schaute kurz auf, musterte mich, dann wühlte er weiter in seinen Papieren. Nach einer Weile fragte er: »Sprichst du Englisch?«

Ich verneinte.

»Dann gibt es hier nichts für dich zu tun. Wir hängen hier auch nur herum und müssen auf die Engländer warten. Die Deppen in Rom haben keine Ahnung, was hier unten im Süden abgeht. Gestern wurde der Waffenstillstand proklamiert und die Alliierten sind in Salerno und Taranto gelandet. Ich rate dir, geh zurück nach Hause!«

Ich salutierte und verließ den gereizten Vorgesetzten. Ich hatte auch die Nase voll. Nichts wie nach Hause, zurück in die Schweiz! Draußen suchte ich die Toilette auf, wo ich mich umzog. Zum Glück hatte ich zivile Kleider dabei. Die Uniform verstaute ich im Koffer und eilte aus dem Flughafengebäude.

Ich könnte nach Bari fahren und von dort aus den Zug in den Norden nehmen, überlegte ich. Ich wägte die Möglichkeiten ab und kam zum Schluss, dass das die beste Lösung sei.

Kurz darauf befand ich mich in der Innenstadt von Matera. Die letzten Sonnenstrahlen der Abenddämmerung fielen auf die unzähligen Höhlenwohnungen in den Felsen. Da um diese Zeit keine Züge mehr fuhren, erkundigte ich mich nach dem Busbahnhof und versuchte es dort. Und es schien tatsächlich so, als hätte mich heute eine Glückssträhne gestreift, denn ein Fernbus stand gerade bereit zur Fahrt nach Bari. Ich ergatterte einen Platz und setzte mich erleichtert neben eine junge Frau, die ein Kleinkind auf dem

Arm hielt. Ein paar Jugendliche stiegen zu und nahmen hinter uns Platz.

»Leute, das wird ein Fest! Ich werde zum Baseballspiel ins Bambino-Stadion gehen!«

»Gino, kennst du die Regeln des Baseballspiels?«

»Ach, keine Ahnung, Nino, wir werden sehen. Lass dich überraschen!«

Die Begeisterung wurde von den anderen Busfahrgästen schnell aufgenommen. Wild durcheinander wurde die Neuigkeiten über den Waffenstillstand Italiens und den Einmarsch der Alliierten berichtet.

»Wenn die Jungs wüssten, warum Mussolini das größte Fußballstadion Italiens gerade in Bari bauen ließ«, kicherte meine Sitznachbarin. Ich hatte sie wohl unverständig angeschaut, weswegen sie erklärte: »Die Frauen von Bari haben statistisch die höchste Anzahl an Jungen geboren, verglichen mit jeder anderen italienischen Stadt. Als Anerkennung ließ Mussolini das Stadion bauen. Ha, wenn wir Frauen nicht wären!« Dabei tätschelte sie das Gesicht ihres kleinen Jungen.

Nun meldeten sich die Mädchen zu Wort: »Wir gehen nach Porto-Vecchio!«

»Ihr wollt euch wohl mit den GIs anfreunden, eh?«, neckte einer der Jungs.

»Vielleicht, warum nicht? Aber erst einmal werden wir uns einen Film anschauen«, erzählten sie übermütig.

Die Frau neben mir drehte sich um. »Einen Film?«

»Ja! Auf der Piazza wird *Sergeant York* gezeigt, mit

Gary Cooper!« Die Mädchen kreischten vor Begeisterung.

Die Frau drehte sich zu mir. »Ich spreche kein Englisch, aber den Film werde ich mir trotzdem anschauen. Das wird eine tolle Feier in Bari!«

Es interessierte mich nicht, wovon sie sprachen. Aber so viel konnte ich mir zusammenreimen, dass die Alliierten bis zur Stadt Bari vorgedrungen waren und die Italiener ihre Befreiung feierten. Glücklicherweise war die Frau neben mir mit ihrem Kleinkind beschäftigt und es kam ihr nicht in den Sinn, Fragen zu stellen.

Der Bus fuhr im Schritttempo durch die Menschenmenge, die sich auf den Straßen von Bari eingefunden hatte, um die Ankunft der Alliierten zu feiern. Blumen wurden den GIs überreicht, über Megafone wurden Reden gehalten und Musik schallte aus Mikrofonen. Frauen drängten sich in Läden, die Seidenstrümpfe und Palmolive-Seife anboten, alte, schwarzgekleidete Frauen legten frische Pasta auf Tischen aus, Offiziere saßen auf Bänken, nippten an ihrem Gin, während eine italienische Sängerin im Hintergrund Arien trällerte. Ich drängte mich durch die Massen am Hafen. Die ausgelassene Stimmung fühlte sich gut an und die leichte Brise erfrischte mich. Es war schon dunkel, als ich mich der Hafenmole näherte. Die starken Flutlichter drehten ihre Bahn abwechselnd über dem Hafen und kreisten im dunklen Abendhimmel in weitem Bogen über die Bucht. Die Anzahl der vor Anker liegenden Schiffe war beeindruckend. Noch nie hatte ich eine Armada in dieser Dimension erblickt. Weiter draußen war ein Flugzeugträger zu sehen. Ich nahm Gesprächsfetzen aus der Menge wahr.

»Die Hauptversorgung für die 8. Armee soll über unseren Hafen laufen. Die alliierten Luftstreitmächte werden anscheinend in Foggia bis zu vier dutzend Landeplätze für die Jagdbomber bauen.«

»Ach, deshalb all dieser Stahl, schau dir das an, tonnenweise werden Stahlplatten verladen!«

Ich schlenderte zurück zur Hauptstraße, wo ich an einem Stand ein mit gegrillten Sardinen belegtes Brötchen kaufte. Das schmeckte lecker! Ich genoss den kleinen Luxus, während ich mich weiter durch die euphorisch gestimmten Menschen bewegte. Überall wurde gelacht, getrunken, gefeiert. Von Weitem hörte man lautes Rufen und Toben, das vom Bambini-Stadion kam. Das Baseballspiel schien in vollem Gange zu sein. Trotzdem wollte ich hier nicht lange verweilen, sondern möglichst schnell den nächsten Zug nach Norden erwischen.

Am Hauptbahnhof teilte man mir mit, dass die Züge zurzeit nur ab der Station Macchie fuhren. Dieser Bahnhof lag außerhalb der Stadt, so machte ich mich zu Fuß auf den Weg.

Immer noch schlenderten unzählige Menschen in den Straßen. Auf einmal schrie eine Frau auf. Sie stand auf der Dachterrasse ihres Hauses. »Hilfe! Sie kommen!« Sie zeigte auf den Himmel und zog ihre Kinder ins Haus hinein. Das dumpfe Brummen war mir nur zu gut bekannt. Ein Amerikaner schaute durch sein Fernglas. »Los, Leute! Schnell! Es sind deutsche Ju-88-Bomber!« Die Nachricht verbreitete sich wie im Flug. Die Leute rannten so schnell sie konnten in ihre Häuser und Schutzräume. Nach einem kurzen Flug über die Stadt verschwanden die Flugzeuge wieder.

»Mama, schau! Es schneit!«, hörte ich ein Kind aus einem Fenster rufen. Es deutete in Richtung Hafen. Im Scheinwerferlicht blitzten tausende kleiner Folienstreifen. Wir schauten alle gebannt zum Hafen, die Kinder kreischten verzückt. Und dann, wie aus heiterem Himmel, ertönte das Dröhnen der Bomber wieder, aber jetzt überlaut. Es waren an die zwanzig Maschinen, die kaum fünfzig Meter über uns in Richtung Hafen flogen. Ich verkroch mich in einen Hauseingang. Kaum eine Sekunde später erbebte der Boden unter der ersten Detonation, auf die weitere folgten. Ich spähte um die Hausecke. Der Hafen brannte, Schiffsrümpfe wurden aufgerissen und Matrosen flogen über Bord in die Flammen über dem Wasser. Jetzt näherte sich ein Bomber dem Flugzeugträger. Mir schnürte es die Kehle zu. Das Feuer fegte über das Deck und zog alles mit sich, während Flugzeuge explodierten und brennende Stahlplatten in die Luft geschleudert wurden, um dann auf die an der Seite angelegten Schiffe zu krachen, die in Sekundenschnelle in erneuten Feuerwellen aufloderten. Die Schreie und Hilferufe vermischten sich mit weiteren Explosionen. Ein Flammenmeer züngelte sich in Windeseile am Hafenquai entlang.

»Das ist wahrscheinlich eine Rohölleitung«, hörte ich jemanden entsetzt rufen. Ich lief hinter das Haus.

228

Ein alter Mann spannte dort gerade einen Esel vor seinen Karren.

»Wo fahren Sie hin?«, fragte ich ganz spontan.

»Zurück auf meinen Hof. Weg vom Chaos! Heute morgen noch habe ich mein Gemüse auf dem Markt verkauft. Wer hätte so was gedacht, dass die verdammten Deutschen zurückkommen!« Er schwang sich auf den Sitz.

»Könnten Sie mich bis zum Bahnhof mitnehmen, bitte?«

»Setz dich!« Er trieb den Esel an und ich war froh, dass wir uns schon außerhalb der Stadt befanden. Ganz unten am Hafen stiegen jetzt hochhaushohe Rauchsäulen auf, Sirenen heulten ununterbrochen im fortlaufenden Krachen weiterer Explosionen.

»Junge, der Bahnhof wird jetzt bestimmt außer Betrieb sein. Wohin willst du?« Der alte Mann machte mir einen freundlichen Eindruck und so erzählte ich, dass ich möglichst weit nach Norden gelangen wollte.

»Wohnt deine Familie dort oben?«

»Ja, ich möchte nach Como. Dort wohnen Verwandte von mir, eine Tante und Cousins.«

Er schnalzte mit der Zunge. »Dio mio!«, rief er aus. »Da hast du aber was vor, mein Lieber. Ich kann dir versichern, dass keine Züge mehr fahren werden. Jedenfalls nicht von hier aus, vielleicht fahren sie weiter oben noch.«

Nach einer Stunde erreichten wir den kleinen Hof. Es war bereits spät am Abend, so lud er mich ein, bei ihm zu übernachten. Seine herzliche Frau tischte ein einfaches Mahl aus Bohnen und Kartoffeln auf und dann ließen sie mich im Stall übernachten. Am nächsten Morgen diskutierten wir, wie ich weiter nach Norden gelangen könnte.

»Ohne Karte oder Kompass bist du verloren. Aber ich habe da eine Idee, Junge. Weiter oben verläuft das Acquedotto Pugliese. Es ist eine römische Wasserleitung, die große Teile Apuliens und kleinere Gebiete Kampaniens mit Trinkwasser versorgt. Sie führt in die Abruzzen und endet in Molise bei Campobasso.«

Mit seiner Karre fuhr er mich hin. Ich war ihm so dankbar für seine Gastfreundschaft und die Hilfe für meinen weiteren Marsch sowie gerührt von der selbstverständlichen Hilfe einem Fremden gegenüber.

Das Aquädukt war ein eindrucksvoller Bau. Ich stellte mir vor, wie die Römer damals die Unmengen von Steinbrocken in diese unbegehbare Gegend geschleppt und dann Stück für Stück das Bauwerk errichtet hatten. Was für ein Glück, einen solchen Wegweiser zu haben, dachte ich.

Unter den geschwungenen Mauerbögen stand hohes Gras. Seitlich wuchsen wilde Obstbäume, die Schatten spendeten. Ich stapfte durch das Gebüsch. So lange keine Straße in Sicht war, würde ich wahrscheinlich kaum jemandem begegnen. Trotzdem suchte ich mir bald einen gut versteckten Schlafplatz, denn das Laufen war tagsüber zu riskant. Ich beschloss, beim Eindunkeln weiterzuziehen, kroch durch das dichte Gestrüpp unter einem der Bögen und lehnte mich an die kühle Mauerwand. Die

Sonne stand schon hoch über dem Horizont. Es ist Mittagszeit, dachte ich und döste bald ein.

Das monotone Summen der Mücken weckte mich aus meinem Schlummer. Ich verscheuchte sie aus meinem Gesicht. Die Abenddämmerung zog langsam auf. Ich dehnte meine Glieder und horchte. Es schien alles ruhig zu sein, also setzte ich meinen Weg fort. Später wollte ich eine Pause einlegen und ein Stück Brot und etwas Käse essen, den mir die Frau des Bauern eingepackt hatte. Ich wollte zunächst aber möglichst weit laufen, denn irgendwann, nach ein paar Tagen, würde ich mich um Proviant bei einem Bauernhof kümmern müssen. Ich mied offene Wege und hielt mich dicht am Verlauf des Aquädukts. Der Nachthimmel war klar und im hellen Mondschein war es einfach, dem Weg zu folgen.

Zwei weitere Tage verbrachte ich schlafend im Schutz der Mauern und nach Einbruch der Dunkelheit wanderte ich bis zum Sonnenaufgang, stets in der sicheren Nähe der Wasserleitung. Ich fühlte mich leicht erschöpft, denn die Portion Brot und Käse hatte ich über die drei Tage verteilt aufgegessen. Wasser gab es erfreulicherweise genug an den Brunnen, die es direkt aus der Leitung pumpten. Die Landschaft wurde nun offener und der Weg führte über ein Feld, das von einem ausgetrockneten Bachgraben geteilt wurde. Auf der anderen Seite des Grabens entdeckte ich ein paar Zelte. Ich kauerte mich hinter einen Busch, um zu beobachten, wer sich dort aufhielt. Es blieb dunkel und still. Ich nahm keine Bewegung um die Zelte herum wahr.

Eigenartig, dachte ich. Auf einmal hörte ich Schritte. Über das Feld trottete ein Bauer mit seinem Esel. In Italienisch trieb er das faule Tier an. Ich nahm meinen Mut zusammen, verließ mein Versteck und bewegte mich auf das Feld zu.

»*Porca miseria!*«, fuhr der Mann entsetzt zusammen. »Du hast mir jetzt aber einen Schrecken eingejagt! Was willst du?«

»Entschuldigt. Ich will nur fragen, wer in den Zelten gegenüber dem Flussufer übernachtet.«

Der Mann lachte auf. »Ich komme eben von dort. Die Deutschen sind gestern vor der Dunkelheit allesamt abgehauen, als wären sie von Bienen gestochen worden. Wer weiß, warum. Es hatte sich schnell im Dorf herumgesprochen. So konnte ich auch noch etwas von den Sachen, die sie in ihrer Eile liegen gelassen haben, ergattern. Beeile dich, wenn du noch etwas Nützliches finden möchtest.« Er stampfte an mir vorbei, den klapprigen Esel am Halfter hinter sich herziehend. Ich schlich leise am Flussbett entlang. Immer wieder duckte ich mich hinter den dicken Steinbrocken, die verstreut im Kies lagen. Ich wunderte mich, dass die Zelte von der Dorfbevölkerung noch nicht abgebaut worden waren. Vielleicht waren die Einheimischen mehr an Lebensmitteln und Kleidern interessiert. Viele Zelte waren noch nicht komplett leergeräumt. Da lagen Kisten, Decken und Kochutensilien neben Petroleumlampen, Aluminiumtellern und Dosenabfällen. Im Dunkeln durchsuchte ich sie schnell. Als ich in das dritte Zelt trat, entdeckte ich in einer Ecke eine offene Kiste mit

Wolldecken und Blachen. Vielleicht finde ich eine Karte oder einen Kompass, das könnte ich wirklich am meisten gebrauchen, überlegte ich. Ich wühlte in der Kiste und hob die Wolldecken heraus. Da fiel mir eben etwas Hartes in die Hand. Oh! Ein Jagdgewehr, auch nicht schlecht! In eine Wolldecke gerollt fand ich noch Munition, die ich gleich in meiner Tasche verstaute. Zwar waren keine Karten auffindbar, aber das Gewehr war ein guter Fund. So schnell wie ich gekommen war, schlich ich mich wieder davon.

In einem Olivenhain erblickte ich ein kleines, zerfallenes Steinhaus. Zwischen den Rädern eines morschen Karrens pickten Hühner im staubigen Boden, der Hahn krähte heiser aus dem anliegenden Schuppen und die ersten Sonnenstrahlen leuchteten ins Tal hinunter. Ich klopfte an.

»Signori, ich bin ein italienischer Soldat auf der Flucht und möchte fragen, ob ich bei Ihnen etwas zu essen haben kann.«

Bestimmt hungerten sie selbst. Das Holzgatter vor dem Schuppen ächzte leise im Wind. Keine Antwort. Ich klopfte nochmals und wollte eben meinen Spruch wiederholen, da tat sich die Tür einen kleinen Spalt auf. Die weit aufgesperrten Augen eines Greises blickten mich ängstlich an. Ich wiederholte meine Frage. Eine schwielige Hand öffnete die Tür ein kleines Stück weiter und ich erblickte ein von harter Arbeit gezeichnetes Gesicht.

»*Vieni!*«, kam es leise aus seinem zahnlosen Mund. Das Innere des Steinhauses machte einen ärmlichen Eindruck. Um einen krummen Holztisch standen zwei kaputte Stühle. In der Ecke loderte eine kleine Flamme im offenen Herd. Es roch nach ranzigem Öl und abgestandener Luft.

»Meine Frau liegt krank im Bett.« Er zeigte in den Nebenraum, wo auf einer Pritsche unter dem Gewühl von mehreren Decken ein kleiner Kopf zu sehen war.

»Was hat sie?«, fragte ich.

»Fieber.« Er bot mir an, mich zu setzen, dann holte er den kleinen Topf vom Kaminfeuer. »Bohnensuppe, das ist alles, was ich habe. Ich kann dir noch zwei Eier kochen, für unterwegs«, meinte er freundlich.

»Das wäre wunderbar. Vielen Dank!«, erwiderte ich.

Die Pritsche im Nebenraum quietschte und ein leises Husten war zu vernehmen. Ich konnte das runzelige, gerötete Gesicht der alten Frau erkennen. Ihre Augenlider waren geschlossen, ihre knorrigen Hände klammerten sich an den Decken fest.

Die Bohnensuppe schmeckte besser, als ich erwartet hatte.

»Ich habe Tabletten, die Sie Ihrer Frau geben können. Vielleicht hilft es. Sie sind gegen das Malariafieber, aber in der Armee verwenden wir sie für alles.« Ich zog die kleine Schachtel aus meinem Gepäck und legte sie auf den Tisch.

Der Alte sah mich dankbar an. Dann stand er mühsam auf und holte schmunzelnd zwei Weingläser. »Mein eigener Wein, aus den Weinbergen oben am Hügel.«

Der Wein schmeckte sauer, trotzdem genoss ich das angenehm warme Gefühl, das er in meinem Körper verbreitete. Nach dem Essen kochte der Alte die Eier und packte sie mit einem Stück Brot, zwei Tomaten und einer Handvoll Trauben in eine alte Zeitung. Ich fragte ihn, wie weit es noch bis Rimini sei. Er schaute mich ungläubig an und meinte, dass es bestimmt noch weitere sieben bis acht Tagesmärsche dauern würde.

»Hier«, sagte ich und überreichte ihm das Jagdgewehr, das ich im verlassenen Zeltquartier der Deutschen gefunden hatte. »Nehmen Sie das zum Dank an.«

Seine wässrigen Augen begannen zu leuchten, während er überglücklich lächelte. »Das ist wie Weihnachten, Junge! Und bist du sicher, dass du das Gewehr nicht selber gebrauchen kannst? Dein Weg ist nicht ungefährlich, alles mögliche Gesindel treibt sich zurzeit im Land herum und wenn du von einem Deutschen geschnappt wirst, landest du im Gefängnis.« Besorgt schüttelte er den Kopf.

»Seien Sie beruhigt, ich habe einen Revolver dabei.«

»*Bravo, ragazzo. Buona Fortuna!*« Er umarmte mich freundschaftlich, hinkte mit mir bis vor die Hütte und winkte zum Abschied. »Vielen Dank auch für die Medikamente!«

Während ich in der kommenden Nacht die Hügel der Abruzzen erreichte, überlegte ich, wie ich weiterkommen könnte, wenn ich das Ende des Aquädukts erreicht hätte. Das nächtliche Marschieren war anstrengend. Ich legte nach Sonnenuntergang los und lief bis zum Morgengrauen. Der Weg führte mich in den gebirgigen Apennin. In der Nähe von Molise endete das Aquädukt. Jetzt marschierte ich eine staubige Landstraße entlang, auf der mir etliche italienische Soldaten entgegenkamen. Sie waren auf dem Weg nach Kalabrien, Apulien und Sizilien. Von ihnen erfuhr ich, dass die Zugverbindungen in den Süden gestoppt worden waren, jedoch ab Rimini nordwärts noch funktionierten. Nach etwa einer Stunde traf ich auf einen kleinen Lieferwagen, der aus einem Seitenweg in die Straße einbog. Ich winkte ihm. Der Fahrer öffnete das Fenster.

»Wohin willst du?«

»Nach Rimini, zum Bahnhof!«

Der Zufall wollte es, dass er tatsächlich in Richtung Rimini unterwegs war. Auf der Fahrt erzählte er mir von den vielen Süditalienern, die im Norden stationiert waren und jetzt nach Hause flüchteten.

»Der Waffenstillstand hat eine riesige Völkerwanderung ausgelöst, es ist total chaotisch. Ich traue der Euphorie nicht wirklich. Alle sagen, dass die Deutschen jetzt kapitulieren. Aber ich rate dir, pass auf«, mahnte er.

»Ich bin ganz deiner Meinung. In Bari haben sie den Hafen bombardiert. Ich war glücklicherweise am Rande der Stadt. Es war schrecklich!«

Abends erreichten wir Rimini. Ich schaffte es noch auf den letzten Zug nach Como. Im Zugabteil saßen ein älteres Ehepaar mit ihrem Enkel und ein Geschäftsmann. Ich ließ mich in den Sitz fallen und schlief sofort ein. Kurz vor Mailand wurde die Tür des Abteils ruckartig aufgerissen. Ein deutscher

Sicherheitsbeamter stand stramm im Türrahmen. »Fahrkarten- und Ausweiskontrolle!« Zuerst knöpfte er sich den Geschäftsmann vor. Er begutachtete sein Gepäck, das aus einer Kiste und einer Brieftasche bestand.

»Was ist in der Kiste?«, fragte er scharf.

»Zigarren. Ich liefere sie einem Geschäft in Mailand.«

»Oh, Zigarren«, lächelte der Beamte plötzlich entspannt. Mir lief ein kalter Schauer den Rücken hinunter. Ich betete insgeheim, dass mein Koffer nicht durchsucht würde. Ich hielt ihm meine Fahrkarte und meinen Personalausweis, der in Palermo ausgestellt worden war, hin. Er studierte den Ausweis genau. Mir kam es wie eine Ewigkeit vor. Auf den Koffer warf er nur einen kurzen Blick, dann wandte er sich dem Ehepaar zu. Bevor er ging, fragte er den Geschäftsmann: »Bestimmt können Sie ein paar Zigarren entbehren. Meine Kollegen würden sich sehr freuen.« Der Mann öffnete den Koffer und übergab ihm eine Schachtel. Ach, dieses Arschloch, schoss es mir durch den Kopf. Der arme Mann würde wohl für die Kosten der Zigarren selber aufkommen müssen.

Auf der weiteren Fahrt konnte ich nicht mehr schlafen. Ich tat zwar so, damit ich mich nicht mit den anderen Fahrgästen unterhalten musste, aber ich lauschte die ganze Zeit wie ein gejagter Hund. Die Angst saß mir in den Knochen, doch glücklicherweise gab es keine Kontrolle mehr.

In Mailand musste ich umsteigen. Am Ausgang fand ich eine Telefonzelle. Ich drängte mich in die

Kabine und wählte die Nummer meiner Tante Chiara, die ich kaum kannte. Nonna hatte mir im letzten Augenblick, bevor ich nach Rom zurückmusste, ihre Adresse auf einen Zettel gekritzelt.

»Leider hatte Nonno seiner Tochter nie verziehen, dass sie ein uneheliches Kind in die Welt gesetzt hat. Das war wohl der Grund, weswegen sie ausgerissen ist. Ich bin aber stets mit ihr in Schreibkontakt geblieben. Im Geheimen verwahre ich Fotos von ihren Kindern Bianca und Alfredo. Hier, nimm das Foto! Sie hat es mir erst kürzlich geschickt. Wer weiß, vielleicht kann es dir nützlich sein zu wissen, wie sie aussehen und wo sie wohnen.« Dann überreichte sie mir einen Umschlag und flüsterte: »Das Geld kannst du bestimmt auch gebrauchen. Verwahre es gut, die Diebe lauern an jeder Ecke! Und, ach ja, fast hätte ich es vergessen: Sei achtsam gegenüber Alfredo. Er ist erst achtzehn Jahre alt, aber politisch aktiv.«

Ich betrachtete das Foto genauer. Die Gesichtszüge meiner Tante waren zierlich, meine Tante war meiner Nonna wie aus dem Gesicht geschnitten. Um ihren Mund lagen kleine Grübchen. Sie umarmte auf dem Bild ihre beiden jugendlichen Kinder. Alfredo trug einen Schnurrbart, wie ich. Die kurzen, widerspenstigen Wellen seines Haares waren mit Pomade streng nach hinten gekämmt. Seine schmalen Augen und die kantigen Gesichtszüge wirkten trotz seines jugendlichen Alters streng. Seine Schwester trug einen dunklen Rock mit karierter Bluse. Ihre langen Locken waren zu einem Pferdeschwanz zusammengebunden. Alfredo sah wirklich suspekt aus und würde jemand das Foto entdecken, wäre ich bestimmt auch als verdächtig eingestuft worden. Ich erinnerte mich, dass meine Mutter immer zu Weihnachten mit Tante Chiara telefoniert hatte. Als ich noch ganz klein war, besuchten wir sie einmal in Como. Ich fuhr damals zum ersten Mal im Zug.

»*Pronto!*«, hörte ich eine Frauenstimme in der Leitung.

»*Ciao zia!*«, rief ich aufgeregt. »Bist du es, Chiara?«

Es wurde einen Augenblick still. War die Verbindung etwa unterbrochen?

»Wer bist du?«, fragte die Stimme.

»Ich bin Enzo Dorigo«, erwiderte ich leise, fast flüsternd. Auf einmal fragte ich mich, ob es ein Fehler war, bei ihr anzurufen. Vielleicht wurden wir abgehört. Meine Hand am Hörer fühlte sich verschwitzt an.

»Enzo, du hast unsere Adresse?«, fragte die Frauenstimme wieder.

»Ja, ich bin in Mailand und werde in einer Stunde im Zug nach Como fahren.«

»Im Wartesaal beim Bahnhof Como hängt eine Straßenkarte. Ich warte auf dich zu Hause.«

Die Leitung knackte. Sie hatte aufgelegt. Nachdenklich verstaute ich das Foto mit der Adresse in meiner Jackentasche. Am Zeitungsstand holte ich mir den *Corriere della Sera* und setzte mich auf eine Bank. Auf der Frontseite war ein Bild vom brennenden Hafen in Bari, darunter stand:

»Am vergangenen Freitag ereignete sich ein Bombenangriff auf den Hafen in Bari. 17 Schiffe wurden versenkt und acht zusätzlich schwer beschädigt. Da die Ölleitung entlang der Hafenstraße explodiert war, breitete sich das Feuer schnell entlang des Quais aus. An die tausend Soldaten und ebenso viele Zivilisten wurden getötet. Es handelte sich nicht nur um Brandopfer. Bei vielen Menschen aus der Zivilbevölkerung bildeten sich erst fünfzehn Stunden nach dem Angriff riesige, mit Eiter gefüllte Blasen am ganzen Körper. Eine Behandlung war nicht möglich, die Ärzte konnten keine klare Diagnose stellen.«*

Ich starrte auf die Zeitung. Der Mann neben mir deutete auf den Artikel. »Ist ja klar, dass die Presse nicht alles schreibt. Ich bin mir sicher, da war Gas mit im Spiel«, behauptete er. Ich schaute ihn überrascht an. Mir war erst jetzt richtig bewusst, dass ich dem dort Geschilderten entkommen war. Der Gedanke daran ließ mich erstarren. Tausende von Menschen wurden dahingerafft und der Zufall wollte es, dass ich mich in genügend weiter Entfernung vom Anschlagsort befand, um nicht auch verletzt oder getötet zu werden. Es hatte sich zwar auch bei den Soldaten herumgesprochen, dass Hitler gedroht hatte, Gas einzusetzen, aber woher kam das Gas? Die Bomben, die abgeworfen wurden, sahen nicht wie Gasbomben aus. In meinen Gedanken sah ich die fröhlichen jungen Menschen, die ihre Befreiung feierten, sich vergnügten und auf ein neues Leben hoffen. Und genau diese Menschen mussten qualvollen Schmerzen erliegen.

240

»Alle einsteigen, der Zug nach Como fährt in zwei Minuten! Alle einsteigen!«

Der Ausruf ließ mich aufschrecken. Ich schnappte eilig meinen Koffer und sprang in den Wagen.

Partisanen

Das monotone Rollen der Zugräder empfand ich wie das Ticken einer Zeitbombe. Jede Umdrehung brachte mich ein Stück näher zur Grenze und doch schien es unendlich langsam zu gehen, so, als wäre es unmöglich, das Ziel zu erreichen. Ich war doch schon so weit gekommen, war so nahe am Ziel, warum fühlte es sich so unendlich weit entfernt an? Die Ungeduld nagte an mir. Meine Nerven waren am Ende. Es war, als wandelte ich in einem schlechten Traum.

Der Anblick der herbstlichen Landschaft überraschte mich. War schon so viel Zeit vergangen, seit ich Lampedusa auf dem letzten Boot verlassen hatte? Tatsächlich, es war Herbst geworden. Im Licht der warmen Sonne leuchteten die Blätter der Kastanienbäume in einer Palette von goldgelben Farbtönen. Sie erinnerten mich an den erdigen Duft von gebratenen Kastanien, wie sie meine Tante über dem Kaminfeuer zubereitete. Auf den kargen Hügeln waren kleine Felder auf Stufen angelegt, dazwischen wenige Weinberge wie bunte Farbtupfer.

Der Zug rollte langsam in den Bahnhof Como ein. »Endstation Como. Alles aussteigen!«, rief der Kontrolleur. Mit einem Ruck kam der Zug zum Stehen.

Der Bahnhof lag etwas erhöht über der Stadt. Ein kurzer Blick auf den Stadtplan im Wartesaal genügte, um den Weg zum Haus meiner Tante auszumachen. Ich marschierte die Straße entlang, die hinunter ins Stadtzentrum führte. Die kühle Luft tat gut und weckte meine Sinne. Die Gipfel der schroffen Bergkette waren mit einem Hauch Schnee bedeckt.

Ich musste mir eine Karte besorgen, damit ich mich orientieren konnte. Vielleicht konnten mir ja die Tante oder mein Cousin weiterhelfen. Dieser Gedanke ging durch mich durch wie ein Stich. Schon wieder war die Anspannung da und ließ mich nicht los. Wie mit Krallen grub sie sich in meinen Körper. Ich setzte mich auf den Rand eines Brunnens, um mich wieder zu fassen. Dann wusch ich mein Gesicht und ließ das eiskalte Wasser über meinen Nacken fließen. Ich trank reichlich und fühlte mich danach gestärkt genug, um den restlichen Weg zu gehen.

An der Ecke der Piazza stand ein deutscher Jeep mit zwei bewaffneten Soldaten. Sofort bog ich in eine Seitenstraße und dann in eine Gasse ein, dort fühlte ich mich sicherer, denn die Gasse war so eng, dass keine Autos sie passieren konnten. Am Ende der Gasse gelangte ich wieder auf eine belebte Straße, die ich überqueren musste, um in die Via di Foscolo einzubiegen. Kaum stand ich vor dem Haus meiner Tante, da erinnerte ich mich auf einmal wieder an die Eingangstür und die Palmen im Vorgarten. Sie hatten mich als kleiner Junge wohl sehr beeindruckt. So viele Jahre waren es her, seit ich hier gewesen war. Dieser kurze Erinnerungsmoment erfüllte mich mit einem Gefühl von Zuhause und Glück, an einem sicheren Ort übernachten und den weiteren Weg planen zu können. Ich klopfte in freudiger Aufregung an die Tür. Es rührte sich nichts. Ich schaute mich um.

Die Wohnstraße schien im Mittagsschlaf versunken zu sein. Gerade als ich noch mal klopfen wollte, öffnete sich die Tür einen kleinen Spalt.

Meine Tante Chiara erkannte mich und rief hastig: »Enzo, komm schnell herein!« Ich zwängte mich durch die kleine Öffnung in den Eingang. Erst als die Türe geschlossen und verriegelt war, entspannte sich der Ausdruck auf ihrem Gesicht, sie umarmte mich herzlich, küsste mich und sprach leise: »Enzo, ich bin so froh, dass du da bist! Pass auf, es ist nicht ohne Gefahr, dass du dich bei uns aufhältst. Ich werde dir alles erklären, aber erst einmal lass ich dir ein warmes Bad einlaufen und zeige dir, wo du schlafen kannst. Deine Kleider werde ich gleich mal gründlich waschen. Du kannst dir etwas von Alfredo anziehen.« Sie führte mich ins Obergeschoss, wo das Badezimmer war.

Als ich meine verschmutzten Kleider auszog, wurde mir erst richtig bewusst, dass ich sie wochenlang Tag und Nacht getragen hatte. Was für ein Luxus, in ein warmes Bad zu sinken! Der Gedanke an ein sauberes Hemd, eine frische Rasur und ein weiches Federbett beflügelten mich und ich genoss diesen unbeschreiblichen Augenblick, in das wärmende Nass einzutauchen.

Ich fühlte mich danach wie neu geboren. In der Küche setzte ich mich neben das lodernde Kaminfeuer. Meine Tante hantierte mit Küchenutensilien, der Duft von Polenta verbreitete sich im gemütlichen Wohnraum.

»Nimm dir ein Stück Käse, Enzo!« Sie reichte mir

einen Teller mit einem großen Stück Taleggio. »Bestimmt musstest du hungern auf deinem langen Weg hierher«, sagte sie gedankenversunken.

»Es war nicht so schlimm. Ich habe unzählige gastfreundliche Menschen getroffen, meist arme Bauern, die selbst hungerten, aber sie haben ihre wenigen Lebensmittel mit mir geteilt, mir eine Schlafstätte angeboten und oft noch etwas für unterwegs mitgegeben.«

Meinte Tante blickte mich mit staunenden Augen an.

»Ich bin sehr stolz auf dich, Enzo, und so glücklich, dass du es heil bis hierher geschafft hast. Du bist noch nicht am Ziel. Hier bei uns im Norden gibt es genug zu essen, aber die politische Situation spitzt sich zu. Immer mehr Deutsche strömen über den Brennerpass nach Süden. Die Grenzen werden scharf bewacht. Vorläufig kannst du hierbleiben, aber ich werde dich übermorgen zu meiner Schwägerin bringen. Es ist zu gefährlich bei uns.«

»Ist Alfredo auch eingezogen worden?«

Sie machte einen tiefen Seufzer. »Glücklicherweise nicht. Unser Hausarzt hat ihn als untauglich eingestuft, wegen seiner Lungenkrankheit. Er musste aber im Stahlwerk in Dongo arbeiten, wo er vor zwei Monaten einen Unfall erlitt und nun ist er krankgeschrieben. Er hinkt immer noch und wir wissen nicht, ob sein Bein je wieder in Ordnung kommt. Dein Onkel Mauro war ein überzeugter Antifaschist und hat sich politisch engagiert, in der *Resistenza*.« Tränen füllten ihre traurigen Augen.

»Er war Anführer einer Brigade der Republik von Ossola. Sie machten vor allem Aufklärungsarbeit. Man forschte ihm nach und eines Nachts, als er auf dem Weg in die Hügel unterwegs war, wurde er von einer Truppe deutscher Grenzwächter überrascht. Man nahm ihn gefangen. Er sollte Namen von Partisanen nennen und Orte mitteilen, wo die Waffen versteckt waren. Mauro aber weigerte sich. Ich habe mir solche Sorgen um ihn gemacht. Es war schrecklich. Drei Wochen später erhielten wir die Nachricht, dass er im Gefängnis verstorben ist.«

Sie senkte ihren Kopf.

»Oh mein Gott, Chiara! Woran ist er gestorben?«

»Es wurde uns nicht gesagt. Alfredo war außer sich und seine Wut trieb ihn an, in Vaters Fußstapfen zu treten. Er meinte, dass sein Vater erhängt wurde. Mauro war in ein Leichentuch eingewickelt und als wir es öffneten, konnten wir erkennen, was sie ihm angetan hatten. Ich sehe ihn jetzt noch vor mir. Sein Gesicht war komplett entstellt und sein Körper übersät mit Blutergüssen und eiternden Wunden.« Sie hielt inne. »Die Angst geht weiter, Enzo. Alfredo und Bianca sind nun auch aktive Partisanen. Sie spielen mit dem Feuer und kämpfen für die Freiheit. Pass auf, Enzo, dass dir nichts zustößt.«

Sie begann zu flüstern: »Al hat sich einen Plan für dich ausgedacht. Er kennt Leute, die dich über den See fahren und von dort weiter über die grüne Grenze bringen können.«

Sie küsste mich auf die Stirn und schöpfte mir dann Polenta auf einen großen Teller.

Das Geräusch kam mir bekannt vor. Wo hatte ich es schon mal gehört? Ich lauschte. Es wurde langsam lauter, es war, als rollten Kugeln durch den Himmel. Ich schaute hoch. Der Himmel war von Bombern übersät. Wie Vögel im Herbstzug schwärmten sie durch die Luft. Summend flogen sie kreuz und quer durcheinander. Ich versuchte einem der Flugzeuge mit meinen Augen zu folgen, aber es wendete sich so schnell und halsbrecherisch in alle Richtungen, dass ich es nicht schaffte. Mir wurde schwindelig. Ich schloss meine Augen. Wie ein Karussell drehte sich alles um mich herum, schneller und schneller.

Wo war ich? Als ich die Augen wieder öffnete, nahm ich kleine Punkte wahr, die langsam aus den Flugzeugen herabschwebten. Immer noch kurvten die Flieger in wilder Achterbahn rauf und runter, zielten jetzt aber in meine Richtung. Ich konnte nun die Punkte besser ausmachen.

»Oh nein!« Ich hielt den Atem an und rannte los. Eine Sekunde später kam der Aufprall, kurz danach der nächste, einer nach dem andern, ununterbrochen krachten die Bomben auf den Asphalt, rissen Straßen und Häuserblöcke auf, wie scharfe Messer. Es wurde heiß. Das Feuer der Explosionen verbreitete sich in Windeseile. Immer weiter und weiter rannte ich. Plötzlich spürte ich eine kalte Hand auf meiner Schulter. Sie zog mich ruckartig nach hinten.

»Stop, nicht weiter!« Das verzerrte Gesicht des Soldaten schrie auf im Schmerz, er stürzte sich auf mich und riss mich mit ihm in den Abgrund. Die Echos von Gewehrschüssen dröhnten im Wettlauf in meinem

Gehör, bis es so laut wurde, dass ich ertaubte. Hatte ich jetzt mein Gehör verloren? Die Geräusche nahm ich nur noch dumpf und distanziert wahr. Auf einmal war überall Wasser um mich herum. Ach, deshalb hörte ich alles nur noch so dumpf. Wild ruderte ich mit meinen Armen. Da! Ich konnte Sonnenstrahlen erkennen, die im Rhythmus der Wellen an der Wasseroberfläche tanzten. Da musste ich hin! Mit aller Kraft schwamm ich dem Licht entgegen. Ich kam der Oberfläche so nahe, dass ich instinktiv wusste, noch einen Zug, dann war es geschafft. Aber nein, so nahe war ich doch noch nicht. Wie aus dem Nichts schnellte etwas Silbernes an mir vorbei. Und gleich wieder. Es wurden immer mehr und sie wurden immer größer. Es waren Thunfische. Sie umkreisten mich. Langsam kamen sie näher. Einer dieser Riesen schwamm direkt auf mich zu. Im letzten Augenblick schwenkte er ab. Es war, als streifte mich ein Stück seiner Kampfwut. Er zog einen Bogen und drehte sich um, um dann noch schneller wieder auf mich zuzuschießen. Ich versuchte ihm auszuweichen, aber er rammte mich in meine Seite. Ich blickte entsetzt auf das Blut, das sich langsam mit dem Wasser vermischte. Laute Rufe ertönten, während die Thunfische panisch wild um mich herumjagten. Wieder wurde ich gerammt, diesmal in den Rücken. Die Rufe konnte ich nun klar hören. Dunkle viereckige Schatten waren an der Wasseroberfläche zu erkennen. Immer mehr Blut strömte ins Wasser.

»Mein Gott, ich verblute!« Da erst erkannte ich die Gaffen, die durch das Blutwasser hackten, Fischkörper krümmten sich unter ihren Schlägen, während sie sich im Rhythmus der Rufe in das Fleisch der Thunfische rammten. Ich erstarrte vor Schreck, als eine Gaffe wie eine Guillotine auf meinen Kopf fiel.

»Enzo! Enzo!«, rief eine Stimme.

Ich schaute auf. Luca blickte mich mit schmerzverzerrten Augen an. Sein Gesicht war übersät mit aufgeplatzten Wunden.

»Oh mein Gott, Luca!«, schrie ich hysterisch.

Tränenüberströmt fiel ich in seine Arme. Dann wurde alles schwarz um mich.

Ein fahler Lichtstrahl blendete mich. Langsam öffnete ich meine Augen. Mich fröstelte, obwohl zwei dicke Wolldecken über mir lagen. »Wo bin ich?« Mein feuchter Kopf schmerzte. Ich fühlte mich so schwach, dass ich mich nicht aufsetzen konnte. Da öffnete sich die Tür und ich erblickte Susanna, die Schwägerin meiner Tante.

»Enzo, *amore!* Du schwitzt ja schon wieder! Komm, ich helfe dir aus dem Bett. Nachdem du dich gewaschen hast, werde ich dir das Bettlaken wechseln. *Dio mio!* Dich hat das Fieber arg erwischt!«

Im Badezimmer musste ich mich erst einmal übergeben.

Als sich das Fieber auch nach zwei Tagen nicht besserte, rief Tante Chiara einen Arzt. Der stellte eine Darmgrippe fest und verschrieb Bettruhe und leichte Kost.

Ich war so froh, dass mich das Fieber nicht auf dem Fußmarsch erwischt hatte. Hier konnte ich mich in einem gemütlichen Bett auskurieren, wurde von Tante Susanna verköstigt und Alfredo und Bianca besuchten mich täglich. Sie erzählten mir von ihrer Arbeit in der Partisanenbewegung. Alfredo arbeitete tagsüber im Keller an gefälschten Dokumenten und Propagandamaterial.

»Deshalb wollte meine Mutter nicht, dass du bei uns bleibst. Sie hat Angst, dass unser Haus durchsucht wird und dir etwas zustoßen könnte.«

»Es ist gefährlich, was wir tun«, meinte Bianca, »aber der Kampfgeist ist so stark, dass wir weitermachen. Wir kämpfen für die Freiheit, die Gerechtigkeit.« Sie erzählte, dass sie zusammen mit anderen Frauen Kleider für Deserteure und Flüchtlinge nähte. »Die Soldaten aus Süditalien können jetzt nicht mehr nach Hause. Sie werden sofort gefangen genommen. Die Deutschen senden sie in die Arbeitslager nach Deutschland. Jeder italienische Soldat, den wir retten können, zählt. Wir geben ihnen Waffen und besorgen ihnen Verstecke und Unterkünfte. Viele von ihnen schließen sich der *Resistenza* an.«

»Ich bewundere euren Mut! Und ich spüre die Kraft und Ausdauer, die in euch steckt«, beteuerte ich.

»Ich bin ganz schön stolz auf dich, *cugino*, dass du den langen Weg von Süditalien hierher zu Fuß auf dich genommen hast«, schwärmte Alfredo.

»Und du bist so vielen Bombenangriffen entkommen. Was für ein Glück!«, stimmte Bianca ihm bei. »Wir können auch von Glück sprechen, dass wir nicht in Mailand sind«, erzählte sie weiter, »die Stadt wurde mehrmals bombardiert. Die Alliierten hatten es auf die Savoia-Marchetti-Fabriken abgesehen, aber oft trafen sie dann doch die Zivilbevölkerung.«

Alfredo hatte sich einen Fluchtplan für mich ausgedacht.

»Ich habe Beziehungen zu verschiedenen Leuten, die uns helfen können. Die Grenze ist stark bewacht, auch im Gebirge. Aber unsere Gruppen kennen jeden Weg und haben Bunker in den Bergen eingerichtet. Du wirst im Passagierschiff nach Dervio fahren. Dort wird mein Onkel Giulio auf dich warten.«

»Ich verstehe deinen Plan, Al!«, rief Bianca begeistert. »Lässt du Enzo im Fischerboot nach Dongo übersetzen?«, schmunzelte sie.

»Genau, Schwesterherz, du hast es durchschaut! Wie Bianca eben sagte, wirst du mit Giulio im Fischerboot von Dervio nach Dongo übersetzen. Mein Onkel Giulio betreibt ein Motorradgeschäft, nebenbei handelt er mit Schmugglerware. Einer seiner Schmuggler wird dich über den Passo San Jorio in die Schweiz führen.«

»Wie lange wird die Wanderung dauern?« Schon der Gedanke, dass ich mich einen Berg hochschleppen musste, lähmte mich. Ich fühlte mich noch so schwach. Die Glieder schmerzten und ich konnte mich im Bett kaum aufsetzen. Ich hatte Angst, erneut von einem Fieberschub überrascht zu werden. Bianca schien meine Gedanken lesen zu können und wandte sich an Alfredo.

»Enzo muss erst wieder vollständig auf die Beine kommen. Was hat der Arzt gesagt?«, erkundigte sie sich.

»Er meinte, dass sich in den nächsten zwei Tagen das Fieber senken wird. Es sei wohl eine Darmgrippe, die bis zu 48 Stunden dauern kann.«

Bianca legte mir einen feuchten Lappen auf die Stirn.

»Enzo, jetzt fällt mir etwas ein! Deine Fieberschübe könnten die Malaria sein«, überlegte Alfredo.

»Malaria?«, fragte ich unglaubwürdig. »Ein deutscher Kamerad hat mir ein Fläschchen Atabrine-Tabletten zur Prophylaxe gegeben, aber ich habe sie einem armen Bauern geschenkt. Seine Frau lag auch im Fieber und ich erklärte ihm, dass die Tabletten vielleicht gar nichts nützten, da sie zur Prophylaxe vorgesehen sind.«

»Wir pflegen dich gesund, Enzo, mach dir keine Sorgen« wandte Bianca ein. Und zu Alfredo gewandt bemerkte sie: »Sie müssen auf dem Weg eine Pause einlegen. Was meinst du, Al, vielleicht in unserem Bunker oben an der Waldgrenze? Die Wanderung bis nach Roveredo in der Schweiz dauert sieben Stunden.«

Alfredo erwog Biancas Vorschlag. »Der Bunker ist nicht geeignet. Ich denke, es wäre besser, wenn sie in der Alphütte oben am Pass rasten.«

Nach zwei Tagen fühlte ich mich tatsächlich wieder besser. Tante Chiara hatte mich liebevoll umsorgt. Obwohl auch hier im Norden die Lebensmittel rationiert waren, schien es in ihrem Haushalt keinen Mangel an Fleisch, Eiern, Butter, Zucker und Mehl zu geben. Sogar richtigen Kaffee servierte sie mir zum Frühstück. »Wir haben da so unsere Beziehungen, weißt du, Enzo«, lachte sie.

»Onkel Giulio?«, fragte ich interessiert.

»Er ist einer davon. Von ihm habe ich kürzlich Nylonstrümpfe erhalten. Was für ein Luxus!« Stolz zeigte sie ihre Beine. Sie war, wie alle Witwen, in Schwarz gekleidet.

»Schwarze Strümpfe sind ganz besonders rar. Die anderen überlasse ich den jungen Mädchen.«

»Wogegen tauscht er die Waren ein?«

»Gegen alles Mögliche, vor allem Luxusgüter, aber auch Waffen. Das Geld hat ja noch kaum einen Wert, so lässt er sich die Arbeit zum Teil mit Lebensmitteln bezahlen. Das ist gar nicht schlecht. Nur, das Waffengeschäft ist mir suspekt, oder sagen wir, unangenehm. Alfredo ist da ja auch drin verstrickt. Die Partisanen oben in den Bergen haben ganze Lager von Waffen in ihren Bunkern. Kürzlich haben sie einen Fallschirm auf einer Anhöhe gefunden.«

»Einen Fallschirm?« Kaum hatte ich die Frage gestellt, da konnte ich mir schon einen Reim darauf machen. »Klar, die Engländer!«

»Du sagst es! Die Engländer unterstützen die Partisanen mit Waffen«, erklärte Chiara. »Nur, die Lage wird bald prekärer werden, denn immer mehr Deutsche kommen über die Grenze. Sie sind auf dem Weg nach Süden, da kannst du dir vorstellen, was das für unsere Widerstandskämpfer bedeutet.« Sie seufzte. »Hoffen wir, dass es bald ein Ende hat.« Sie stand auf und schöpfte mir nochmals Risotto in einen Teller. »Iss, damit du stark genug wirst, um die letzte Etappe zu meistern!«

Der Comer See

Es war sechs Uhr morgens. Ich fühlte mich, trotz meiner Genesung, erschöpft. Die vergangenen zwei Wochen waren eine einzige Tortur für mich gewesen. Immer wieder sagte ich mir: Entspann dich, es wird alles gut. Doch die Ruhe und das Liegen im Bett waren keine Erholung. Dabei war das Fieber eine Kleinigkeit im Vergleich zu dem Kopfkino, das sich in meinen Gedanken abspielte. Ich konnte es nicht ausschalten. Es drehte sich schneller und schneller und schien mich von Tag zu Tag mehr in seinen Bann zu nehmen. Es war, als bäumten sich die Erinnerungen der letzten Monate in mir auf, sie hämmerten Löcher in meinen Kopf, die sich wie dunkle Geschwüre in meinem Körper verbreiteten. Die Nächte waren am schlimmsten. Stundenlang wälzte ich mich in den durchnässten Bettlaken, Fetzen von Bildern tanzten vor meinen Augen und versetzten mich in Angststarre. Ich schlug mit meinen schmerzenden Gliedern um mich, bis ich endlich in den frühen Morgenstunden abgekämpft einschlafen konnte. Gedankenversunken saß ich auf dem Bett.

Ich raffte mich auf, um den Koffer fertig zu packen. Tante Chiara hatte Kaffee, Reis und Polenta zwischen die Kleider gestopft. Ich öffnete eine kleine Schachtel. Unter dem Heimatschein lag eine 20-Franken-Note. Ach, die hatte ich ja fast vergessen! Mutter hatte die mir für den Notfall mitgegeben. Es tat gut, den Schein in den Händen zu halten. Ein Stück Heimat, die Schweiz! Und sie war nicht mehr weit entfernt. Ich würde das Geld für die Bahnkarte bestens nutzen können, freute ich mich.

Unter dem Schein lagen Briefumschläge. Ich zog einen davon hervor. Sanft fuhr ich mit meinen Fingern über die geschwungene Schrift. Luise. Trauer überfiel mich und Wut, dass sie sterben musste. Meine Gedanken wanderten weiter zu Wolfgang und seiner Familie. Wie sich doch alles verändert hatte. Wo waren sie? Wie ging es ihnen? Ich nahm mir vor, mit Wolfgang Kontakt aufzunehmen, sobald ich zu Hause war.

Das Klopfen an der Tür riss mich aus meinen Gedanken.

»Bist du bereit, Enzo?«

Alfredo stand erwartungsvoll an der Tür.

Er schnallte meinen Koffer hinten auf das Motorrad.

»*Vai!*«, rief er mir zu. Wir fuhren über die Piazza Vittoria, vorbei am Giuseppe-Garibaldi-Monument zum Comer Stadtzentrum. Verschiedene Armeefahrzeuge passierten uns. In meiner neuen Hose, dem sauberen Hemd und Alfredos Jackett fühlte ich mich wohl und sicher. Auf der Piazza del Duomo war Wochenmarkt. Bauern aus umliegenden Höfen hielten ihre Ware feil und der Duft von gerösteten Kastanien lag in der Luft. Lange Menschenschlangen säumten die bunten Stände. Die tiefen Glockenschläge der Kathedrale ertönten. Es war sieben Uhr. Ich warf einen kurzen Blick auf die eindrückliche Fassade.

»Gott behüte mich!«, flüsterte ich. »In zwei Tagen

werde ich hoffentlich sicher auf der anderen Seite der Bergkette sein.« Ich atmete tief durch. »Das werde ich wohl auch noch schaffen.«

Wir fuhren jetzt an der Seepromenade entlang. Hinter einer Bar parkte er das Motorrad.

»Komm! Lass uns hineingehen.«

»Eh, Alfredo!«, rief der Kellner. Er kam auf uns zu. »Masetto wartet schon auf euch.« Er deutete nach hinten.

Im Halbdunkel saß ein junger Mann an einem kleinen Tisch. Er stand auf, klopfte Alfredo auf die Schulter und hielt mir seine Hand hin. *»Ciao!«*

»Mio cugino Enzo!«, stellte Alfredo mich vor.

Masetto schaute mich freundlich an.

Der Kellner brachte uns Limonade. »Der Kaffee ist uns gestern ausgegangen. Ich hoffe, wir erhalten bald Nachschub.«

»Wie lange dauert die Fahrt bis nach Dervio?«, erkundigte ich mich.

»Knapp zwei Stunden. Du kannst bei mir in der Kapitänskabine sitzen, da ist es schön warm und man hat die beste Aussicht«, schwärmte er. Dann flüsterte er: »Und keiner wird dir ungemütliche Fragen stellen. Verlass dich auf mich, Alfredo und ich haben alles genau besprochen.«

Alfredo hatte mir am Abend davor von Masetto erzählt. Er war wohl auch Mitglied der Partisanengruppe. Er hatte als Kapitän die Möglichkeit, Waren über den See zu schmuggeln. Mir kam es so vor, als wären alle auf irgendeine Art in die *Resistenza* involviert.

»Mein Onkel Giulio wartet auf dich am Anlegesteg in Dervio. Er kennt den See wie seine Hosentasche. Auf ihn kannst du dich verlassen. Masetto kann dir zeigen, wo er wartet«, sagte Alfredo leise. Dann schob er einen Geldschein über den Tisch, den Masetto sofort in seine Hosentasche steckte.

»Danke, Al«, flüsterte ich.

»*Cugino*, ist doch klar! Besuch uns bald wieder!« Wir umarmten uns.

»Ich werde mich melden«, sagte ich kurz.

Mein Herz pochte. Jetzt ging's los!

Der Kellner überreichte mir eine Tüte. »Brot und Käse für unterwegs.«

Ich bedankte mich. Masetto nahm meinen Koffer.

»*Ciao*, und pass gut auf dich auf, und auf Bianca!«, rief ich Alfredo zu.

Ich folgte Masetto zur Anlegestelle des Schiffes. Wir wurden von seinen beiden Hilfskapitänen begrüßt. Keinem schien es aufzufallen, dass er mit einem Koffer in der Hand und mit mir im Schlepptau ganz selbstverständlich die Treppe hoch zur Kapitänskabine schritt.

»Mach es dir gemütlich auf dem Sitz am Fenster!«

Masetto schob den Koffer unter die Holzbank und legte eine Decke darüber. Dann startete er den Motor und kontrollierte die Anzeigen. Er deutete auf den blauen Himmel.

»Wenn Engel reisen«, zwinkerte er mir zu.

Das Schiff füllte sich mit Passagieren. Von meinem Sitz am Fenster aus konnte ich wirklich alles beobachten, ohne dass mich jemand erkennen konnte.

Die Taue wurden von der Mannschaft eingeholt und Masetto manövrierte das Schiff aus dem Hafen. Mein Blick fiel auf einen großen Raddampfer, der am äußeren Ende des Hafens vor Anker lag. Es war unübersehbar, dass es sich um ein Luxusschiff handelte.

»Der Raddampfer dort ist nicht für das Fußvolk gedacht!« Masetto lachte. »Ein tolles Schiff, nicht wahr? Ich liebe sie, es ist die Plinio! Sie ist schon seit bald zwanzig Jahren im Einsatz und das schnellste Schiff auf dem Lario. Im Mai 1927 hat sie sogar König Vittorio Emanuele eskortiert, gemeinsam mit der 28 Ottobre. Da steckte ich noch in den Kinderschuhen, aber ich erinnere mich noch sehr genau, wie wir, die ganze Familie, am Quai standen und der Flotte zugeschaut und ihr zugewinkt haben. Ich schwenkte eine kleine Flagge«, erzählte er. »Der König machte auf der Savoia eine Kreuzfahrt. Es war eine Sensation!«

»Hattest du schon mal die Ehre, das Luxusschiff zu betreten?«

»Nein, leider nicht. Aber ein Freund von mir arbeitet als Kellner auf dem Schiff. Das Restaurant ist erstklassig und es gibt sogar einen Ballsaal.«

Ich schaute zurück auf die Stadt. Die prachtvolle Fassade des Palazzo Lago di Como war ein Blickfang und die geschwungenen, spitz zulaufenden Fenster erinnerten an die venezianischen Herrschaftshäuser. Daneben erhob sich stolz die Domkirche und über ihr thronte die pastellgrüne Kuppel wie ein Juwel. Im hellen Sonnenlicht spiegelte sich die Silhouette der Uferpromenade auf dem Wasser. Es war ein lieblicher Anblick.

»Leg dich unter die Bank, so lange wir im Hafen sind!«

Ich wurde aus meinen Gedanken gerissen. Vor lauter Betrachten der Seenlandschaft hatte ich vergessen, dass ich auf einer Mission war. Schnell kroch ich in die schmale Öffnung, schob den Koffer ans Kopfende und legte die Decke über mich.

Masetto steuerte den Hafen von Canobbio an. Geschäftiges Rufen ertönte vom Deck. Dann gab es einen kurzen Ruck und ich vernahm das Rattern der Passagierbrücke, die ausgefahren wurde.

»Masetto, *ciao! Come va*?«

Ich lauschte angespannt.

»*Ben, ben!*«, rief Masetto.

Kurz darauf vernahm ich, wie die Brücke wieder eingeholt wurde. Ich verharrte, bis mir Masetto versicherte, dass die Luft rein sei.

»Das war gut, dass du dich versteckt hast.«

Ich wollte nicht nachfragen, wer ihm gerufen hatte. Ich war einfach froh, dass ich ungesehen bis nach Dervio fahren konnte.

Das kleine Dorf Cernobbio wurde am Ufer von einer prunkvollen Villa dominiert. »Die Villa d'Este«, erklärte Masetto, als ob er meinen Augen folgen konnte. Ein Luxushotel! Die Aristokraten Europas weilten hier, vor dem Krieg.«

Masetto fuhr jetzt im Zickzack über den See, um auch die Orte an der östlichen Seeseite anzufahren. Ich legte mich unter die Bank, deckte mich zu und schlummerte ein. Irgendwann wurde es dann doch ungemütlich auf dem harten Holzboden und der Rücken schmerzte von der krummen Seitenlage.

»Kann ich aufstehen oder werden wir gleich wieder in einen Hafen einfahren?«, erkundigte ich mich.

»Setz dich hin, es dauert noch eine Weile bis zur nächsten Anlegestelle.«

Immer wieder tauchten opulente Villen zwischen den beschaulichen mittelalterlichen Dörfern auf. Steile Treppenwege führten zu alten Kirchen, deren monotones Glockengeläute sich über den See verbreitete. Einzelne Häuser hafteten an den Steilhängen, dazwischen erstreckten sich Grasflächen, die sich bis zum Waldrand zogen. Zwischen Weinbergen, die terrassenförmig dem Hang entlang angelegt waren, konnte ich einen Olivenhain ausmachen.

»Gibt es hier wirklich Olivenbäume oder träume ich?«

»Das ist tatsächlich ein kleiner Olivenhain, *Zoca d'Oli*, auf dem Hügel der Bucht von Ossuccio.« Masetto deutete auf eine kleine Insel. »Das ist die Isola Comacino!«

Von Weitem konnte man die Insel kaum erkennen. Der starke Baumbewuchs vermischte sich mit der Vegetation des Ufers. Die Insel schien unbewohnt zu sein. Hinter den dichten Nadelbäumen ragte eine schlichte Kirche hervor.

»Und von weiter oben musst du einen Blick auf die Villa Carlotta werfen!«, rief er. »Wir können von Glück reden, dass sich bekannte Persönlichkeiten aus der Oberschicht der Villa angenommen haben. Sie war nämlich früher im Besitz des deutschen Adels.

Stell dir vor, es wäre immer noch so. Da hätte sich Hitler vielleicht hier niedergelassen. Die Villa ist voller wertvoller Kunstgemälde!«

Masetto schien gut informiert zu sein.

»Und wer verwaltet sie jetzt?«

»Nach dem Ersten Weltkrieg wurde sie vom Staat konfisziert. 1922 sollte sie in einer Auktion verkauft werden, doch Enthusiasten wie Giuseppe Bianchini stemmten sich dagegen. Er tat sich mit dem Mailänder Industriellen Giovanni Silvestri, dem Ingenieur Luigi Negretti und den Textilunternehmern Guido Ravasi und Enrico Stucchi zusammen, sie gründeten die Ente Autonomo Villa Carlotta, eine Wohltätigkeitsorganisation, die das kulturelle Erbe der Villa erhalten und sie der Öffentlichkeit zugängig machen soll.«

Die Villa glich einem Palazzo, wie ich sie bisher nur in Rom gesehen hatte. Hinter dem kunstvoll geschwungenen Eisentor wanden sich mit Balustraden versehene Treppen hinauf zum Eingang. Sorgfältig beschnittene Hecken säumten einen Springbrunnen in ihrem Zentrum. Das Farbenspiel der blühenden Azaleen, Kamelien und Rhododendren hob sich wie ein Gemälde von der sonst neutralen Farbe der Villa ab.

Der See weitete sich, wir erreichten jetzt die Gabelung.

»Links hinter uns ist der Lago di Como, rechts der Lago di Lecco. Den oberen Teil des Sees nennen wir Lario«, bemerkte Masetto.

Meine Augen schweiften hinüber zur rechten Seeseite. Auf einem kleinen Sporn unterhalb des Fußes eines Felsens klebten pastellfarbene Häuser, die aneinandergereiht ein buntes Mosaik ergaben. Ein altes Schloss erhob sich darüber. Der verträumte Ort wirkte so friedlich, ich vergaß beim Anblick fast, dass wir im Krieg waren. Ich konnte das Bild nicht aus den Augen lassen, es zog mich in seinen Bann.

»Wie heißt das Dorf dort drüben?«, fragte ich geistesabwesend.

»Das ist Varenna.«

Nach dem Krieg, wenn alles vorbei ist, werde ich Varenna besuchen, träumte ich. Ich werde mich bei Alfredo und Bianca mit Geschenken bedanken und dann nach Varenna fahren.

Ich musste über meine Träumereien schmunzeln, sie gaben mir Hoffnung. Und als ich so gedankenversunken die Sonne auf meinen Wangen spürte, kam auf einmal ein fröhliches Gesicht auf mich zu. Es lächelte mich an und warf mir einen Kuss zu. Ich lachte auf.

»Was ist, Enzo?« Masetto drehte sich zu mir um.

»Ach nichts, Masetto«, erwiderte ich. »Es ist mir nur eine lustige Begebenheit in den Sinn gekommen!«

Das freundliche Gesicht ließ mich nicht mehr los. Es wurde mir warm ums Herz. Francesca. Die ausgelassene Feier nach der Trauung von Luca und Carina, die liebe Umarmung am Grab und die Freude, dass sie bald Tante wurde, ließen Erinnerungen aufkommen. Ein schlechtes Gewissen überkam mich. Ich hätte mich ja mal melden können. Ich hatte sie gar nicht gefragt, ob sie wieder nach Rom zurückmüsse.

Wahrscheinlich war sie in Sizilien bei Carina und unterstützte ihre Schwester mit dem Säugling. Auf einmal fühlte ich so eine starke Verbindung zu den beiden Schwestern und es war mir, als säße Luca neben mir, seinen kräftigen Arm um meine Schultern geschlungen.

»Du schaffst es«, glaubte ich zu hören.

Eine halbe Stunde später erreichten wir Dervio. Auf Anraten Masettos wickelte ich meinen Koffer in die Wolldecke und trug ihn wie ein Paket auf meinen Schultern. Keiner schien sich daran zu stören, die meisten Passagiere hatten ebenfalls Körbe oder Kisten dabei.

Giulio hatte sein kleines Boot am äußeren Ende der Hafenmole festgemacht. Im Bug lag ein Berg von Netzen, unter denen er meinen Koffer verstaute. Ich setzte mich auf eine Kiste im Heck, während er das Tau löste. Dann nahm er in der Mitte des Bootes Platz.

»*Pronto?*«, lächelte er mir zu und legte sich in die Riemen.

Der See lag dunkel vor uns, eine leichte Brise kräuselte die Wasseroberfläche und im Rhythmus der Ruderschläge glitten wir leise durch das Nass. Die kühle Seeluft erfrischte und beruhigte mich zugleich. Guilio ruderte stillschweigend. Ich war froh, dass er mir keine Fragen stellte. Außer den Passagierschiffen waren nur ein paar Fischerboote unterwegs.

»Wo legst du jeweils die Netze aus?«, erkundigte ich mich.

Giulio blickte zurück. »Weiter unten, an der Gabelung des Sees, dort gibt es am meisten Fische, Rotbarsche, Felchen und Schleie.«

»Magst du ein Stück Brot mit Käse?« Ich öffnete die Tüte mit dem Proviant.

Giulio hob die Ruder hoch. »Gerne, eine Pause wäre nicht schlecht. In der Kiste liegt eine Flasche Wein.« Er holte unter dem Haufen der Netze einen Leinensack hervor, worin er zwei Aluminiumbecher und ein Messer verstaut hatte. Wir schnitten uns Brot- und Käsescheiben ab und prosteten uns mit dem Rotwein zu.

»In einer Stunde werden wir in Dongo eintreffen. Auf dem Rückweg lege ich dann die Netze aus.« Die Wellen plätscherten leise an die Bootswand. »Falls wir aufgehalten und befragt werden, so sagen wir, dass wir zum Fischen unterwegs sind«, meinte er beiläufig. »Aber tagsüber ist das normalerweise kein Problem. Siehst du das kleine schwarze Boot auf der anderen Seeseite? Es ist ein Polizeiboot. Die Carabinieri patrouillieren auf dem See, aber auch sie machen mal Pause.« Er lachte leise. »Ich kenne die Burschen, sie kennen mich und sie werden uns in Ruhe lassen. Ich habe ihnen schon viele Fische geschenkt«, schmunzelte er.

Ich war Alfredo so dankbar. Ohne seine Kontakte schien es mir unvorstellbar, einen sicheren Weg über den See entlang und über das Bergmassiv zu finden. Trotzdem baute sich in mir langsam eine Unruhe auf, obwohl das liebliche Plätschern des Wassers mich eigentlich hätte beruhigen können. Ich schloss meine Augen und konzentrierte mich auf das sanfte Schaukeln des Fischerbootes.

Giulio nahm das Rudern wieder auf.

Wir näherten uns dem Ufer. Ein morscher Anlegesteg führte zu einem geschwungenen Kiespfad. Das Dorf war nicht in Sicht.

»Willst du hier anlegen?«, fragte ich, aus meinen Gedanken gerissen.

»Der Hafen von Dongo ist ein Stück weiter vorn, aber Alfredo hat mir aufgetragen, dich hier aussteigen zu lassen.«

Ich musste wohl sehr verängstigt dreingeschaut haben.

»Keine Sorge, ich warte mit dir, bis Mario da ist.«

Es dauerte nicht lange, da hörten wir das Knattern einer Apetta. Das dreirädrige Gefährt hielt hinter einer Platane.

Der Laderaum war mit Kartoffeln gefüllt. Giulio holte meinen Koffer unter den Netzen hervor und stieg vorsichtig aus dem schwankenden Fischerboot.

»*Ciao!* Das klappt ja wie am Schnürchen!«

Mario begrüßte mich. In seiner Linken hielt er einen Kartoffelsack. »Für dich, Giulio, etwas Vorrat!«

Die beiden schauten sich verschwörerisch an.

Was wohl sonst noch im Sack war, überlegte ich. Aber es war mir eigentlich egal, jetzt wollte ich mich nur noch verabschieden. Ich setzte mich in die Apetta. Die beiden plauderten noch eine Weile, während meine Ungeduld wuchs. Sie bemerkten wohl, dass ich erwartungsvoll auf dem Beifahrersitz hin und her rutschte. Mario nahm den Koffer von meinem Schoß und verstaute ihn unter den Kartoffeln. Er winkte Giulio ein letztes Mal zu, dann wandte er sich an mich: »Wir fahren erst mal zu mir nach Hause. Cleglia wird dir eine stärkende Mahlzeit zubereiten. Bei Dunkelheit wirst du dann von Nevio abgeholt.«

Das steinerne Haus lag an einer Wegkreuzung oberhalb von Dongo. Mario parkte die Apetta hinter dem Hühnerstall, so dass man sie von der Straße aus nicht erkennen konnte. Seine Frau begrüßte mich kühl und blieb den ganzen Nachmittag fast wortlos. Nur einmal, als Mario zum Hühnerstall gegangen war, bemerkte sie scharf: »Wenn dieser Krieg nur bald ein Ende nimmt! Ich habe das dauernde Versteckspiel satt. Wie viele werden wohl noch kommen, die wir verköstigen und aufnehmen sollen? Weißt du, ich bin da ganz anderer Meinung als mein Mann. Wir sollten uns aus dem Ganzen heraushalten. Es wird nur Ärger geben. Überall schmeichelt sich Mario ein, damit wir uns einigermaßen über Wasser halten können. Ein Elend ist das! Und was machen wir, wenn die Deutschen kommen? Dann werden wir alle erschossen, weil wir zu den Verrätern gehören!« Ihr verzerrtes Gesicht wirkte hart und verbittert.

»Tut mir leid«, murmelte ich. »Wenn es dunkel wird, bin ich weg.« Ich setzte mich in die Ecke am Kamin. Im Topf brutzelte eine Minestrone. Mario stapfte mit einem Korb Eier in die Küche und setzte sich an den Tisch. Auch er war wortkarg. Er holte zwei Gläser und eine Flasche Wein. Auf einem Teller reichte er mir ein Stück Brot mit Käse. »*Saluti!*«, flüsterte er.

Bis zur Dämmerung saß ich wie auf Kohlen. Meine Uhr fehlte mir in solchen Momenten. Wie spät mochte es wohl sein? Das laute Meckern der Ziegen begann mich zu nerven.

»Cleglia, hol die Kiepe aus dem Schuppen! Wir brauchen sie«, rief er seiner Frau zu. »Komm, Enzo, wir packen deinen Koffer hinein!«

Er stopfte meinen Koffer mit einer Wucht in den Korb, dass ich ihn vor Schreck anschrie: »Pass auf! Ich will den Koffer noch heil nach Hause bringen!«

»*Zitto!* Nicht so laut, mein Junge! Wir brauchen noch Platz für Decken darüber. Du willst doch nicht so offensichtlich mit einem Koffer den Berg hochlaufen, oder?«, schnauzte er zurück.

Ich gab es auf. Verstohlen holte er kleine Pakete aus einem Regal und schob sie in die Zwischenräume. Ohne dass ich sehen konnte, was es war, konnte ich es riechen. Es waren Kaffeebohnen. Dann füllte er Reis in Leinensäcke und verstaute sie ebenfalls in der Kiepe. Zuallerletzt kramte er einen Gegenstand, der in Zeitungspapier gewickelt war, aus einer Schublade hervor. Er setzte sich damit wichtig an den Tisch und faltete das Papier auseinander. Zwei nagelneue Revolver kamen zum Vorschein. Ich schaute ihn fragend an. »Den einen lege ich in den Korb, der andere gehört dir. Alfredo hat mich beauftragt, sie dir zu übergeben.«

Er legte mir die Waffe in meine Hand. »Pass auf, sie ist geladen!«

Ich überlegte, wie viel Alfredo ihm dafür wohl bezahlt hatte. Brauchte ich sie wirklich? Ich schuldete Alfredo bereits so viel, dass ich mir nicht vorstellen wollte, was er auch noch für diese Pistole hinlegen musste.

»Sei nicht blöd, du brauchst eine Waffe.« Er lachte abschätzig. »Ich dachte, du bist in der Wehrmacht gewesen und weißt, wie du mit Waffen umgehen musst. Die kannst du gut unter deinem Gürtel verstecken.«

Ich hatte keine Lust, ihm darauf zu antworten. Dass ich nie, außer in der Rekrutenschule, eine Waffe benutzen musste, wollte ich ihm nicht erklären und dass ich schon einen Revolver im Koffer hatte, wollte ich ihm noch weniger mitteilen. Mario war mir irgendwie nicht geheuer. Ich hoffte nur, dass der Schmuggler zuverlässig sein würde, alles andere war mir nun völlig egal. Eines Tages würde ich mich Alfredo gegenüber erkenntlich zeigen, das stand fest. Wieder tauchte das Gesicht von Francesca vor mir auf. Ich fühlte mich auf einmal stark und unbesiegbar.

Danke, Francesca, flüsterte ich in Gedanken.

Endlich hing die Sonne am Horizont. Ich setzte mich hinter dem Haus auf eine Bank. Schönwetterwolken schwebten am Himmel. Es war immer noch warm für diese Jahreszeit. Was für ein Glück! So musste ich nicht in Matsch und Regen über die Berge. Erst jetzt wurde mir richtig bewusst, wie wichtig das Wetter für eine Bergtour war. Gerade hier im südlichen Teil der Alpen konnten manchmal schaurige Gewitter aufziehen, meist war das jedoch im Sommer der Fall. Ich bin zur perfekten Zeit hier, dachte ich gedankenversunken. Ich sprach zum Dank ein Gebet und fühlte eine stärkende Kraft in meinem Körper aufflammen. Kaum zu glauben, dass ich vor einer Woche noch halbtot im Fieber gelegen hatte.

Die gelbglühende Kugel über dem Horizont tauchte

das Wasser in goldenes Licht. Auf der anderen See-seite blitzten Fenster im Schein der letzten Sonnen-strahlen auf. Dort, weiter unten, lag Varenna, der zauberhafte Ort, den ich besuchen würde, zusam-men mit Francesca. Ich musste schmunzeln, wie diese Sehnsucht auf einmal in mir aufkam. Ich wan-derte in Gedanken den Stiefel Italiens hinab bis nach Sizilien.

»*Buona fortuna, mia cara!*«, hauchte ich ihr zu. Mir war, als könnte ich Bäume ausreißen.

Eine halbe Stunde später traf der Schmuggler ein.

Über die grüne Grenze

Der Schmuggler trat wortlos ins Haus. Im Dialekt unterhielt er sich leise mit Mario. Ich konnte nur einzelne Wortfetzen verstehen. Nach einer Weile winkte mich Mario an den Tisch.

»Hör zu, Enzo! Nevio wird sich mit dir nicht unterhalten. Er sagt, ihr müsst absolutes Stillschweigen beim Wandern bewahren. Ihr könnt euch mit Zeichen verständigen, wenn es nötig ist.«

Ich nickte.

»Zeit zu gehen!« Er hievte die Kiepe auf Nevios Rücken.

Mehr wurde nicht gesagt. Ich bedankte mich, doch Mario winkte ab.

In forschem Schritt ging Nevio voran. Im Abendlicht überquerten wir ein Feld hinter dem Haus, um dann in den Wald zu gelangen. Der Weg führte durchs Unterholz, abseits der üblichen Route. Der herbe Duft von Harz erfüllte die Luft. Als wir eine kleine Anhöhe erreichten, deutete Nevio auf das Bergmassiv, das jetzt steil über uns emporragte. Es gab nur noch vereinzelte Kiefern, wir näherten uns der Baumgrenze. Schroffe Felsen erhoben sich in der Ferne. Wortlos schritten wir den steilen Pfad entlang. Ich konzentrierte mich angestrengt auf jeden Tritt. Es war mir, als hätte ich ein Examen zu bestehen und als wäre ich unter Zeitdruck. Ich atmete tief die frische Bergluft ein, um mich zu beruhigen. In Friedenszeiten wäre dies bestimmt eine sehr schöne Wanderung, dachte ich.

Wir traten aus dem Unterholz auf eine Alm. Die Berghänge waren mit sattgrünem Gras bedeckt. Ich blickte auf den See. Friedlich und ruhig lag er eingebettet zwischen den Bergen da. Ein Passagierschiff näherte sich einer Anlegestelle. Wahrscheinlich war es das letzte für heute Abend. Ein Motorboot glitt das rechte Seeufer entlang und hinterließ eine weiße Spur. Ich wandte meinen Blick wieder dem Bergmassiv vor uns zu. Entlang des Weges reihten sich Büsche, die sich bis zu den Felsen hochzogen. Die Waldgrenze lag jetzt hinter uns. Im Zickzack stapften wir durch die Büsche, bis wir auf eine Geröllhalde kamen. Nevio zeigte auf einen Felsen. Anscheinend wollte er eine Pause einlegen. Er setzte die Kiepe ab, dann zog er eine kleine Feldflasche aus seiner Jackentasche und hielt sie mir hin. Ich nahm einen Schluck. Der Grappa brannte in meiner Kehle, erzeugte aber ein wohlig warmes Gefühl im Magen. Wir lehnten uns an den Steinbrocken und schauten schweigend in den Abendhimmel. Nevio nahm einen letzten Schluck, dann hievte er sich die Kiepe wieder auf seinen Rücken. Er lauschte aufmerksam und schaute um sich, bevor er mir das Zeichen zum Weitermarschieren gab. Rechts vor uns thronte der Bergkamm schemenhaft in der Abenddämmerung. Der See lag jetzt weit entfernt unter uns, ein paar wenige Lichter waren noch zu erkennen. Ich warf einen letzten Blick auf das schwarze Wasser, dann drehte ich mich um und folgte Nevio. Es ging nun steil bergan. Ich dankte Alfredo im Stillen für seine Bergschuhe. Er hatte wirklich an alles gedacht. Meine Armeeschuhe waren durchgelaufen vom langen Marsch entlang des Aquädukts und außerdem wäre ich aufgefallen damit.

»Es kommt nicht in Frage, dass du in Halbschuhen die Berge hochwanderst!«, hatte er ausgerufen. »Ich besorge dir ein paar richtige Wanderschuhe.«

Ich konnte mich wirklich glücklich schätzen. Die Wanderschuhe gaben mir Halt auf dem rutschigen Schotter und beim Klettern über die Felsen. Plötzlich hielt Nevio inne und deutete an, dass wir uns hinlegen sollten. Fragend blickte ich auf, doch er blieb stumm wie ein Fisch. Er hielt nur seinen Zeigefinger vor den Mund. Die Kiepe hing jetzt schief auf seinem Rücken. Ich legte meinen linken Arm darüber und versuchte, sie vorm Umkippen zu bewahren. So gut ich auch meine Ohren spitzte, ich konnte nichts Verdächtiges hören. Ich verbarg meinen Kopf hinter der Kiepe. Nach einer Weile, gerade als ich mich etwas hochziehen wollte, schnalzte Nevio leise und wies mit dem Kopf in Richtung der Bergkette. Am oberen Ende waren zwei Figuren deutlich zu erkennen. Kamen sie auf uns zu oder gingen sie in die andere Richtung? Sie bewegten sich langsam den Grat entlang, dann blieben sie stehen und schauten sich um. Wir duckten uns und verharrten in unserer Stellung. Es schien eine Ewigkeit zu dauern, bis Nevio erneut Ausschau zu halten wagte. Er wiegte seinen Kopf wieder hin und her, dann schnalzte er leise und gab mir zu verstehen, dass wir uns aufsetzen könnten. Ich zog mich hoch und ließ mich erleichtert neben ihm nieder. Meine Glieder schmerzten. Wir warteten noch eine Weile, bis die beiden Silhouetten vollends aus unserem Blickwinkel verschwunden waren. Nevio deutete nun an, dass die Luft rein sei. Er schwang die Kiepe wieder auf seinen Rücken. Ich dehnte meine Glieder und folgte ihm. Das Geröll wurde immer dichter, bald konnten wir kaum noch den Weg erkennen, aber Nevio ging zielstrebig dem Pass entgegen. Das Klettern über die Felsbrocken wurde nun richtig anstrengend. Ich pfiff leise, um ihm zu erklären, dass ich kurz anhalten wollte. Ich zog meine Feldflasche aus der Jackentasche und trank etwas Wasser. Das tat gut! Dann gab Nevio das Zeichen zum Weitergehen. Ich achtete weiter auf jeden Schritt. Eine kühle Brise wehte über dem Bergkamm. Das letzte Stück bog um einen Felsvorsprung, dann blieb Nevio stehen und zeigte nach vorn.

»Der Passo San Jorio!«

Ich hielt an und blickte um mich. Die Wolken, die bis vor Kurzem noch den Vollmond bedeckt hatten, verzogen sich und entblößten jetzt eine weiße Kugel. Mein Blick wanderte über das Bergmassiv, das sich bis zum Horizont erstreckte und im hellen Mondlicht eine unbeschreibliche Schönheit ausstrahlte. Der Himmel war übersät mit hunderten Sternen, wie ich es noch nie gesehen hatte. Der Anblick zog mich in seinen Bann. Ich dachte an meine Erlebnisse in Italien, diesem unvergleichlichen, bezaubernden Land, und an die herzlichen Menschen, die mir begegnet waren. Gleichzeitig überfielen mich Schmerz und Trauer für alle, die nicht wie ich in die sichere Freiheit fliehen konnten.

Hinter der Anhöhe bog ein schmaler Weg ab, der zu einer Alphütte führte. Vor dem Eingang stand eine krumme Bank. Nevio bückte sich und zog einen Schlüssel darunter hervor. In der Hütte zündete er eine Kerze an und zeigte auf die Holzpritsche, die in der Ecke stand. »Um vier Uhr morgens geht es weiter. Ruh dich aus!«, sagte er kurz.

Müde ließ ich mich auf das quietschende Bett fallen und schlief sofort ein.

Es war noch dunkel, als mich Nevio weckte. Der Abstieg führte über eine lange Steinwüste. Einen Weg gab es nicht, wir schlitterten quer über das Geröll. Es wurde heller und die Morgendämmerung färbte die Wolken am Horizont in zartes Rosa. Nevio ging schnell voran und war schon weiter unten. Ich musste meinen Schnürsenkel binden und bückte mich. Als ich mich wieder erhob, erblickte ich zwei Kinder, die auf Nevio zugingen. Nevio pfiff ungeduldig. Er setzte seine Kiepe ab und wühlte darin.

»Habt ihr etwas zum Tauschen?«, fragte das Mädchen. »Wir haben Nylonstrümpfe.«

Nevio holte zwei Tüten Reis und Zigaretten hervor und überreichte es den Kindern. Dann stopfte er den Sack mit den Strümpfen in die Kiepe. Er hievte meinen Koffer heraus und sagte: »Ich übergebe dich den Kindern, Enzo. Sie werden dich bis zur nächsten Alphütte und über den Zoll nach Roveredo bringen.«

Ich war platt. »Wie bitte? Es war doch abgemacht, dass du mich nach Roveredo führst!«, rief ich empört.

»Nicht so laut!«, zischte er. »Hör zu, Enzo! Abgemacht oder nicht, ich gehe nicht weiter. Jede zweite

Woche nehmen die Zöllner einen von uns gefangen und stecken uns für ein paar Tage in den Knast. Ich will das nicht riskieren!« Er schnappte sich die Kiepe und wandte sich ab.

Da packte ich ihn am Ärmel. »Du gemeiner Hund! Nimmst das Geld von meinem Cousin und machst dich feige aus dem Staub!«

Er schaute mich wütend an und schob mich grob zur Seite.

»Sei froh, dass du heil so weit gekommen bist!« Dann rannte er den Hang hinauf.

Da stand ich nun mitten in den Bergen und musste mich zwei Hirtenkindern anvertrauen.

Der Junge ging voran. Er war nicht älter als zwölf Jahre. Flink suchte er uns einen Weg durch das Geröll. Er trug einen kleinen Korb auf dem Rücken. Das Mädchen war jünger. Sie drehte sich ab und zu um, um nach mir zu schauen. »Vor der Grenze machen wir Halt in einer Alphütte. Dort können wir dann auch etwas essen«, erklärte sie mir freundlich. Auch sie hatte einen Korb dabei.

In Serpentinen kreuzten wir durch die Steinwüste. Den Koffer trug ich auf meinen Schultern. Am Bergfuß lag nur noch wenig Schotter und bald erreichten wir grasbedeckte Hänge. Je weiter wir uns die Abhänge hinunterbewegten, umso angespannter wurde ich. Wir näherten uns der Grenze und die Wahrscheinlichkeit, dass uns hier jemand begegnete, war groß. Nicht nur Grenzwächter waren eine Gefahr, genauso könnten uns Partisanen oder Schmuggler überfallen, vor allem, da ich offensichtlich einen Koffer mit mir herumtrug.

Ich beobachtete aufmerksam die Umgebung. Ich fühlte mich wie ein wildes Tier auf der Pirsch. Vor uns erstreckte sich jetzt ein Wald. Die Kinder führten mich quer durch das Unterholz bis zu einer Lichtung. Wir erreichten die Alphütte, die komfortabler war als die Hütte, in der ich auf dem Pass übernachtet hatte. Der Junge brachte Holz aus dem Schuppen und feuerte den Kamin an, während das Mädchen einen Topf Wasser darüberhängte. Ich setzte mich an den Tisch und beobachtete die beiden. Sie waren Geschwister, das war unübersehbar. Das Mädchen holte einen Laib Brot und Käse aus einem Schrank. Geschickt schnitt sie das Brot in Scheiben und brachte es auf einem Teller zum Tisch.

»Bediene dich! Hier ist auch noch Käse.« Sie füllte eine Tasse mit Kaffee und Milch und setzte sich mir gegenüber an den Tisch. »Von hier aus sind es noch zwei Stunden bis zum Zollhaus. Wir werden uns in einem Wald daneben verstecken und warten. Wenn die Zöllner ins Haus gehen, um eine Pause einzulegen, schleichen wir am Grenzposten vorbei«, erklärte sie mir.

Ich setzte mein ganzes Vertrauen in die beiden Kinder. Sie schienen sich wirklich gut auszukennen. Sie sprachen nicht viel, aber erzählten, dass sie in Roveredo wohnten. Ihr Onkel sei Bahnwächter und könne mir eine Fahrkarte besorgen.

Es war Zeit zum Aufbruch. Der Weg führte bergab über Almen und durch Wälder. Nach zwei Stunden blieben die Kinder stehen.

»Da vorne, hinter dem dichten Gestrüpp musst du warten«, sprach der Junge. »Meine Schwester und ich werden uns dort hinter den Tannen verstecken und das Zollhaus beobachten. Wenn die Luft rein ist, holen wir dich.«

Sie schlichen auf Zehenspitzen zu den Tannen, während ich wie angewurzelt hinter meinem Busch verharrte. Die Blätter des Haselbusches bewegten sich sanft im Wind. Mein Blick haftete an den Kindern, die jetzt auf den Tannenwurzeln kauerten. In der Ferne war das Zollhaus auszumachen. Zwei Zöllner standen davor. Die Freiheit war zum Greifen nahe. Es war die letzte Hürde, die mir bevorstand. Ich konnte nur hoffen, dass die Kinder den richtigen Zeitpunkt erwischten.

Ich starrte gebannt auf die Zöllner. Wachsam beobachtete ich jede ihrer Bewegungen. Dann geschah, worauf wir so lange gewartet hatten. Sie zogen sich ins Haus zurück. Die Kinder drehten sich um und gaben mir das Zeichen zum Gehen. Leise pirschten wir zwischen den Tannen auf die Wiese. Geduckt überquerten wir die Anhöhe und schlichen dann hinter dem Zollhaus am Waldrand entlang. Ich schaute mich nicht um, sondern heftete mich an die Fersen der Kinder. Mein Schicksal lag in ihren Händen. Behände gingen sie gebückt am Waldrand entlang, bis wir weit genug vom Zollhaus entfernt waren. Am Ende des Waldes traten wir wieder auf die offene Wiese. Geschwind folgten wir dem Weg, der ins Tal hinunterführte. Ich wagte keinen Blick zurück. Ich wollte nur noch nach vorne schauen. Im Talgrund führte die Bahnlinie entlang eines reißenden Gebirgsflusses. Unser Pfad führte über viele Biegungen in die Tiefe. An einer Quelle schöpfte ich Wasser und wusch mein Gesicht.

Gegen Abend erreichten wir Roveredo. Die Kinder brachten mich zum Haus ihres Onkels. Er musterte mich.

»Der letzte Zug ist schon weg, aber du kannst bei uns übernachten. Den Koffer werde ich zum Bahnhof bringen und einstellen. Es ist zu auffällig, wenn du damit durch das Dorf gehst. Morgen früh bringe ich dich zum ersten Zug.«

Ich war den Kindern so dankbar und hätte ihnen gerne etwas geschenkt. Aber ich hatte ja nicht genug Geld bei mir. Den 20-Franken-Schein benötigte ich für meine Bahnkarte.

»Hast du eine Waffe für uns?«, fragte der Junge direkt. Ich fiel wie aus den Wolken. Dass er mich nach einer Waffe fragte, konnte ich nicht fassen. Er war doch erst elf oder zwölf Jahre alt!

Bedauernd schaute ich ihn an. »Ich würde dir gerne Geld geben, Junge, aber leider habe ich keins. Wenn der Krieg vorbei ist, komme ich vorbei und bringe euch Geld und Geschenke«, versprach ich.

Der Onkel erzählte mir noch vom Schmuggelgeschäft und den Zollbeamten. »Sie wissen genau, dass jeden Tag Schmuggler unterwegs sind. Um die Behörden zu beruhigen, sperren sie ab und zu mal einen von ihnen hinter Gitter.«

»Wie lange müssen sie im Gefängnis sitzen?«

»Meist nur ein bis zwei Tage, aber das ist für viele

278

Schmuggler schon zu viel. Sie brauchen ihr Einkommen.«

Als ich nachts im Bett lag, liefen vor mir die Eindrücke von der Flucht über den Pass wie in einem Film ab. Ich konnte es kaum fassen, dass ich mich jetzt auf Schweizer Boden befand und morgen im Zug nach Hause fahren konnte.

Die Bahnfahrt führte über Bellinzona. Da ich dort auf den Anschlusszug warten musste, nutzte ich die Zeit, um mich bei einem Barbier rasieren zu lassen, denn ich wollte mich meiner Mutter einigermaßen anständig präsentieren. Das Geld reichte gerade noch für eine Bahnkarte bis nach Luzern. Ich musste meine Mutter anrufen und machte mich auf zu einer Telefonkabine. Ich warf das wenige verbliebene Kleingeld in den Schlitz und wählte die Nummer. In unserer Wohnung hatten wir kein Telefon, aber wir konnten das eines Restaurants, das sich im Erdgeschoss des Hauses befand, benutzen. Die Kellnerin meldete sich und teilte mir mit, dass meine Mutter einkaufen sei.

»Sagen Sie ihr bitte, dass sie mich in Luzern am Bahnhof treffen soll. Ich brauche Geld für die Bahnkarte nach Hause!«, schrie ich in den Apparat. Die Angestellte versicherte mir, dass sie es meiner Mutter umgehend mitteilen werde, sobald sie wieder zu Hause sei.

Kaum rollte der Zug aus dem Bahnhof Bellinzona, wurde die Türe zu meinem Abteil von zwei Heerespolizisten geöffnet.

»Reisepasskontrolle! Bitte weisen Sie sich aus!«

Glücklicherweise hatte ich meinen Heimatausweis, der meine Wohnberechtigung in der Schweiz bestätigte, gut verwahrt die ganzen Monate mit mir getragen.

»Mein Pass ist abgelaufen. Ich musste ihn zur Verlängerung einsenden«, log ich, »aber ich habe den Heimatausweis bei mir. Hier!«

Das Ablaufdatum des Heimatausweises hatte ich vorsätzlich korrigiert, damit er seine Gültigkeit behielt. Die Heerespolizisten schienen es nicht zu bemerken. Sie überreichten mir den Ausweis und schlossen die Tür.

Ich atmete auf. Alles schien seinen Lauf zu nehmen.

Der Zug näherte sich dem Gotthard und zog jetzt in Windungen durch die Kehrtunnel. Während wir über die Brücken fuhren, blickte ich auf die Kirche von Wassen. Es war jedes Mal ein Erlebnis, sie aus unterschiedlichen Perspektiven zu betrachten, denn innerhalb kurzer Zeit überwand der Zug hier 200 Höhenmeter. Die Kirche thronte auf einem kleinen Felsvorsprung und war das Wahrzeichen der Zugfahrt durch den Gotthardtunnel. Meine Gedanken kreisten um das Kriegsgeschehen. Hier in den Alpen gab es geheime militärische Verteidigungsanlagen, das Réduit, denn das Gotthardmassiv bildete eine der wichtigsten Nord-Süd-Verbindungen. Ich erinnerte mich an die Mobilmachung, als etliche Divisionen sofort verschiedenste militärische Verteidigungsanlagen in den Alpen bezogen hatten. Wie diese Anlagen genau aussahen, konnten wir nur erahnen.

Es kam mir seltsam vor, nun in einem Land zu sein, das sich wie eine sichere Insel aus dem Chaos des Kriegsgeschehens erhob. Die Menschen gingen ihrer Arbeit nach und man bepflanzte jedes grüne Stück Land, um zu überleben. Ich musste an meine deutschen und italienischen Freunde in Italien denken. Wo waren sie jetzt? Konnten Klaus und Werner den Angriffen entkommen? Wie war die Situation in Rom? Ich hoffte in diesem Augenblick, dass dieser elende Krieg bald zu einem Ende kommen würde.

Der Zug fuhr jetzt durchs Mittelland. Die vertraute Landschaft ließ Heimatgefühle in mir aufkommen. »Bald werde ich ankommen!«

Meine Mutter stand mit einem Koffer in der Hand am Bahnsteig.

»Mama! Ciao!«

Tränenfreuden liefen ihr über das Gesicht. Sie zog mich an sich, umarmte und küsste mich. »Enzo, ich bin ja so glücklich, dich heil zu sehen! Wohin schicken sie dich?«

»Wie bitte? Ach, Mama! Ich bin zurück, zu Hause, ich fahre nirgendwo mehr hin!«

Meine Mutter schaute mich verständnislos an. »Ich dachte, du brauchst Kleider, Essen und Geld, da du dich auf dem Weg zu einem anderen Einsatzort befindest«, sagte sie überrascht.

»Ich gehe nicht mehr in den Krieg, Mama. Alles, was ich brauche, ist das Geld für eine Bahnkarte nach Hause.«

»Du kommst wirklich nach Hause?«, meine Mutter konnte es immer noch nicht fassen.

»Ja, Mama!«

Zuhause begrüßte mich freudig Rinaldo, mein kleiner Bruder. »Enzo, du musst uns alles berichten! Ich bin so stolz auf dich! Du bist ein Held!« Begeistert umarmte er mich. Rinaldo wollte jede Einzelheit erfahren und ich musste bis in die späten Abendstunden erzählen. Seine Aufmerksamkeit haftete an meinen Beschreibungen und er kam aus dem Staunen nicht mehr heraus.

»Enzo sollte sich ausruhen, Rinaldo. Er kann dir morgen weitererzählen«, wurde er von meiner Mutter ermahnt.

Als ich endlich in meinem Bett lag, spürte ich erst, wie erschöpft ich war. Ich wollte nur noch schlafen.

Am nächsten Tag musste ich mich bei der Fremdenpolizei melden. Der Beamte war der Vater eines Schulfreundes. Ich begrüßte ihn freundlich und fragte, wie es seinem Sohn gehe. Ohne auf meine Frage einzugehen, schaute er mich kühl an. »Sie sind als Deserteur in die Schweiz geflüchtet! Wie kommt es, dass man einfach so der Armee davonläuft?« Er lachte kurz auf. Abschätzig bemerkte er weiter: »Und dann meint man, man könne einfach so ungeschoren in die sichere, friedliche Schweiz zurückkehren! Das sehen wir gar nicht gerne, wir Schweizer. Du bist schließlich immer noch ein Ausländer!«

Ich konnte es nicht fassen. Dieser Mann, der mir und meiner Familie bekannt war, mit dessen Sohn ich mich in der Schulzeit angefreundet hatte, behandelte mich wie Dreck.

»Die Schweiz ist meine Heimat, hier bin ich aufgewachsen!«

»Melde dich sofort beim Landdienst, damit du etwas Sinnvolles für unser Land tust! Auf Wiedersehen!«, schimpfte er.

Ich fühlte mich elend. Meine Mutter und mein Bruder versuchten mich zu trösten, aber die Diskriminierung, die mir im eigenen Land zugefügt worden war, demütigte mich zutiefst.

Zwei Tage später meldete sich ein Major des Generalstabs bei uns zuhause. Er begrüßte mich zuvorkommend und fragte höflich, ob er ihm ein paar Auskünfte geben könne. Besonders interessierte ihn mein Einsatz auf Lampedusa.

»Können Sie mir eine Skizze der Radaranlage zeichnen?«

Ich versuchte mein Bestes. Während des Zeichnens erklärte ich ihm, wie die Anlage funktionierte. »Die Radaranlage diente der Überwachung feindlicher Flugzeuge. Wir mussten die Luftbewegungen beobachten. Drei- bis viermal die Woche flogen englische Bomber Richtung Italien. Die Observationen mussten sofort bei der Telefonzentrale gemeldet werden. Es wurden dann alle italienischen Flugplätze alarmiert. Die Jagdbomber kamen aus Malta angeflogen, andere aus Afrika. Ich musste den Durchsagetext ins Italienische übersetzen und die Meldungen wurden dann über Taormina nach Rom und München weitergeleitet. Die Alliierten wussten wohl von der Anlage, so dass wir nicht alle Angriffe erkennen konnten. Sie flogen dann 50 bis 60 Meter tief über dem Meer und konnten so unter dem Radar unbemerkt das Festland ansteuern.«

»Wurde während Ihres Aufenthalts auf Lampedusa die Insel bombardiert?«, fragte er interessiert.

»Ja. Wir wurden dreimal attackiert. Ich erinnere mich genau. Eine Bombe fiel 50 Meter neben dem Hafen ins Meer. Während der anderen Angriffe wurden ein deutsches Transportschiff und ein italienisches Passagierschiff versenkt.«

»Es sind uns einige Radaranlagen der deutschen Wehrmacht bekannt, aber dieses Freya-Gerät scheint eine neuere Entwicklung zu sein. Es ist sehr interessant, was Sie erzählen. Die Skizze werden wir im Generalstab aufnehmen und entsprechend archivieren. Machen Sie sich darüber keine Sorgen. Sie wird auf sicherem Weg an eine Geheimadresse des Militärgremiums geschickt. Übrigens, Sie sind ein guter Zeichner«, lobte er mich.

»Ich habe vor dem Marschbefehl in Cottbus an der Textilfachschule studiert. Der Fachbereich Dessinatur gefiel mir dort besonders gut. Beim Entwickeln der Ideen und der Anfertigung der Muster kann man mit Formen und Farben spielen«, erzählte ich begeistert.

Der Major erkundigte sich nach dem weiteren Verlauf meines Armeedienstes in Italien. Ich berichtete ihm, wie ich dem Angriff der Alliierten entkam und am Apulischen Aquädukt entlang flüchtete.

»Da haben Sie ja Schreckliches durchgemacht! Ich hoffe, Sie leben sich wieder gut ein in der Schweiz.«

Ich erzählte ihm von der Beleidigung und der Schikane, die ich auf dem Amt der Fremdenpolizei erlebt hatte.

»Dieser Beamte hat sachwidrig gehandelt. Es steht ihm nicht zu, über Ihre Fahnenflucht in Italien zu urteilen. Ich werde mich um die Sache kümmern.«

Als ich mich ein paar Tage später wieder auf dem Amt melden musste, wurde ich äußerst freundlich empfangen. Der Beamte benahm sich wie ein umgekehrter Handschuh, erzählte von seinem Sohn, der mir Grüße ausrichte.

Der Major hatte sich wohl um den Spießbürger gekümmert.

Mitten in der folgenden Nacht wachte ich schweißgebadet auf. Hatte ich einen Albtraum? Mein Kopf glühte und Schüttelfrost beutelte meinen Körper. Meine Mutter machte mir kalte Umschläge. Das Fieber dauerte zwei Tage an. Wie eine tote Fliege lag ich zwischen den Laken und fast stündlich trieb Schweiß aus meinem Körper. Es wurde ein Arzt gerufen, der mich ins Krankenhaus einliefern ließ. Dort wurde ich untersucht, aber man konnte nichts feststellen. Nach drei Tagen wurde ich entlassen.

Als ich einen Monat später wieder Fieberschübe hatte, war für mich klar, dass ich an Malaria erkrankt war. Ich kontaktierte einen Spezialisten in Zürich. Er bestätigte die Krankheit und verabreichte mir Medikamente, die mich endlich vom Fieber heilten.

Epilog

Sizilien, 1947

P*adrino, padrino!*« Der kleine Matteo sprang begeistert in meine Arme. Seine kugeligen dunklen Augen blickten mich schelmisch an. »Komm, spiel mit mir!« Er zog mich an der Hand hinaus in den Garten. Stolz zeigte er mir seinen Ball, rollte ihn vor sich her und versuchte ihn mit dem Fuß zu kicken. Unermüdlich lief er hinter ihm her, kickte ihn erneut, fiel auch mal hin, stand aber gleich wieder auf und rannte weiter. Gedankenversunken beobachtete ich den kleinen Knirps. Wir verbrachten jede Minute zusammen, im Garten, am Strand, bei den Hühnern. Am liebsten fuhr er im Auto mit. In seinem Zimmer stand auf dem Büchergestell ein kleines Blechflugzeug.

»*Di nonno!*«, erklärte er mir.

Carina stand im Türrahmen, als ich mit dem kleinen Matteo ein Buch anschaute. »Ja, Matteo, ganz richtig! Nonno hat es dir zum Geburtstag geschenkt. Dein Papa hat Flugzeuge geflogen.« Sie schaute kurz auf und unsere Blicke begegneten sich.

Nachdem Matteo eingeschlafen war, begaben wir uns auf die Veranda.

»Matteo hat dich ins Herz geschlossen. Er liebt dich über alles!« Carina lächelte mich zufrieden an. »Er ist sehr süß und ich genieße die Zeit mit ihm. Obwohl er mich so sehr an Luca erinnert, vergesse ich beim Spielen mit ihm den Verlust.«

Ich suchte für einen Moment nach Worten. »Wie geht es dir, Carina?«, fragte ich leise.

»Ich vermisse ihn jeden Tag.«

Ich konnte es ihr nachfühlen. Das Haus, die Umgebung, der Strand, wo immer ich mich aufhielt, stellte sich diese Leere ein. Etwas fehlte einfach. Auch jetzt, gerade jetzt, beim gemeinsamen Abendessen mit Großeltern, Tanten, Onkeln und Cousins, fehlte er ganz besonders.

»Ich freue mich so sehr, dass du ein paar Tage bei uns verbringen kannst. Und Francesca freut sich ganz besonders«, schmunzelte Carina.

Es war schon Abend, als ich mich durchs Dorf Richtung Friedhof begab. Die Piazza war belebt und vor der Bar di Domenico wurde ausgelassen geplaudert, gelacht und getrunken. Die Alten saßen auf den Bänken im kühlen Schatten der hohen Palmen. Aus einem offenen Fenster drang Musik. Während ich gedankenversunken über das Kopfsteinpflaster schritt, erkannte ich die melancholische Stimme von Sergio Endrigo.

»*Non so perché sta sera penso a te,*
strada fiorita della gioventù ...«

»Ich weiß nicht, warum ich heute Abend an dich denke,
blumige Straße der Jugend ...«

Die Worte berührten mich und die Melodie stimmte mich nachdenklich. Er sang von der blumigen Straße der Jugend.

Unsere Jugend. Sie wurde uns gestohlen.

Was blieb, war die Sehnsucht nach glücklichen Jahren einer Generation, die ihrer Lebensfreude beraubt worden war, deren Wünsche unerfüllt blieben. Es waren Blumen, die nie zur Blüte kamen. Sie verwelkten, verdorrten und starben unter dem Trauermantel des Krieges.

Auf der langen Zugfahrt nach Sizilien sah ich Orte, die immer noch in Trümmern lagen. Brücken waren unpassierbar, zerstörte Bahnhöfe konnten vom Zugverkehr nicht benutzt werden, Dörfer und Stadtteile, die den Bomben zum Opfer gefallen waren, boten einen trostlosen Anblick. Die Einwohner mussten fliehen und ihr Zuhause hinter sich lassen. Was übrig blieb, waren ausgehöhlte Häuser, die sich wie Skelette um die Trümmer reihten. Die Aufbauarbeiten würden noch Jahre dauern.

Zum Glück waren das Stadtzentrum von Rom und der Vatikan verschont geblieben. Es schien mir wie ein Wunder, als ich in Rom aus dem Zug stieg. Meine Reise hatte ich so geplant, dass ich an der Heiligsprechung von Bruder Klaus im Petersdom teilnehmen konnte. Bruder Klaus, der Eremit und Mystiker aus dem 15. Jahrhundert, galt als Schutzpatron der Schweiz. Auch der Kirche meines Wohnortes war sein Name gewidmet. Viele meiner Schweizer Freunde und Bekannte wollten an dem einmaligen Ereignis teilnehmen. Ich musste beim Gedanken daran schmunzeln. Es war nahezu unmöglich, eine Eintrittskarte zu erhalten, da die halbe Schweiz nach Rom pilgerte, um der Heiligsprechung beizuwohnen. Dazu kam, dass nur wenige Züge dorthin fuhren und alle Bahnkarten aus der Schweiz nach Rom ausverkauft waren.

So schrieb ich dem Bahnhofsvorstand in Mailand ein Telegramm mit der Anfrage, ob er mir eine Bahnkarte von Mailand nach Rom ausstellen könne. Ich teilte ihm die genauen Ankunfts- und Abfahrtszeiten mit. Aufs Geratewohl fuhr ich nach Mailand und meldete mich im Büro des Bahnhofsvorstandes. Im Gepäck hatte ich Zigaretten und Schokolade dabei.

»Wir haben für Sie eine Bahnkarte bereitgestellt. Wir dachten, am besten fahren Sie im Schnellzug«, sagte er.

»Es fährt ein Schnellzug nach Rom?«, fragte ich unglaubwürdig.

Der Mann lachte mich an. »Der neueste und schnellste Zug, der Freccia Rossa! In acht Stunden sind Sie in Rom.«

»Das ist ja unglaublich!«, rief ich begeistert.

»Die normalen Züge brauchen bis zu elf Stunden. Viele Brücken, die im Krieg zerstört wurden, sind noch immer unpassierbar und wir müssen einspurig fahren, da auch die Geleise noch nicht in Stand gesetzt wurden. Der Freccia Rossa hat Vorfahrt«, erklärte er.

Ich packte die Zigaretten und die Schokolade aus und übergab sie den Männern im Büro. »Vielen Dank! Ihr habt mir einen großen Dienst erwiesen!«

In Rom machte ich mich gleich auf den Weg zum Vatikan.

»Ist doch klar, dass ich meinem Schweizer Cousin eine Eintrittskarte besorge!« Roberto grinste mich hocherfreut an. »Übrigens, Enzo, die Karten sind nummeriert. Dein Sitzplatz ist in der vordersten Reihe!«

»Meine Schweizer Freunde werden staunen, die haben gerade mal Karten in den hintersten Reihen ergattert. Ich kann mich glücklich schätzen, einen *cugino* im Vatikan zu haben. Übrigens, ich treffe mich heute Abend mit Marcello in der Trattoria del Orso. Komm doch auch!«, bat ich ihn.

»Ja, für dich mache ich das *cugino*. Weißt du, ich war nicht mehr in der Osteria seit dem Bombenangriff. Ich habe in den letzten Jahren viele Orte gemieden, die mich an Luca erinnern.«

Ich blickte ihn verständnisvoll an.

Das Leben in Rom hatte sich nicht verändert, es fühlte sich so an, als sei ich eben erst dort gewesen. Und es war mir, als wäre eine besondere Aufbruchstimmung spürbar, eine Lebensfreude, die wieder am Aufblühen war.

Bevor ich mich auf meine weitere Reise nach Sizilien machte, wollte ich noch den Inselkommandanten Bernini besuchen. Auch für ihn hatte ich Schokolade mitgebracht. Sein herrschaftliches Haus lag in einem vornehmen Viertel von Rom, in der Nähe des Parks Villa Borghese.

Eine Hausangestellte öffnete mir die Tür und

führte mich in das große Wohnzimmer, wo sie mich mit Berninis Frau Violetta bekannt machte.

»Ach, was für eine schöne Überraschung, Sie kennenzulernen! Es tut mir so leid, aber mein Mann ist gerade bei einer Besprechung im Ministerium, wie schade!«

Ich erzählte ihr, dass ich zur Heiligsprechung des Bruder Klaus gekommen und auf der Weiterreise nach Sizilien sei. »Ihr Mann hat mir ermöglicht, auf dem letzten Boot von Lampedusa wegzukommen, bevor die Alliierten landeten.«

»Und Sie haben es geschafft, heil nach Hause zurückzukehren?«, staunte sie.

»Ja, es war ein langer Weg. Wie erging es Ihrem Mann nach dem Einfall der Alliierten?«, erkundigte ich mich.

»Er wurde, wie alle anderen, gefangen genommen. Es war ein Glück für ihn. Wer hätte damals gedacht, dass der Krieg noch weitere zwei Jahre dauern würde. In der Gefangenschaft war er sicher aufgehoben. Er erzählte immer wieder, wie gut er behandelt wurde.«

»Ich konnte ausfindig machen, was mit meinen beiden deutschen Kameraden der Radartruppe passiert ist. Sie mussten ja auf der Insel bleiben und hatten den Auftrag, die Radarstation zu sprengen. Leider kamen beide beim Bombenangriff ums Leben.«

»Der Krieg hat so viele junge Menschenleben genommen. Das muss für Sie schrecklich gewesen sein, vom Tod ihrer Freunde zu erfahren«, sagte sie traurig.

Wir plauderten noch eine Weile über Lampedusa

und meine Verwandten in Sizilien. Dann überreichte ich ihr die Schokolade und verabschiedete mich.

Das Eingangstor zum Friedhof stand offen. Eine leichte Brise fuhr mir durchs Haar. Ich erinnerte mich genau an die Statue, den schmalen Weg, der zur Anhöhe führte, und den Duft des blühenden Jasmins. Vier Jahre waren vergangen und doch kam es mir vor, als wären wir erst gestern hier in Trauer gestanden.

Hinter den Familiengrüften, zwischen alten Myrtenbäumen reihten sich unzählige kleine Kreuze aneinander, wie ein Meer weißer Sterne.

»Mein Gott«, entfuhr es mir. Bei Lucas Beerdigung hatten hier gerade mal zwei Reihen Kreuze gestanden, jetzt waren es so viele, man konnte sie gar nicht mehr zählen. Ganz oben auf dem Hügel blieb ich stehen. Während ich mich zu orientieren versuchte, wo Lucas Grab war, wanderte mein Blick zum Horizont. In der Ferne konnte man das tiefblaue Meer erkennen. Die Sonne stand wie ein feuriger roter Ball über dem Horizont. Das warme Abendlicht verströmte eine tiefe Ruhe.

Ich ging durch die langen Reihen der Gräber. Das Weiß verlieh den Kreuzen eine Reinheit, als wären die gefallenen Soldaten vom Dreck und Blut des Krieges befreit worden, um in Unschuld und Bescheidenheit hier zu ruhen. Sie strahlten einen unendlichen Frieden aus. Und während ich so besonnen und eingenommen von dieser Ausstrahlung langsam weiterschritt, verschwammen die Namen vor meinen Augen, sie lösten sich auf, ich empfand nur noch die Stille, in die der Ort gehüllt war. Es war mir nicht mehr wichtig, Lucas Kreuz zu finden. Ich spürte seine Anwesenheit ohnehin so deutlich und die Kraft dieses Augenblicks fühlte sich an, als wäre ich vereinigt nicht nur mit ihm, sondern mit allen jungen, gefallenen Männern dieser Generation. Ich dachte an Klaus und Werner, meine deutschen Kameraden der Radartruppe, die keine Möglichkeit hatten zu fliehen und beim Angriff getötet wurden. Wir waren alle verbunden in einer geweihten Freundschaft, jeder war Teil davon, egal welcher Seite sie angehörten. Wir waren Brüder unserer Jugend, die zwischen Krieg und Heimat lebten. Unsere Heimat hatte uns verraten und sie wurde uns entrissen. Nur aus unseren Kindheitserinnerungen konnten wir erahnen, wie liebevoll und glücklich sie sich angefühlt hatte. Die Kriegsmaschinerie ließ sie nach und nach absterben. Das Gefühl von Vertrautheit, Sicherheit und Zuhause wandelte sich in Wehrlosigkeit und Todesfurcht. Und wir kämpften und unterwarfen uns dem Wahnsinn in der Hoffnung, zurückzukehren.

Ich wünschte, ich könnte den hier ruhenden Freunden mitteilen, dass Gerechtigkeit eingetreten war, dass das Leben wieder am Aufblühen war und wir uns unsere vertraute Heimat zurückholten.

Es war schon fast dunkel, als sich ein Schatten der Anhöhe näherte. Die schmale Silhouette bewegte sich leichtfüßig auf mich zu. Ihre langen Locken tanzten im Wind. Francesca.

Ich stand auf und ging ihr langsam entgegen. Wir umarmten uns.

»Du hast Lucas Grab gefunden«, flüsterte sie.

Ich kniete nieder und konnte auf dem Kreuz vor uns die Inschrift erkennen. Erstaunt blickte ich sie an. »Ich hatte es gar nicht bemerkt.« Ich hielt ihre Hand und wir blieben eine Weile still vor dem Kreuz stehen.

»Komm, ich zeige dir das Grab meines Vaters«, unterbrach sie die Stille. Sie führte mich zu den Familiengräbern. »Es ist endlich Frieden in unsere Herzen eingekehrt. Nach all den Jahren wurde nun sein Mörder identifiziert, es war ein Mitglied der Gambino-Familie.«

Wir verließen den Friedhof und spazierten den Küstenweg entlang.

»Ich freue mich, dass du mit mir in die Schweiz kommst. Wenn wir am Comer See sind, werde ich dir einen besonders schönen Ort zeigen. Es ist ein kleines, malerisches Dorf, Varenna«, erzählte ich. »Von dort aus kann man den Passo San Jorio sehen, wo ich die Grenze überquert habe.«

»Ich möchte alles erfahren über deinen Fluchtweg, Enzo«, sagte sie begeistert.

Ich führte sie durch einen Olivenhain zu einem alten, verfallenen Bauernhaus. »Schau, ich habe eine kleine Überraschung für dich, Francesca!«

»Einen Bauernhof?«, lachte sie auf.

»So ähnlich! Hier, wo das Haus steht, wird unsere Ferienvilla errichtet.« Ich schritt über das Feld dahinter. »Dort wird das Schwimmbecken gebaut und dahinter werden wir einen Garten anlegen. Komm!«

Ich leitete sie zum Ende des Grundstücks. Unter einem blühenden Orangenbaum stand eine alte Holzbank. Wir setzten uns und blickten selbstvergessen aufs Meer hinaus. Ich legte meinen Arm um sie.

»Und, wie gefällt dir mein Plan?«, flüsterte ich.

»Wunderbar, Enzo!«

Umhüllt vom süßen Duft der Orangenblüten, träumten wir von unserer Zukunft.

Anhang

Erläuterungen und Fakten

Mattanza: Die Mattanza war die traditionelle Thunfischjagd vor der Westküste Siziliens zwischen Trapani und der Insel Favignana. Ein guter Fang war für die Menschen der Insel lebenswichtig. In der Thunfischfabrik *Tonnara Florio* wurde die Verarbeitung von Thunfisch in Konservendosen mit Olivenöl erfunden. Die letzte Mattanza fand 2007 statt. Die Thunfischfabrik *Ex Stabilmento Florio delle Tonnare di Favignana e Formica* ist heute ein Museum.

Rom/Vatikan, 1943: Der irische Priester Monsignore Hugh O'Flaherty rettete im deutsch besetzten Rom 1943/44 mehr als 6000 Menschen vor Verhaftung, Folter und Tod. Er versteckte entflohene Kriegsgefangene, Verfolgte und Juden im Vatikan sowie in Privathäusern und Villen römischer Aristokraten, die seine Untergrundorganisation auch finanziell unterstützten. Hugh O'Flaherty wurde in seiner Rettungsaktion vom britischen Gesandten Sir D'Arcy Osborne und dessen Butler John May unterstützt. Der britische Offizier Sam Derry schloss sich der Organisation an. O'Flaherty lieferte sich eine mörderische Jagd mit seinem Gegenspieler Herbert Kappler, dem Chef der Gestapo in Rom.

Operation »Husky«, die Landung der Alliierten auf Sizilien 1943: Auf der Konferenz in Casablanca im Januar 1943 verständigten sich der britische Premierminister Winston Churchill und der amerikanische Präsident Franklin D. Roosevelt auf die Eröffnung einer zweiten Front in Europa. Sie beschlossen unter dem Codewort »Operation Husky« die Landung in Süditalien. Dabei wurde vereinbart, dass fünfzig Wochen nach der Invasion Siziliens die Landung in der Normandie stattfinden sollte. Die Planung der »Operation Husky« begann Ende Januar 1943 in Algier. Der alliierte Sieg über die deutsch-italienischen Truppen im Afrikafeldzug und die nahezu uneingeschränkte Herrschaft im Mittelmeerraum schufen für Briten und Amerikaner optimale Voraussetzungen für das Landeunternehmen. Das durch die Niederlage in Nordafrika demoralisierte Italien sollte bezwungen und die starken deutschen Wehrmachtsverbände noch vor der für Frühjahr 1944 festgesetzten alliierten Invasion in Frankreich geschlagen werden.

Am 6. und 7. Juni 1943 wurde Lampedusa bombardiert. Vor dem Angriff auf Sizilien besetzten die Alliierten vom 2. bis 14. Juni 1943 die Inseln Pantelleria, Lampedusa, Lampione und Linosa. Die in Nordafrika eingeschiffte britische 8. Armee und die amerikanische 7. Armee landeten am 10. Juli 1943 auf Sizilien. Die Achsenmächte waren vom Angriff überrascht. Durch gefälschte Informationen (»Operation Mincemeat«) hatten sie vermutet, dass die Landung in Sardinien stattfinden würde. Nach der Verkündung des Waffenstillstandes zwischen Italien und den Alliierten am 8. September 1943 griffen die Deutschen zu Gegenmaßnahmen. Die italienischen Streitkräfte wurden entwaffnet und gefangen genommen, Rom wurde von deutschen Truppen besetzt.

Bombardierung Roms am 19. Juli 1943: Wenige Tage nach der Landung der Alliierten auf Sizilien wurde Rom von US-Fernbombern attackiert. Ganze Stadtteile wurden in Trümmer gelegt, unter anderem das Viertel San Lorenzo und die Basilika Laurentius. Gleichzeitig wurden die Flughäfen Littorio und Ciampino bombardiert. Es war der schwerste Luftangriff auf Rom während des Zweiten Weltkrieges. Papst Pius XII. tröstete die Verletzten und betete dabei mit ausgebreiteten Armen zum Himmel. Die Geste zählt zu den ausdrucksstärksten Bildern seines Pontifikats. Sie wurde vor Ort nahe dem Eingang zum Friedhof Verano in einer lebensgroßen Bronzefigur festgehalten.

Papst Pius XII. forderte US-Präsident Franklin D. Roosevelt auf, die katholische Christenheit zu achten und die Stadt vor weiteren Bombardierungen zu verschonen. Er verlangte, die militärischen Kommandos der Stadt zu evakuieren, um einen Angriffsgrund auszuschließen. Rom wurde zur »offenen Stadt« erklärt.

Deutscher Luftangriff auf Bari 1943: Der Hafen von Bari wurde nach der Besatzung durch die Alliierten für Munitions- und Transportschiffe genutzt, um von dort aus den Materialnachschub für die Truppen sicherzustellen. Das amerikanische Armeeschiff SS John Harvey hatte eine gefährliche Fracht geladen, 540 Tonnen Senfgas, wovon jedoch weder der Kapitän noch die Besatzung etwas wussten. Das Schiff lag im Hafen von Bari vor Anker, während am 2. Dezember 1943 deutsche Ju-88-Bomber in einem Überraschungsangriff den Hafen bombardierten. Siebzehn Marineschiffe wurden versenkt und weitere acht in Brand gesetzt. Auch die SS John Harvey fing Feuer und explodierte. Tausende Soldaten und Zivilisten kamen in den Schwaden des hochgiftigen Kampfstoffes um, hunderte von Verletzten wurden mit unerklärbaren Symptomen in die Krankenhäuser eingeliefert. Sie hatten Hautausschläge mit eitrigen Blasen, hohes Fieber und Atembeschwerden, die zum Erstickungstod führten.

Die alliierten Streitkräfte fürchteten einen Gaseinsatz der Achsenmächte. Die US-Kriegsführung hatte Amerikas Chemiefabriken vorsorglich genügend Kampfstoff produzieren lassen, falls es zu einem Ersteinsatz der deutschen Wehrmacht kommen sollte. Hitlers Nachrichtendienste erfuhren davon und wussten auch, dass laufend Kampfstoffe nach Nordafrika verschifft wurden.

Die Alliierten vertuschten das Massensterben und die Katastrophe von Bari blieb noch jahrzehntelang nach Kriegsende ein gut gehütetes Geheimnis.

Partisanen – ein historischer Überblick: Das faschistische Italien unter Benito Mussolini trat am 10. Juli 1940 an der Seite Nazideutschlands in den Zweiten

Weltkrieg ein. Der Sinn des Krieges war vielen Italienern unklar. Anfang März 1943 schien für Italien der Krieg bereits verloren. In den norditalienischen Fabriken wurden die ersten Streiks organisiert. Die Alliierten stießen kaum auf Widerstand beim Einmarsch in Sizilien und die Macht Mussolinis war am Schwinden. Am 25. Juli 1943 wurde Mussolini vom Großrat abgesetzt und gefangen genommen. Generalstabschef Pietro Badoglio übernahm die Militärregierung und handelte einen Waffenstillstand mit den Alliierten aus. Dem Bündnispartner Deutschland gegenüber bekräftigte er gleichzeitig, Italien werde den Krieg an dessen Seite weiterführen. Deutschland verlegte daraufhin – unter Protest der italienischen Regierung – verstärkt Truppen über den Brennerpass. Die »Achse Rom-Berlin«, Mussolinis Begriff für die enge Verbindung beider Länder, war zerbrochen. Am 3. September 1943 wurde ein Waffenstillstand mit den Alliierten geschlossen. Durch dessen Bekanntmachung entstand für die italienischen Streitkräfte eine chaotische Situation. Militärische Befehle blieben aus, was viele Soldaten als Aufforderung verstanden, nach Hause zurückzukehren. Innerhalb weniger Tage besetzte Nazideutschland Italien bis weit in den Süden. Zeitgleich wurden italienische Truppen entwaffnet und nach Deutschland deportiert. Insgesamt wurden 730.000 italienische Soldaten verschleppt, wovon 16.000 in deutschen Lagern verstarben.

Die Zivilbevölkerung initiierte eine Verkleidungsaktion. Vor allem Frauen beschafften den Soldaten zivile Kleidung, organisierten Unterkünfte und halfen ihnen, nach Hause zu flüchten. Um der Deportation zu entgehen, zogen sich viele Männer in Gebirgsgegenden zurück. Sie bildeten die ersten Partisanengruppen. Von ihren Verstecken in den Bergen aus beobachteten sie die Bewegungen der deutschen Truppen und setzten auf Überraschungsangriffe. Entflohene angloamerikanische Kriegsgefangene und Deserteure traten den Partisanen bei. Als die Alliierten in Italien immer weiter vorstießen, schlossen sich Partisanengruppen den Alliierten an und wurden in deren Einheiten meist als Aufklärungstruppen eingesetzt. Mussolini, seine Gefährtin und einige Begleiter wurden am 28. April 1945 von Partisanen am Comer See gefangen genommen und erschossen. Die Leichname wurden in Mailand öffentlich aufgehängt.

Die Rolle der Mafia: Seit 1924 bekämpfte Mussolini das organisierte Verbrechen mit allen Mitteln. Etliche Mafiosi wurden hinter Gitter gebracht, andere siedelten in die USA über. Viele Sizilianer fühlten sich durch ihre verwandtschaftlichen Verbindungen dort zu den Amerikanern hingezogen. 1943 lebten zwei Millionen Sizilianer in Amerika im Wohlstand. Sie unterstützten ihre Verwandten in Sizilien mit Geld und erlangten damit bei der Bevölkerung hohes Ansehen.

Nach dem Kriegseintritt der USA im Jahre 1941 kam es zu einem Abkommen der US-Regierung mit der Mafia. Die Alliierten machten sich die Beziehungen der Mafia in Sizilien zunutze und es entstand eine geheime Zusammenarbeit zwischen Mafia-Bossen und dem US-Geheimdienst. Der amerikanische Nachrichtendienst sorgte dafür, dass 15 Prozent der Invasionsstreitkräfte Soldaten sizilianischer Herkunft waren, denn die *Cosa Nostra* war mit dem Mussolini-Regime tief verfeindet und somit motiviert, mit dem amerikanischen Geheimdienst zusammenzuarbeiten. US-Truppen bahnten mit Hilfe der Mafia den Weg zur Invasion Siziliens. Die Mafia half der US-Armee zudem bei der Verwaltung der eroberten Gebiete. Da die Bürgermeister vieler sizilianischer Orte bis dahin Vertreter der faschistischen Partei waren, benötigten die US-Militärbehörden die Unterstützung der Verwaltung. So wurden Mafiosi in die öffentlichen Ämter befördert. Der Mafiaboss Don »Calò« Vizzini legte nach der Landung Siziliens eine Liste mit Namen von Antifaschisten vor, die für die Ämterbesetzung in Frage kamen. Viele dieser Männer saßen damals im Gefängnis. Wegen seiner Verdienste wurde er von den Alliierten zum Ehrenoberst der US-Armee ernannt.

Anmerkung der Autorin

D er Dolmetscher« basiert auf tatsächlichen Kriegserlebnissen meines Vaters. Orte, Namen und Familienmitglieder wurden abgeändert, Handlungen, historische Begebenheiten und bekannte Persönlichkeiten in die Geschichte eingebunden und frei ergänzt.

Im Jahre 2001 unternahm ich mit meinem Vater eine Reise nach Lampedusa. Zum ersten Mal seit 58 Jahren besuchte er die Insel. Wir weilten im Hotel Martello, besuchten den Albero Sole und plauderten mit Einheimischen.

Durch meine Recherchen stieß ich auf die Internetseite »Die Funkstunde«, wo ich ein Bild des Radars aus dem Jahre 1943 fand. Mein Vater nahm Kontakt mit dem Betreiber der Webseite auf und es kam zu einem angeregten Austausch via E-Mail. Da der Betreiber der Webseite oft seine Ferien auf Lampedusa verbrachte und die Insel zu seiner zweiten Heimat geworden war, bat er meinen Vater um Fotos und einen Bericht über seine Erlebnisse auf Lampedusa während des Zweiten Weltkriegs. Die Fotos und der Artikel meines Vaters befinden sich im *Museo Archivio Storico di Lampedusa*.

Mein Vater feiert im März 2021 seinen 100. Geburtstag.

Zur Autorin

Foto: Cristina Dale

Isabella Pallavicini ist in der Schweiz aufgewachsen.

Nach langjähriger Lehrtätigkeit als Grundschullehrerin bildete sie sich weiter zur Theaterpägogin und Märchenerzählerin.

Seither schreibt und inszeniert sie Theaterstücke und leitet Workshops »Märchen erzählen« und »Kreatives Schreiben« für Schüler. Sie lebt mit ihrer Familie in London.

www.isabella-pallavicini.com